스키장 살인사건

스키장 살인사건

1999년 7월 10일 초판 1쇄 인쇄
1999년 7월 15일 초판 1쇄 발행

지은이 정건섭
펴낸이 유명자
펴낸곳 도서출판 장락
본문편집 편집부
표지디자인 편집부
표지그림 정택영
인쇄 신화인쇄
제본 성하제책

출판등록 1991년 7월 25일(제21-251호)
주소 110 - 290 서울시 종로구 인사동 153 - 3 금좌빌딩 205호
전화(02)735 - 0307, 8 팩시밀리(02)735 - 0309

정가 7,000원

ISBN 89 - 85262 - 68 - 8 03810

스키장 살인사건

정건섭 추리소설

도서출판 장락

차 례

제1부

환희와 경악의 밤

진실의 정원에서 자란 장미는

욕망의 눈밭을 견디지 못하고

잊혀져 갔다

 **불안한 위치**

성구는 침대에 누워 있는 아내 혜정을 바라보았다. 아내는 침대에 누운 채 창 밖으로 흐르는 쓸쓸한 겨울 풍경을 물끄러미 바라보고 있었다. 찌푸렸던 날씨가 무더워지더니 눈송이들이 하늘거리며 몇 송이씩 흩날리기 시작했다.

"힘이 좀 들더라도 운동을 하든가 밖의 바람을 쐬는 것이 좋지 않겠어?"

"……"

아내는 꼼짝 않고 누운 채 밖을 내다보고 있었다. 오늘 따라 아내의 얼굴은 더욱 불안한 모습이었다.

벌써 5년째 병마에 시달려 집 밖이라고는 별로 나가 보지 않은 혜정이었다.

40대 초반의 혈기 왕성한 남편은 그래도 한눈 한번 팔지 않고 아내 곁에서 열심히 간호하고 위로하며 지겨운 세월을 견디고 있었다. 그러나 그도 이제 한계를 느꼈는지 최근 몇 개월 동안은 우울한 기색을 감추지 못했고, 또 때로는 마치 나무토막을 내려 다보듯 무심히 바라보기만 하는 날들이 늘어가기만 했다.

'이젠 이 사람마저 나를 멀리하고 있어, 전혀 그런 일이 없던 사람인데……'

혜정은 이러한 남편의 행동을 이해하지 못했다. 그러나 되묻거나 따지는 따위의 경망스러운 행동은 하지 않았다.

남편이 자신의 곁에서 조금씩 조금씩 멀어져 가고 있다는 육감만으로도 그녀는 불안하고 초조해 견딜 수가 없었지만 그녀는 병석에 누워서도 좌절하지 않고 끈질긴 투병으로 자신과의 싸움을 시도하고 있었다.

오히려 남편이 초조해 할만큼 침착하고 태연했다.

견디다 못한 남편이 먼저 말을 건네야 했다.

"여보! 당신이 보기에 나 좀 변한 것 같지 않아?"

남편은 어느 날 불쑥 아내에게 이런 밑도 끝도 없는 질문을 했다.

"아뇨? 변했다니요, 전혀 변한 게 없어요. 내가 이렇게 누워 있다고 변할 당신도 아니고요."

그러나 아내의 이런 대답과는 달리 목소리나 태도는 차갑고 냉랭하기 그지없었다. 옛날 같은 따사롭고 정겨운 목소리는 흔적도 없이 사라져 버린 것이다. 성구는 그것을 가슴으로 느끼고 있었다.

마치 무엇인가를 증오하듯 그녀의 말투는 차가웠고, 자신의 의사를 보이려는 듯 극히 사무적인 태도로 대하고 있었다.

'무엇인가 분명히 변하고 있는 것이 확실해. 이런 아내가 아니었어……'

성구는 의자에 앉아 주머니에서 담배를 꺼내 입에 물었다. 성냥을 켜 불을 당긴 다음 다시 아내를 바라보았다.

그녀의 머리맡에 재떨이가 놓여져 있었다.

"여보, 나 그 재떨이 좀 집어 주겠소?"

"……?"

이번에는 남편이 할말을 잃었다. 자색 연기 아래로 아련히 보이는 아내의 여윈 팔뚝이 애련하게 보일 뿐이었다.

결혼 18년만에 연약한 아내는 딱 한번 임신을 했고, 그나마 의사의 권유로 낙태시키고 말았다. 아이보다는 산모의 건강이 더 중요하다는 설득이었다.

아이가 없고 병약하게 누워만 있으니 생활에 윤기가 돌 이유가 없었다. 집안은 언제나 메마른 바람으로 가득했고, 건조한 생활 때문인지 살아간다는 게 마치 기계처럼 습관적으로 움직여만 갔다.

그럼에도 불구하고 이웃에서 보기에는 조용하고 평화스러워 보였기 때문에 모두들 '어쩌면 저렇게 살아갈 수 있을까?' 하고 고개를 갸우뚱할 정도였다.

더구나 병약한 아내를 간호해야 하는 남편은 더없이 충실하고 훌륭한 사람으로 보여졌다.

'바람나기 좋은 나이에 또 그만한 여유 있는 환경에 눈동자 한번 흐트러짐 없는 정말 보기 드문 남자.'로 통하게 된 성구였다.

그러나 성구로서는 마음 편하기만 한 세월은 결코 아니었다. 최근 몇 달 동안 아내의 태도가 몰라보게 변하고 있었다. 그리고 아내를 세밀히 관찰하기 시작했다. 태도에 변화를 일으키고 있는 것은 성구 쪽이 아니라 오히려 아내 혜정 쪽이었기 때문이었다.

'환자가 갖기 쉬운 우울증.'일지도 모른다는 생각까지 갖게 되었다. 작기는 하지만 그래도 알찬 기업을 경영하고 있는 남편이 직장에서 돌아올 시간이면 아내는 그에 맞춰 화사하게 옷을 갈아입고 정원에서 기다리거나 화초에 물을 주면서,

"오늘은 컨디션이 참 좋네요."

하며 말을 건네거나 해맑게 웃기도 하던 아내였다.

그러나 그녀는 나뭇잎이 갈색으로 물들기 시작하는 지난 가을부터 부쩍 입이 무거워졌고 무엇인가 알 수 없는 생각에 골몰하기도 했다. 뿐만 아니라 한방에 기거하는 것까지도 거부하고 나섰다.

"혼자 있고 싶어요. 방을 따로 사용하도록 해요. 신경이 예민해져서 당신 코 고는 소리에도 퍼뜩 잠을 깨고 또 그때부터 잠을 이루지 못하고 밤샘하기가 일쑤거든요."

아내는 이렇게 불쑥 제의를 하기도 했다. 하기야 아내 곁에서 잠을 잔다고 해서 혈기 왕성한 40대의 육체적인 욕망을 발산시키는 것은 아니었다. 때로는 매끄러운 여인의 살 냄새가 그리워지기도 하고, 또 때로는 혼자서는 주체할 수 없어 뼈만 남은 아내를 건드려 보기도 하지만 언제나 거절당했고, 또 그때마다 인내로 이겨 나가야 했다.

그래도 십여 년을 함께 살아온 바닥 저 밑에 깔려 있는 짙은 애정은 그녀의 옆에 있는 것만으로도 마음을 안정시킬 수가 있었고 또 행복했던 것이다.

성구는 초조해지기 시작했다. 이런 아내의 별난 행동에 어떻게 대처해 나가야 할지 방법을 찾지 못하고 있었다.

'언젠가는 마음이 돌아서겠지.' 하던 것이 벌써 5개월이 다 되어가도록 더욱더 악화될 뿐 조금도 달라지지 않았다.

그때서야 성구는,

'아, 아내가 나를 의심하고 있는지도 모른다. 자기 영역 밖에서 다른 여자와 욕망의 찌꺼기를 배설하고 있는 게 틀림없다고 믿고 있는 거야. 어딘가 여자를 숨겨 놓고 있다고 믿기 때문에 갑자기 행동에 변화가 온 것이 틀림없어. 병약한 몸으로 누워만 있으니 그런 상상을 하게 되었고, 뛰쳐나와 확인할 수 없으니 기정사실로 인식하고 있는 게지. 그렇담 어디 무슨 생각을 하고 있는지 확인해봐야겠어.'

그때서야 성구는 정말 어딘가에 젊은 여인이라도 감춰 놓은 양 행동하기 시작했다. 때로는 집에 들어오지도 않았고 때로는 오늘같이 사람을 나무토막 바라보듯 하기도 했다.

그러나 아내의 태도는 한치의 변화도 보이지 않았다. 한 발자국 물러서지도 내딛지도 않은 그 자리에서 거의 침묵으로 하루하루를 일관해 온 것이다.

그렇게 해서 성구가 더 답답해지기 시작한 것이다.

투병 생활을 하는 동안 팽팽하던 아내의 젊음은 소리 소문도 없이 허물어져 가기 시작했다. 기름진 살갗에는 어느새 나이답지 않게 하얀 비늘이 돋기 시작했고, 눈가에는 엷은 주름과 기미가 끼어갔다. 늙어 가는 것은 몸만이 아니라 마음까지도 동반했다.

질투도 시기도 애착도 욕망도 그녀의 몸에는 여성으로 갖춰야 할 어느 것 하나도 남아 있는 것이 없었다. 이 증세가 특히 심해진 것은 불과 최근 7~8개월 사이였다.

퀭한 눈으로 한없이 천장을 올려다보기도 하고 무엇을 생각하는지 침대에 쪼그리고 앉아 두 시간이고 세 시간이고 꼼짝 않고 버티고 있기가 일쑤였다. 말을 걸어도 시큰둥한 대답뿐이었고, 기분이라도 전환시켜 보려고 보석을 사다 주어도 자신의 손으로 치워야 할만큼 무관심해진 아내였다. 그런 아내 때문에 사실 성구 자신도 조금씩 우울증이 나타나기도 했다.

그렇게 세월을 보내는 동안 어김없이 연말이 닥쳐왔다. 성구는 경리부장과 총무부장으로부터 결산 보고서와 휴무 일정에 대한 보고를 받았다.

금년 순수 이익만도 2억 5천만 원을 상회하고 있었다. 거기다가 부동산의 자연 증식, 재고품의 가격 인상과 함께 모든 경비를 제하고 은행의 지급 이자까지 합쳐 당기 순이익은 4억을 바라볼 수 있었다.

해마다 지급하는 연말 보너스 100%에 50%를 가산해 87년 연말을 결산했다. 달러의 가치 하락에 따른 원화의 절상, 경제계 전반에 걸친 경기 침체, 노사 문제 등 갖가지 악재(惡材)에도 불구하고 그 틈을 비집고 이만큼 성장한 이유는 오로지 사장의 사심 없는 경영 방침과 전 사원이 허리띠를 조른 열성 때문이었다.

기쁜 마음으로 돌아가는 사원들의 뒷모습을 바라보면서도 그의 마음 한구석은 마치 돌에라도 짓눌린 듯 무거웠다. 앞으로 있을 3일간의 신정 휴무를 아내와 어떻게 보내야 할 것인가가 생각났기 때문이었다.

성구는 책상 위의 전화기를 끌어당겼다. 그리고 시외 전화를 걸었다.

"꼭 부탁합니다. 네, 네, 제일 좋은 특실입니다."

그는 수화기를 내려놓았다. 빈방이 없다고 했지만 요금을 곱절로 계산하기로 하고 특실 별장을 빌린 것이다. 장소는 강원도 진부령 스키장. 처음에는 아내의 건강을 위해 조용한 충주 지방의 수안보 온천을 생각하기도 했으나 끝내 스키장으로 결심을 굳힌 것이다.

'물론 온천이 휴식하기엔 더없이 좋겠지만 아내의 병은 다분히 심리적인 데가 많아. 이번 기회에 기분 전환을 시켜주어야겠어. 젊은이들이 많이 모이는 곳, 힘과 낭만과 아름다움이 용광로처럼 들끓는, 그래서 스스로 일어날 용기를 줄 수 있는 스키장으로 데려가야겠어.'

연말의 비좁은 틈을 비집고 방을 얻어낸 것은 기적 같은 일이었다. 그는 기쁜 마음으로 집으로 돌아왔다. 연말과 이제 막 끝난 크리스마스의 분위기가 가라앉지 않아 거리는 축제일처럼 들떠 있었다. 각 방송 채널과 영화관에서 특집 프로를 마련해 사람들을 유혹하고 있었고, 젊은이들은 여행 스케줄로 분주했다.

이러한 분위기에도 불구하고 아내의 냉담한 표정에는 전혀 변화가 없었다. 그녀는 마당의 눈을 쓸어내고 있었다. 성구는 아내에게 다가가 차갑게 얼어붙은 손을 움켜쥐었다.

"추운데 왜 이래? 가정부 아주머니한테 맡기지 않고."

"일찍 오셨군요."

"자 들어갑시다. 인삼차 타 줄게. 그리고 할 얘기도 있고."

성구는 싸늘하게 식은 아내의 손을 잡고 응접실로 들어섰다. 가정부가 차를 끓여오겠다는 것을 그냥 들여보내고 스스로 커피포트에 물을 끓이기 시작했다.

"당신 옛날에는 연말을 참 좋아했지. 내년에는 무엇인가 꼭 좋은 일이 있을 거라면서……. 그래, 오늘 기분은 어때?"

"할 말이 있다면서요?"

아내는 소파에 길게 몸을 뉘였다. 그리고 가는 팔로 두 눈을 가렸다.

"연말 기분 내 보겠어?"

"연말 기분?"

"여행. 당신 건강도 좋지 않고 하니 어디 여행이나 좀 떠날까 해. 기분도 전환시킬 겸해서."

그 사이 물이 끓어대고 있었다. 성구는 다기 찻잔에 잣과 대추를 넣고 인삼 분말을 들이부은 다음 물을 따랐다. 그리고 마지막에 꿀을 한 스푼 떠 넣었다. 아내가 보약용으로 마시는 유일한 기호품이었다.

아내는 두어 모금 마신 다음 성구를 바라보았다.

"여행이라뇨?"

"스키장!"

아내는 사뭇 의외라는 듯 남편을 바라보았다.

"여보, 내가 스키장에 가서 무얼 하겠어요, 고작 애들 스키 타는 것이나 유리창으로 넘겨다보고 돌아올 뿐일 텐데."

아내는 처음으로 자신의 의사를 분명히 밝히고 나섰다. 스키장 여행을 반대하고 있는 것이다.

첫째, 자신이 엄동설한에 그런 장시간의 시골 여행을 견디겠느냐는 것이었고 둘째는, 어차피 스키 타는 것은 엄두도 못 낼 텐데 굳이 그런 빙판 같은 산길을 찾아갈 필요가 있겠느냐는 것이었다. 마지막으로 늙은 가정부 하나 남겨 놓고 집을 비운다는 것도 생각해 봐야 할 일이라고 말했다.

"당신은 어떻게 비관적으로만 생각해. 자동차를 내가 직접 몰고 갈 테니 뒷좌석에서 편하게 오면 되는 거고, 또 당신보고 꼭 스키를 타라는 게 아니잖아, 젊은애들의 활기찬 모습을 구경하면서 기분 전환하는 거야, 건강에도 좋을 테고, 또 집은 내가 알아서 할 테니 모레 오후 한 시쯤 떠나도록 준비나 해요."

회사 직원들에게는 좀 미안한 일이지만 아내를 위해 하루 더 쉬기로 했다. 1월 4일이 토요일이니 6일부터 출근하는 셈이 된 것이다. 아내는 그날 저녁에야 기꺼이 승낙했다. 그리고 근래 보기 드문 외출까지 하고 돌아왔다.

"나더러 데려다 달라지 왜 택시를 이용해, 감기 걸리면 어쩌려고."

"아녜요, 리허설이에요."

아내의 얼굴은 곧 휘파람이라도 불 것처럼 경쾌해 보였다. 아내는 외출을 워밍업 정도의 운동을 겸한 것이라고 했다. 그래서 그런지 얼굴에는 핏기도 보였고 조금은 기운을 차린 듯도 싶었다. 다만 아직도 변하지 않은 것이 있다면 우수에 젖은 그 표정 뿐이었다.

그녀는 남편을 응접실에 남겨두고 자신의 침실로 돌아왔다. 갑작스러운 외출 때문이었는지 힘에 겨운 몸이 더욱 무겁게 느껴지고 있었다. 침대에 털썩 쓰러져 누웠다.

아무래도 남편을 이해할 수 없는 일이었다.

어떤 여자인지는 모르지만 자신이 아닌 다른 여자에게 깊은 속살을 맞대고 돌아와 뻔뻔스럽게 남편 행세를 하고 있다는 것이 구토가 날 정도로 역겨워졌다. 사내가 5년 동안을 고스란히 욕정에 굶주리고 그냥 있을 리가 없다는 것이다.

굳이 남편과 각방을 쓰는 이유도 여기에 있었다. 게다가 오늘은 난데없이 스키장엘 가자고 한 것이다. 용의가 있느냐가 아니라 아주 예약까지 마친 강제 동반이었다.

그녀는 남편에 대한 공포와 두려움으로 가득했다. 그래서 지금 친구들과 동창들을 만나 한바퀴 돌고 오는 길이었다.

"애 현숙아, 내 얼굴 어떠니?"

"앓고 있는 애가 혈색이 좋을 리 있니? 그런데 요전에 가 보았을 때보다는 좀 나아 보인다. 그런데 갑자기 어쩐 일이야?"

"아무래도 네 얼굴 보는 게 오늘이 마지막일 것 같아서."

"미쳤니, 재수 없게. 네 병도 차차 호전되어 간다더라. 네 남편 우연히 만났는데 아주 희망적으로 얘기하던데."

"……."

혜정은 한동안 무거운 침묵을 지키고 있었다. 그녀의 얼굴은 체념과 두려움의 표정이 역력해 보였다. 식은 커피를 단숨에 털어 놓고 오랜 친구인 현숙의 얼굴을 뚫어지게 바라보고 있었다.

"생각해 봐, 내가 가는 곳은 눈이 무릎까지 빠지는 진부령 스키장이야, 나같이 병약한 몸으로는 아차 실수 한번으로도 죽을 수 있는 곳이란 말이야. 너한테는 차마 말하지 못하고 있었는데 내 남편, 누군가와 깊은 관계에 빠져 있는 게 분명해. 나와 잠자리를 하지 않은 게 벌써 5년이 되었어. 이 판국에 날 눈보라 속으로 끌고 가겠다는 게 이상하지 않아?"

"그렇지만 혜정아, 너도 그 동안 다른 남자와 잠자리를 같이 하지 않았잖아? 물론 남자란 유리한 조건이 많으니 어느 정도는 밖에서 해결할 수도 있겠지만."

현숙은 혜정을 바라보며 남편 성구의 됨됨이하며 그간 보여준 혜정의 병간호 태도를 보면 절대 그런 남자가 아닐 뿐 아니라 오히려 네 건강을 위한 여행이니 잔말 말고 기분 좋게 다녀오라는 충고까지 덧붙였다.

이런 현숙을 남겨두고 이번에는 대학 동창이며, 문예반 같은 서클 멤버였던 미숙을 찾아갔다.

그리고 같은 주장을 되풀이했지만, 미숙이나 현숙의 대답도 모두가 한결같았다. 그러나 아직도 남편을 믿을 수가 없었다. 그리고 이번 여행에 반드시 불행한 사고가 있을 것이라는 말을 되풀이해 떠들어댔다.

그러나 우연히 알게 된 후배를 만나 오랫동안 얘기를 나눈 끝에 그녀는 마침내 밝은 표정으로 집에 들어올 수 있었다. 남편을 안 믿고 누굴 믿느냐고 했다. 도저히 남편이 믿기지 않으면 자가용을 대절해서 서울로 오면 될 게 아니냐는 충고까지 주었다.

혜정은 다소 마음이 풀린 상태에서 서울을 출발했지만 불안감은 수그러들지 않은 듯했다. 그녀의 시선은 운전석에 앉아 조심스럽게 운전하면서 빙판을 달려가는 남편의 어깨에서 밖으로 옮겨지고 있었다.

들판과 나무, 멀리 산의 정상에까지 하얀 눈밭과는 달리 겨울 하늘은 맑고 투명하게 개어 있었다. 그녀는 마치 맑은 겨울 하늘을 끌어당겨 마시기라도 하듯 창을 열고 심호흡을 하고 있었다.

그녀는 창문을 닫고 다시 운전을 하고 있는 남편에게로 시선을 옮겼다.

눈길이 조심스러워서였겠지만 남편의 얼굴은 몹시 굳어 있었다.

하기야 운전 경력 10년이라고는 하지만 험한 강원도 산길의 빙판이 남편의 운전 경력을 알아줄 리 없는 것이다.

남편은 라디오도 카세트 테이프도 틀지 않은 채 묵묵히 운전만 하고 있었다. 혜정은 남편의 이런 모습을 보며 그는 정말 이번 여행에서 자신을 눈 속에 파묻고 혼자 돌아가는 것은 아닌가 하는 불안감에 휩싸였다.

찻길은 양구를 지나면서 더욱 험악해지기 시작했다. 시속 50킬로미터로 줄이면서도 더욱 조심스럽게 비탈길을 오르기 시작했다.

그렇게 다시 40분을 달렸다.

"저게 뭐야?"

남편이 앞을 바라보며 속도를 늦추었다. 저만큼에서 누군가가 손을 흔들어대고 있었고, 그 옆에는 차가 한 대 서 있었다.

성구는 손을 흔드는 한 여인의 옆에 차를 멈춰 세웠다.

노란 스키복에 빨간 털모자를 쓴 젊은 아가씨와 나이 들어 보이는 작업복의 기사가 빨간 르망 차의 본 네트를 열어 놓고 손을 흔들어 대고 있었던 것이다.

"무슨 일입니까?"

성구가 차창 밖으로 얼굴을 내밀었다. 작업복을 입은 나이 들어 보이는 기사가 허리를 굽신거리며 다가왔다.

"죄송합니다. 멀쩡하던 차가 갑자기 엔진 고장을 일으켜서……앞서 가던 트럭에 연락은 해 놓았지만, 우리 아가씨가 너무 추워하셔서, 저…… 이 아가씨는 화가 선생님이십니다요."

"어디까지 가시는데?"

추위에 얼어붙었는지 기사는 말을 제대로 못할 만큼 떨어대고 있었고, 박 회장의 외동딸이라는 아가씨는 울상이 되어 발을 동동거리고 있었다.

"아저씨…… 친구들과 진부령에서…… 만나기로 했어요……."

"자, 일단 차 안으로 들어와요, 추울 테니."

"영감님, 차 고치거든 집으로 그냥 돌아가세요, 제 걱정 말고요."

"알겠습니다요, 이거 원…… 죄송해서."

기사가 다시 자동차로 돌아섰다. 그리고 열려진 본네트 위로 머리를 숙여 부속을 만지기 시작했다.

비어 있던 뒷좌석에 오른 아가씨는 턱까지 떨어대고 있었다.

"진부령 스키장이라고 했죠?"

"네, 거기……."

"마침 잘 되었군, 우리도 그곳으로……."

말을 하려던 성구는 문득 고개를 돌려 아내의 눈치를 살펴보았다. 태워 주자는 말도, 못 본 체 아가씨를 남겨두고 떠나자는 말도 없이 아내의 시선은 창 밖에 꽂힌 채 꼼짝도 하지 않고 있었다.

성구는 마침내 결심을 굳힌 듯 시동을 걸었다.

"진부령까지 가려면 아직 멀었으니 데려다 주죠."

"감사합니다. 저, 채은경이라고 해요. 올해 E대 졸업반이죠. 미술이 전공이구요, 졸업을 하고 파리 소르본느 대학에 유학 가기로 되어 있어서요. 당분간 한국에 오기가 어려울 테니 이번 겨울을 진부령에서 보내며 송별회를 대신하자고 했죠. 누가 이런 일을 당할 줄 알았나요? 참, 사모님이신가 봐요?"

은경이라는 아가씨는 수다를 떨며 앞 시트로 고개를 내밀었다.

혜정에게는 물론 성구의 코에까지 향기로운 젊은 여인의 냄새가 코를 찔렀다.

"아가씨는 젊고 예뻐서 좋겠어요."

혜정은 마지못해 웃으며 돌아보았다. 스물 네다섯쯤 되어 보이는, 건드리면 금세 터져 버릴 것 같은 팽팽한 젊음을 고스란히 간직하고 있었다. 거기에 빼어난 미모까지 갖추고 있었다.

은경은 앞좌석의 얼굴을 보는 순간 짙은 병색을 느낄 수 있었다.

"근데 사모님, 어디가 편찮으신 모양이에요. 안색이 좋지 않으신 데 저까지 폐를 끼쳐 드리게 되어서……."

혜정은 대답 대신 고개를 돌렸고, 은경은 머쓱해서 한뼘 뒤로 물러나 앉았다. 성구는 운전을 하며 백 미러에 비친 은경이라는 아가씨를 흘긋 바라보았다. 물에서 갓 건져 올린 생선처럼 그녀는 싱싱하고 아름다웠다. 여인의 체취가 콧속으로 감미롭게 스며드는 것 같기도 했다.

우연히 한순간 두 사람의 눈길이 백미러를 통해 부딪쳤다. 은경은 생긋 웃어 보였고 성구도 덩달아 미소를 지었다. 그러나 손바닥만한 거울을 통해 웃어 보인 두 사람의 미소를 혜정은 전혀 눈치채지 못했다.

"아저씨는 무얼 하시는 분이죠? 학자님 스타일은 아니고…… 혹시…… 사장님? 그렇죠, 맞죠, 사모님과 연말 여행 떠나오신 거죠? 그런데……."

"그런데?"

"스키장 가시는 분 복장으로는 어울리지가 않아서요."

그녀는 계속 떠들어댔다. 성구는 아내의 눈치를 보며 간간이 말대꾸를 해주고 있었다. 엷게 스며오는 화장품 냄새만이 아니었다. 스물 다섯이라는 여인으로서의 젊은 향기가 금세 좁은 공간을 메워 주고 있었고, 성구는 이 새로운 변화에 황홀하리만큼 감미로운 생명감을 느끼고 있었다.

"아저씨, 나 음악 틀어 주세요."

"그래? 무슨 음악으로 할까. 팝송? 세미클래식, 가요……."

"아무 거라도 좋아요. 가능하면 팝송이 좋겠네요, 카세트보다는

FM이 낫겠죠, 계속 나오니까요."

"팝송을 좋아하는 모양이군."

성구는 FM 다이얼을 돌렸다. 잘 모르는 가수의 찢어지는 듯한 목소리가 들려오고 있었다. 혜정의 시선은 먼 산의 눈밭에서 좀처럼 떨어지지 않고 있었다. 그러나 그녀의 신경은 성능 좋은 안테나처럼 꼿꼿이 선 채 남편과 낯선 아가씨의 대화에 곤두서 있었다.

서울을 떠나 이곳까지 오는 동안, 아니 이 아가씨가 차에 오르기 전까지 부부간에 주고받은 대화는 고작 서너 마디뿐이었다.

그럼에도 불구하고 두 사람은 만나자마자 언제나 싶게 다정해지고 있었다. 라디오에서는 음악이 흘러나오고 있었고, 남편의 목소리는 한여름 소나기 맞은 풀잎처럼 싱싱하게 젖어가기 시작했다.

혜정은 입술을 깨물었다.

그리고 가슴속 저 밑바닥에서부터 끓어오르는 질투와 분노를 꾹꾹 눌러 참고 있었다. 그것은 참으로 미묘한 감정이었다. 남편에 대해 딱히 할 말도 없었고, 또 조금이라도 덜 피로해 보이겠다고 될수록 편안한 자세로 앉아 있었다.

이 여인은 자신을 대신해 남편을 즐겁게 해주고 있었던 것이다. 이때 은경이라는 아가씨가 핸드백에서 껌을 한 통 꺼내 뜯었다. 그리고 한 개를 혜정에게 넘겨주었다.

혜정은 어깨너머로 건너오는 껌을 어쩔 수 없이 받아들었다. 막내 동생 같은 아이에게 질투심을 보일 만큼 설익지는 않았다는 것을 보여주고 싶었기 때문이었다.

"아저씨도 한 개."

혜정은 부르르 몸을 떨었다. 은경은 껌의 껍데기를 벗겨 우람

한 남편의 어깨너머 입 속으로 넣어 주었던 것이다.

"허허…… 이거."

남편은 아내를 흘긋 바라보며 핸들을 쥔 채 받아 물었다.

"아저씨는요, 사모님과 제 목숨을 책임지고 있거든요, 핸들에 말이에요, 그러니 조심하셔야 돼요."

그녀의 입은 잠시도 쉬지 않고 떠들고 있었다. 남편은 불편한 표정을 지으면서도 대화에 재미를 느끼는 표정이었다.

혜정은 잠시 눈을 감았다. 피로가 갑자기 온몸을 덮쳐온 것이다. 그리고 보니 세 시간 동안 한번도 쉬지 않고 달려온 셈이 되었다. 혜정은 차를 세우도록 남편에게 부탁했다.

"여보, 나 피곤해요, 뒷좌석으로 옮겨서 좀 눕고 싶은데……."

"어머, 사모님, 불편하세요? 그럼 저와 자리 바꿔요. 제가 앞좌석으로 갈 테니 오셔서 좀 편하게 누우세요."

자동차가 멈추자 은경은 벌떡 일어나 앞자리로 옮겼고 이번에는 혜정이가 뒤에 앉게 되었다. 다리를 뻗고 몸을 누이니 편하기는 했지만 이내 후회가 앞서기 시작했다.

남편과 나란히 앉은 노란 스키복의 아가씨에게 앞좌석만이 아니라 마치 아내의 자리까지 빼앗기게 된 것 같은 미묘한 감정이 분출되었던 것이다.

방석 두 개를 포개어 놓고 거기에 몸을 의지했다. 그리고 널찍한 남편의 뒷모습을 바라보았다.

저 넓고 우직한 어깨에 매달려 한때는 행복한 꿈을 꾸기도 했고, 또 깊이 감추어져 있던 성애(性愛)의 본능을 불태우기도 했다.

그러나 지금은 사정이 달랐다. 오랫동안의 병상 생활과 단절된 성의 본능으로 이제는 남편의 어깨가 오히려 낯설어 보이기까지

했다.

은경이라는 여인은 계속 무슨 이야기인가를 남편의 귀에 대고 속삭이고 있었고 남편은 웃으면서 고개를 끄덕였다.

'어쩌면 나는 이 여자에게 운전석의 옆자리만 빼앗긴 게 아니라 더 큰 자리까지도 빼앗기게 될지 모른다.'

그녀는 알 수 없는 불안감에 휩싸이기 시작했다.

눈길이 미끄러워 스키장에 도착하기까지는 상당한 시간이 걸렸다. 짧은 겨울 해는 어느새 꽁무니를 감추었고, 스키장 주변에는 캠프파이어를 즐기는 젊은이들의 유쾌한 함성과 웃음소리가 가득했다.

산속인데도 골짜기에 위치해서인지 바람은 죽어 있었지만 지난밤 내린 눈이 추위에 녹지 않아 무릎까지 빠질 정도로 쌓여 있었다.

커피숍이 있는 본관에 이르러서야 은경은,

"정말 고마웠어요, 또 뵙겠습니다."

하는 짧은 인사말을 남기고 어디론가 모습을 감추었다.

주차장에 승용차를 주차시켜 놓은 다음 성구는 아내를 데리고 이미 예약된 작고 아담한 별장의 돌계단을 따라 오르기 시작했다.

힘에 겨워하는 아내를 부축하며 높은 계단을 올라 현관문을 열고 안으로 들어섰다. 스팀을 넣어서인지 실내는 아늑하고 따뜻하게 덥혀져 있었다.

성구는 닫혀진 커튼을 활짝 열었다. 마치 지금까지 갇혀 있던 답답함을 한꺼번에 털어 주듯 시원하게 보이는 공간 저쪽에 산의 윤곽이 어렴풋이 보이고 있었다. 광장에는 하얀 백설로 뒤덮인 나뭇가지 사이로 왁자지껄하는 젊은이들의 무리가 보였고, 그가운데로 장작 불꽃이 하늘을 찌를 듯 치솟고 있었다.

"좀 눕고 싶어요."

아내는 코트를 벗으며 침대에 걸터앉았다. 아내의 코트를 받아 옷걸이에 걸어 놓은 성구는 팔짱을 낀 채 잠시 불꽃놀이를 즐기는 젊은 남녀들의 활기찬 모습을 바라보고 있었다.

그의 눈에는 대학시절 사랑했던 방미혜의 모습이 스쳐가고 있었다. 사소한 일로 다투고 헤어진, 그러나 가장 오랫동안 머리 속에 남는 그런 여자였다. 바로 이곳, 이 스키장이 그녀와 결별을 선언했던 곳이다.

"나가서 바람이나 쐬시지 그래요."

밖의 출입이 귀찮아 옷을 벗고 침대에 누운 아내가 미안한 생각이 들었던지 한마디 불쑥 던졌다.

"내가 즐기려고 온 것이 아니잖아, 당신 기분 전환시키기 위해 온 거지."

이때 구내 전화벨 소리가 요란스럽게 울려왔다.

성구는 고개를 갸우뚱하며 수화기를 집어들었다. 이미 스키장 숙박 담당의 체크가 끝난 뒤였기 때문에 걸려올 전화가 있을 턱이 없었다.

수화기에서 밝은 여자의 목소리가 들려왔다.

"선생님 저예요, 채은경. 오늘 자동차 얻어 타고 온……."

"아! 그래요, 그래 친구들은 만났나요?"

"속상해서 전화 걸었어요. 모두 내일 출발하겠다는 거예요. 눈길이 무서워 못오겠다나요. 선생님, 지금 뭐 하고 계세요, 제가 신세도 갚을 겸해서 나이트 클럽에 초대하고 싶은데……. 물론 사모님도 동반하셔야겠죠?"

"무슨 전화예요?"

누워 있던 아내가 퉁명스럽게 물었다.

"별거 아냐, 낮에 합승시켜 주었던 아가씨인데 친구들을 만나지 못했나봐. 당신과 나를 나이트 클럽으로 초대하겠다는 군."

"그래요?"

아내는 좀 의아하게 생각했지만 그래도 요즈음 아이들치고는 제법 인사성이 있다고 생각했다. 그러나 혜정은 이미 물먹은 솜처럼 지쳐 있는 상태였다. 그렇다고 자기 때문에 남편까지 방에 묶어 두기에는 미안한 마음이 들었다. 또 자동차 안에서 가졌던 그 알량한 질투심을 이 시간까지 연장시키기에는 자존심이 허락하지 않았다.

그녀는 떠밀다시피 해서 남편을 밖으로 내밀었다.

두툼한 바지에 고급 티셔츠, 그리고 이태리 제 가죽 코트를 어깨에 걸치고 밖으로 나가는 남편의 모습이 완전히 시야에서 사라지자 그녀는 또 금세 자신을 원망하기 시작했다.

'그래, 저이를 혼자 내보내는 게 아냐, 상대는 예쁜, 그리고 젊은 여자야, 왜 밖으로 내보냈지?'

혜정은 피곤했지만 도무지 잠을 이룰 수가 없었다. 그녀는 벌떡 일어나 책상 앞에 앉았다.

객실 책상에는 스키장 안내도와 홍보용 편지지 그리고 볼펜이 꽂혀 있었다. 그녀는 생각나는 대로 메모지에 글을 긁적였다. 대학교를 졸업한 이후 처음으로 감정을 표현해 보는 글이었다.

남편은 어쩌면 나보다 더 외로울지도 모른다. 40대 초반의 남성이라면 이제쯤 인생을 확실하게 즐길 나이이다. 그러나 그는 나에게서 아무 것도 얻어 가는 것이 없다. 나는 병들고 피폐해져 가는 이 몇 근의 살과 뼈밖에 남은 것이 없는 식물 인간에 불과하다. 그러나 나는 아직도 그의 가슴속 깊이 잠재워 둔 애정을 믿고 있다.

그이에게 나는 이따금 냉랭하게 대하기도 하지만 나의 깊은 잠재 의식 속에는 그이에 대한 신뢰와 애정이 두텁게 깔려 있다. 그러나 지난 몇 달 동안 그는 나를 어떻게 대해 왔나. 이미 그이의 가슴속에 차지하고 있는 내 점유 부분은 한 뼘도 남지 않았다. 지금만 해도 그렇다. 정말 나를 위해 이곳에 왔다면 어떻게 저렇게 한 젊은 여성을 찾아 나설 수 있을까?

그 여인은 누굴까? 왜 나는 자꾸만 남편에게서 생명의 위협을 받는다는 불안감을 떨쳐 버리지 못하고 있는가? 외롭다. 내 뼛속까지 남아 있는 것은 아픔과 고독뿐이다. 왜 나는 그이를 새장의 새처럼 가두어 놓으려고만 하는가?

그이를 잊고 헤어져야 하는가? 아니다. 그래도 그이는 내 유일한 삶의 의욕이며 마지막 불꽃이다. 그런 그이는 지금 알지도 못하는 젊은 여성과 시간을 보내고 있겠지. 바로 내 호흡이 닿는 옆에서…….

88. 1. 2. 밤.

여기까지 써 내려가던 혜정은 그만 주르르 눈물을 흘리며 책상에 엎어졌다. 메모지를 구겨 휴지통에 집어넣고도 한동안 일어나지를 못하고 있었다.

 환희와 경악의 밤

　스키장의 나이트 클럽은 생각보다도 훨씬 컸다. 겨울 한철 몰려오는 스키족을 유치하기 위해 대폭적인 확장을 했고, 시설물도 서울에 뒤지지 않는 초현대식으로 꾸며 놓았다.
　현란한 사이키 조명과 '템페스트' 그룹의 경쾌한 음악으로 실내는 떠들썩하게 들떠 있었다.
　성구가 입구에서 두리번거리자 반대편에서 빨간 스웨터에 꽉 조이는 블루진 바지를 입은 아가씨가 손을 흔들며 다가왔다. 머리카락이 어깨 뒤로 치렁치렁 늘어져 더욱 생동감이 넘쳐 보였다. 은경이였다.
　"선생님, 나와 주셨군요. 사모님은……."
　"알다시피 몸이 좀 불편해서."
　"어쩔 수 없죠. 오늘 정말 고마웠어요. 오늘밤은 제가 한턱 쓰는 거예요."
　"허허……, 이 나이에 얻어 마실 수 있다. 술값은 내게 맡기는 게 어때?"

"안돼요, 이래뵈도 있는 집 외동딸이에요."

"하하, 두손들었군."

은경은 어느새 성구의 손을 잡고 있었다. 그리고 날렵한 걸음으로 빈 테이블을 찾아가 앉았다.

디스코 시간이 끝이 났는지 잠시 휴전이라도 하듯 조용한 블루스 곡이 흐르기 시작했다. 그 사이 시원한 맥주와 안주가 날라져 왔고 두 사람은 유리잔을 부딪치며 한 잔씩 시원하게 따라 마셨다.

"선생님, 한 곡 어떠세요?"

"쑥스럽구먼. 좋아, 나가지."

은경은 성구의 팔에 매달려 깡충거리며 스테이지로 올라갔다.

십여 쌍이 물 흐르듯 부드럽게 스테이지를 밟기 시작했다. 성구는 은경의 손을 잡으며 한 손으로 그녀의 허리를 감아 안았다. 부풀어오른 탄력 있는 그녀의 가슴이 뭉클 가슴에 와 닿았다. 그녀의 향기로운 머릿결 내음이 콧속을 파고들었다. 탄력 있는 피부와 아름다운 얼굴, 젊은이들만이 갖는 싱그럽고 탄탄한 내음에 성구는 잠시 도취되어 있었다.

은경은 매끄럽게 스텝을 밟으며 널찍한 성구의 가슴으로 파고들었다. 그녀는 얼굴을 번쩍 들었다. 볼과 입술이 맞닿을 정도로 밀착되었다.

"선생님!"

"응?"

"사모님 몹시 쇠약해 보여요. 같이 나오셨으면 기분 전환도 되고 좋았을 텐데……."

"피곤하다는구만."

"선생님이라고 불러도 되죠, 선생님이 사장님보다 훨씬 격에 어울리는 것 같아요. 이를테면…… 지적인 아저씨라고나 할까요!"

"허허, 그래? 그럼 선생님으로 불러주면 될 게 아냐?"

어느새 성구는 깜박 아내를 잊고 있었다. 음악은 블루스에서 디스코로 디스코에서 다시 블루스로 연이어 갔다. 시간도 자정을 육박하고 있었다.

은경은 성구의 가슴에 바짝 달라붙었다.

"선생님, 참 멋있어요."

"허허…… 무슨 소리야."

"제 남자 친구들 있잖아요, 비린내가 나는 거 같아요, 낮에 차에서 처음 뵈었을 때부터 선생님이 참 근사하게 보였거든요, 흰 눈이 뒤덮인 스키장으로 아내와 함께 여행하시는 모습, 전 사실 무척 아름답고 부럽게 느껴졌어요. 그런데…… 사모님이 편찮으시다니…… 선생님이 조금 불쌍하게 생각되었어요."

"……"

"오늘 저녁 제가 파트너 되어 드려도 괜찮죠? 저 오늘 참 행복해요, 친구들이 못 온 게 다행이다 싶을 정도로요."

성구는 그저 웃고만 있었다. 그러나 가슴속 저 깊은 곳으로부터 밀려오는 이 젊은 여인의 풋풋한 냄새의 유혹을 성구는 쉽사리 떨쳐 버릴 수가 없었다.

시계 바늘이 막 자정을 넘기기 시작했다. 두 사람 모두 약간은 취기가 오르고 있었다.

테이블에 앉아 은경은 성구를 가만히 바라보고 있었다.

"선생님, 눈밭을 걸어 보고 싶어요, 한 시간만 더 빌려주세요."

"정식 데이트 신청인가?"

"그냥 걷자는 거죠, 무척 낭만적일 것 같아요. 아무도 밟지 않은 하얀 백설, 그 위를 선생님과 제가 처음으로 남기는 발자국."

"좋아, 나가서 걷지."

"감사합니다."

은경은 웃으면서 벌떡 일어났다.

"하지만 이대로는 너무 추울 것 같아요, 저 코트도 걸치고 양말도 갈아 신고 나올게요, 여자니까 시간이 좀 걸리겠죠. 30분 후 스키장 입구 워킹 코스로 나갈게요. 그리로 꼭 나오세요."

은경은 일방적으로 시간과 장소를 정해 놓고 돌아갔다. 성구는 본관과 40여 미터나 떨어진 별채로 돌아와 조용히 문을 열었다. 아내는 어느새 깊은 잠에 곯아떨어져 있었다. 부산떨며 아내를 깨우느니 차라리 은경이가 나올 때까지 카페에 가서 위스키나 한잔 더 들겠다는 생각으로 장갑을 들고 불을 끈 다음 밖으로 나섰다. 푸른 달빛이 탐조등처럼 눈밭을 내리비치고 있었다. 그는 서두르지 않고 눈밭을 바라보며 천천히 걸어 카페로 들어섰다.

카페 역시 울긋불긋한 스키복 차림의 젊은이들로 가득했다. 30대를 갓넘어 이제 막 40대에 들어선 나이였지만 성구의 가슴속에 불타고 있는 젊음은 20대와 다를 것이 하나도 없었다. 그는 카운터 구석에 앉아 위스키 잔을 기울이며 조금은 외로워하고 있는 자신의 모습을 발견할 수 있었다.

사업 확장을 위해 정신없이 뛰어다닌 결과 지금은 제법 탄탄한 작은 기업의 사장 자리에 오를 수 있었지만 경제적인 안정을 얻고 보니 어느새 아내는 폐인이 되다시피 되었고 자신은 홀로

벌판에 버려진 외톨이가 된 기분이었다.

술을 마신 까닭인지 얼굴에 열기가 오르기 시작했다. 은경과 만나기로 한 시간이 5분밖에 남지 않았다. 약간 높은 지대에 위치한 스키장 입구까지 가려면 부지런히 걸어도 7~8분은 족히 걸린다.

그는 계산을 마치고 카페를 나와 걷기 시작했다. 걸으면서도 그는 조금씩 갈등을 느끼고 있었다.

아내에게로 돌아갈까, 아니면 일방적으로 약속을 하고 가버린 은경에게로 갈까 하는 생각 때문이었다. 그러나 발걸음은 그의 생각을 무시한 채 자꾸만 눈밭을 향해 걷고 있었다.

스키장 입구의 산책로에 도착한 뒤에도 20여 분이 훨씬 지나서야 은경은 도착했다. 하얀 털스웨터로 갈아입었고, 머리에는 빨간 털모자가 씌어져 있었다. 그녀는 멀리서부터 성구를 알아보았는지 한걸음에 달려와 가슴에 안겼다.

"늦어서 죄송해요, 원래 여자란 게 그렇거든요, 호호호…… 전요, 혹시 선생님이 안 나오시면 어쩌나 했어요."

은경은 거리낌없이 성구의 목에 두 팔을 휘감으며 매달렸다. 성구는 온몸에 은경의 감촉을 느끼고 있었다. 그리고 가냘픈 그녀의 두 어깨를 감싸안고 입술로 찾아갔다. 은경은 까치발로 그의 입술을 받아들였다.

엉겨붙은 두 개의 혀는 좀처럼 떨어질 줄 몰랐다. 탐닉하듯 뜨거운 키스는 오랫동안 계속되었다. 은경이 몸을 밀착해 올수록 그녀의 팽팽한 젖무덤이 성구의 말초 신경을 자극시켰다.

두 사람은 그대로 눈밭에 쓰러졌다. 성구는 장갑을 벗고 스웨터 밑으로 손을 집어넣었다. 따뜻한 젖무덤의 감촉이 손끝을 타고 전류처럼 흘러들어갔다. 그는 손으로 유방을 힘껏 움켜쥐었다.

"아…… 선생님!"

그녀는 팔을 더욱 조이고 성구의 입술이며 귓밥이며 목덜미를 혀로 핥아내기 시작했다. 사람이라고는 그림자도 찾아 볼 수 없는 눈 덮인 산책로의 넓은 벤치로 옮겨가며 두 사람은 좀처럼 떨어질 줄을 몰랐다.

성구는 코트를 벗어 벤치 위에 깔고 그 위에 은경을 뉘였다. 몸에 열기가 달아올라서인지 추운 줄도 몰랐다. 그녀가 눕자 성구는 한 손으로 다시 가슴을 더듬으며 한 손으로는 그녀의 블루진 바지를 벗기기 시작했다. 우윳빛 허벅지로부터 바지는 서서히 밑으로 내려가기 시작했다. 바지가 완전히 벗겨지자 마치 손바닥만한 헝겊처럼 하얀 팬티가 마지막 보루를 지키고 있었다.

성구는 그녀의 팬티마저 벗긴 다음 허리띠를 풀고 올라갔다. 은경은 눈을 감은 채 성구의 목을 으스러지게 끌어안았다.

성구는 실로 오랜만에 한 여인의 속살에서 밀려오는 성적인 쾌감을 느끼기 시작했다. 온몸이 빨려들 듯한 이상한 전율 속에 이따금 들려오는 그녀의 신음 소리는 더욱 살갗을 자극시켰다.

"아…… 행복해요, 선생님."

마침내 그녀는 울 듯한 목소리로 속삭이며 성구의 품에서 떨어져 나갔다.

성애의 희열을 처음 발견한 듯 그는 온몸에서 빠져나가는 열기의 마지막 여운을 즐긴 후 바지의 자크를 채웠다.

은경은 쑥스러운 듯 다시 성구의 팔에 매달렸다.

"우리 걸어요."

참새처럼 할딱이는 심장을 누르며 은경은 성구의 팔에 매달려

걷기 시작했다. 숙소의 본관 뒷산 길을 돌아 높은 곳으로 올라가자 성구가 투숙한 별채가 저 아래로 보이기 시작했다. 불을 꺼버려 마치 검은 괴물이 잔뜩 웅크리고 있는 것 같은 모습이 눈에 들어왔다.

'혜정이에게는 미안하게 되었군.'

그는 그때서야 비로소 자신이 김혜정이라는 한 여인의 남편이란 것을 소스라치게 의식하기 시작했다.

병들어 있는 아내를 별장 구석에 처박아 두고 오늘 처음 만난 어린 여성과 정사를 즐겼다는 것이 얼마나 뻔뻔스러운 행위냐며 스스로를 자책하고 있었다.

'돌아가자, 아내에게 돌아가자, 내가 이곳을 찾아온 목적이 무엇이냐?'

그가 말을 꺼내기 위해 막 은경을 돌아보는 순간 은경은 발걸음을 멈추며 한 곳을 응시하고 있었다.

"어머, 선생님. 저기 좀……. 보세요, 저게 뭐죠?"

은경이가 가리키고 있는 손끝. 산길 아래 10여 미터 골짜기에 검은 물체가 길게 누워 있었다. 멀어서 윤곽은 뚜렷이 보이지 않았지만 사람이란 것만은 확실히 직감할 수 있었다.

"누가 미끄러져 떨어졌나봐."

깜짝 놀란 성구는 은경의 손을 잡고 한 손으로는 소나무 가지를 잡으며 조심스럽게 계곡으로 내려갔다.

검은 물체로 다가가 허리를 굽혀 내려다보던 성구는 깜짝 놀라 검은 옷을 입은 여인을 들어올렸다.

자신이 부인에게 사 준 검은 모피 코트를 알아 본 것이다. 은경이가 발견한 검은 물체는 성구의 아내 혜정이었다. 그녀의 목은 넥타이로 조여 있었고, 숨이 끊어졌는지 입을 크게 벌리고 있었다.

"주, 죽었어. 혜정…… 혜정이가……. 이게 어떻게 된 거야, 이 넥타이는…… 이건……."

혜정의 목에 감겨 있는 넥타이를 본 순간 그는 또 한번 자지러질 듯 놀라고 있었다.

지난 여름 부장들이 생일 선물이라고 건네준 불란서 제 입센로랑의 푸른색 넥타이였던 것이다.

"어머……."

입을 틀어막으며 비명을 지르던 은경은 쓰러질 듯 비틀거렸다.

성구는 혜정을 눈 바닥에 내려놓고 은경을 부축했다.

"어…… 어떻게 된 거예요, 사모님 아니에요?"

"누가 아내를 살해한 후 이곳에 버렸어? 도대체 어떤 놈의 짓이야?"

그는 서 있는 자세 그대로 망연히 아내의 시체를 바라보고 있었다. 이제 그는 어떻게 행동해야 좋을지 모를 정도로 넋을 잃고 있었다.

아내는 잠옷 위에 검은 코트를 걸치고 있었다. 누군가 방을 습격한 후 아내를 살해하고 이곳에 버린 것이다.

성구는 잠시 혼란한 머리를 가다듬었다.

'지금 빨리 숙소를 옮겨야 한다. 그러나 자칫하면 사람들의 눈에 띄기 쉽고 만일 목격자가 생긴다면 자신은 영락없이 살인자로 몰리게 될 것이다. 지금은 아내의 시체를 끌고 들어가기에는 좋지 않은 시간이었다. 더구나 지금까지 전혀 낯선 여인과 함께 시간을 보내고 있었다.'

놀라움에서 냉정을 되찾자 그는 비로소 자신의 위치가 어떻게 되어 있는지를 알게 되었다. 은경은 옆에서 새파랗게 질려 벌벌 떨고 있었다.

"……전 휘말리고 싶지 않아요."

"알아, 알고 있어. 하지만 늦었어. 어떻게 된 건지는 모르지만 우리는 꼼짝없이 함정에 빠진 거야. 이 넥타이는 내가 가져온 게 아냐. 난 털스웨터와 티셔츠밖에는 가져온 게 없어. 누가 날 미행했어……."

은경은 갑자기 고개를 번쩍 들었다. 그리고 쏘아보듯 성구를 바라보았다.

"혹, 혹시…… 선생님이 저 때문에……."

아내가 병약하다고 몇 번이나 말했던 사람. 그리고 자신을 만나 짧은 시간에 뜨거운 사랑을 불태우던 이 중후한 사내는 자신을 만나러 나오기 전에 아내부터 처치하고 나온 게 아니냐고 따졌다.

"조용히 해, 난 아내를 살해하지 않았어. 진실이야."

아내의 죽음을 의식했는지 성구는 시체를 끌어안고 흐느껴 울기 시작했다.

너무나 어처구니없는 죽음이었다. 잃어버린 건강을 되찾겠다고 별러 온 여행에 건강은커녕 어이없게 시체로 발견된 것이다.

큰소리도 지르지 못하고 오열하는 성구의 모습을 바라보던 은경은 다가갔다. 그녀도 떨리는 가슴을 주체하기 힘들었지만 그녀는 자신만이 성구의 편이 되어 줄 수 있는 유일한 사람이란 것을 느꼈던 것이다.

그녀는 여성 특유의 냉정을 회복해 가며 이 상황을 어떻게 극복해 나갈 것인가를 생각하고 있었다. 자칫하면 은경 자신까지도 이 여인의 실인 사건에 휘말리게 된다. 이 순간을 극복하는 좋은 방법은 없을까?

성구는 계속 흐느껴 울고 있었다.

"어떡하지, 자칫하면……"

"맞아요, 자칫하면 우리는 살인범으로 몰리게 돼요. 무슨 방법 이 없을까요?"

"……"

"선생님, 지금 시체를 운반한다는 건 바로 우리가 살인을 했다 는 것을 인정하는 것밖에 안돼요. 우선 여기 눈 속에 그대로 묻 어놓았다가 안전한 새벽에 차에 싣고 이곳을 떠나요. 그 방법밖 에는 도리가 없어요."

성구는 아무리 생각해도 이해할 수가 없었다. 아내가 모피 코 트 하나를 걸친 채 이곳에서 시체로 발견되다니, 조금 전만 해도 검은 눈동자로 나를 바라보며 이야기하지 않았던가! 아내의 몸 으로 보아 치정이 얽혔다고 볼 수도 없고, 또 원한에 의한 살인 이라고 생각할 수도 없었다. 누가 왜 아내 혜정의 뒤를 밟아 살 해했단 말인가!

은경은 어느새 눈밭에 엎드려 눈 구덩이를 파고 있었다. 얼마 쯤 파 들어가자 성구를 올려다보았다.

"이왕에 엎질러진 물이에요, 그러고 서 있기만 하면 어떡해요? 빨리 이 속에 묻어요."

"은경이…… 지금…… 뭘 하고 있는 거야."

"어쩔 수 없잖아요, 생각해 보세요. 저와 선생님이 데이트하고 있는 시간에 사모님이 살해되었어요. 누군지는 몰라도 범인은 우리가 살인범이 되길 원하고 있을 거예요."

"그래서…… 이 눈 속에……"

"시간이 없어요, 누가 보기 전에 빨리 여길 떠나야 해요."

그녀는 울 듯한 얼굴로 성구를 바라보며 애원하고 있었다. 그
때서야 성구는 아내를 눈 구덩이로 밀어 넣고 눈으로 시체를 덮
었다.

"빨리 돌아가요."

새파랗게 질린 은경은 재촉했다.

성구는 일단 은경과 함께 자신의 숙소로 돌아왔다. 실내에 아
내가 없다는 것 외에는 전혀 변화가 없었다. 누군가와 다툰 흔적
도 깨진 물건도 전혀 눈에 띄지 않았다.

두 사람은 긴장과 공포로 잔뜩 일그러진 채 침대에 걸터앉았다.

"선생님, 차라리 관리실에 신고를 하는 게 어떻겠어요? 이러다
가 정말 무슨 일이라도 생기면……."

은경은 말끝을 맺지 못하고 성구의 어깨에 얼굴을 파묻고 흐
느끼기 시작했다.

"늦었어. 모든 게 늦어 버렸어. 우린 이미 시체를 건드렸고, 더
구나 아내의 목에는 내 넥타이까지 매어져 있어. 이제 뒤늦게 신
고해 봤자 우리만 살인범으로 몰리게 돼."

"그럼 어떡하죠?"

"은경이 말대로 사람들이 완전히 잠든 새벽에 시체를 꺼내다
가 트렁크에 넣은 다음 서울 가는 길목에 버리는 거야. 은경이는
서울로 가고 나는 스키장으로 되돌아와 낮에 실종 신고를 내는
거야. 감쪽같이 빠져나가야지. 그리고 범인을 찾아내서 숨통을 끊
어 놓을 거야."

"사모님과 같이 온 걸 많은 사람들이 알 텐데 아무래도 선생님 한테……."

"그러니까 시간을 벌자는 거지."

"가능할까요?"

"최선을 다해야지."

성구는 담배를 꺼내 입에 물었다. 비로소 조금씩 이성을 회복하기 시작했다. 아내는 분명히 누군가에 의해 피살당했다. 그리고 아내의 목에 자신의 넥타이를 조여 놓음으로써 자신을 완벽한 함정에 빠뜨리려 했던 것이다.

'만일 시체가 다른 사람에 의해 발견 되었다면 어떻게 되었을까? 그나마 먼저 발견한 것이 불행중 다행이라고나 할까?'

어쨌거나 은경과 자신은 범인이 던져 놓은 덫에 완벽하게 걸려 든 셈이었다.

'일단 아내의 시체를 처리한 다음 범인을 찾아 나서자.'

은경은 머리를 들었다. 눈에 눈물이 하나 가득 고여 있었다.

"앞으로 전 어떻게 해야 하죠?"

"일단 서울로 전화를 걸어. 친구들보고 급한 일이 있으니 스키를 즐기는 건 다음으로 미루자고 해. 그리고 내일 서울로 올라갔다가 자연스럽게 다시 이곳으로 와. 아까 이야기한 대로 나는 움직일 테니."

"전, 전 무서워요. 앞으로 어떡하면 좋지요? 우리 둘이 사모님을 살해한 것으로 알려지면 전 끝장이에요."

성구는 은경의 등을 어루만져 주었다. 지난밤 짧은 데이트 한번 때문에 엄청난 구렁텅이에 빠진 이 젊은 여인이 불쌍해 견딜수가 없었다. 그녀를 건져내어 안전한 곳으로 옮겨 놓아야 하는 것이 자신에게 주어진 가장 다급한 사명임을 거듭 다짐하고 있었다.

"너무 걱정하지 마. 잘 해결될 거야."

성구는 될수록 침착한 태도로 그녀를 위로하고 있었지만, 정작 자신도 앞으로 어떻게 이 위기를 뚫고 나가야 할 지에 대해서는 아무 것도 생각나는 것이 없었다.

"어떤 놈이야, 도대체 어떤 놈이 나를 꼼짝없이 묶어 놓고 있는 거야."

그는 엎드린 채 또 한동안 오열을 삼키고 있었다. 함정에 빠졌다는 분노와 억울하게 죽은 아내 때문에 가슴이 아파 견딜 수가 없었다.

그리고 그대로 앉아서 생각하기 시작했다. 현재 은경과 함께 있는 것이 더욱 위험하다는 것을 깨닫게 되었다.

"일단 은경이는 은경이 숙소로 돌아가. 그리고 새벽 2시 50분쯤 눈 무덤에서 만나. 그 동안 나는 생각을 좀 할 테니."

"알겠어요."

은경은 밖의 동정을 조심스럽게 살펴본 후 숙소로 돌아갔다. 그녀마저 사라지자 방안은 더욱 을씨년스러워졌다. 썰렁하게 비어 있는 방의 침대에 걸터앉아 다시 생각에 잠기기 시작했다.

다행히 사건은 외진 산골짜기에서 발생되었고 시간도 심야였다.

이 시간이라면 범인은 아직도 이 스키장에 머물고 있다는 결론이 된다. 혹 자가용을 이용했다 하더라도 조사해 보면 틀림없이 이 한 밤중에 스키장을 빠져나간 것을 목격한 사람이 있을 것이다.

만일 라이트를 끄고 몰래 빠져나갔다면 가능하지 않을까? 아니다. 아무리 운전에 천재라고 해도 이 빙판 길을, 더구나 험준한 산악 지대의 좁은 길을 라이트마저 끈 채 운전할 수는 없다. 내 일부터 이곳에 투숙한 놈들을 뒤져 용의자를 찾아내고야 말겠다.

시간은 어김없이 흐르고 있었다. 마지막 담배를 태운 후 빈 갑을 쓰레기통에 버리고 벌떡 일어났다. 어느새 새벽 2시 50분이 다가 오고 있었다.

맑던 하늘이 침침한 구름으로 뒤덮이기 시작했다. 아내를 묻어 둔 눈 무덤 근처에 은경은 잔뜩 웅크린 채 서 있었다.

시끄럽던 캠프파이어의 젊은이들도, 팔짱을 낀 채 설경을 즐기던 연인들도, 지금은 모두가 모습을 감춘 채, 무서운 정적만이 스키장을 감싸고 있었다.

빛나는 눈밭과 하늘은 검은 구름이 음울한 겨울밤을 지켜 주고 있었다. 두 사람은 아주 조심스럽게 다시 계곡으로 내려가기 시작했다. 그러나 가슴이 울렁거려 발걸음이 떼지지가 않았다. 10년이 훨씬 넘도록 함께 살아온 아내, 그녀의 죽음을 보고도 신고조차 할 수 없는 자신의 처절한 운명을 차라리 저주하고 싶은 심정이었다.

두 사람은 이윽고 눈으로 덮어놓은 지점에 이르렀다. 성구는 잠시 망설이다가 용기를 내어 눈덩이를 파헤치기 시작했다. 그러나 눈 무덤이 바닥이 나도록 파헤쳤지만 아내의 모습은 그림자도 보이지 않았다.

"……?"

은경의 눈이 휘둥그래졌다. 성구는 깜짝 놀라는 은경을 바라보며 다시 미친 사람처럼 눈밭을 뒤졌다. 은경이도 함께 파헤쳤으나 끝내 아내의 시체는 나타나지 않았다.

은경은 겁에 질린 얼굴로 성구의 품으로 파고들었다.

"당했어, 또 당했어. 살인범은 이번에는 아내 시체까지 빼돌렸어."

그는 벌떡 일어나 미친 사람처럼 언덕 위로 기어올라갔다. 은경도 겁에 질린 채 성구의 뒤를 따라갔다.

"선생님 진정하세요, 제발 좀 진정하시고 차분히……"

그러나 은경의 목소리는 목구멍에 걸려 더 이상 터져나오지 못했다.

은경은 성구를 따라 언덕까지 올라갔다. 당황해 어쩔 줄 몰라하고 있는 그의 옷소매를 잡으며 제발 좀 진정하라고 애원했다.

"선생님, 제발 좀 침착하라구요, 이렇게 당황하시면 어떡해요? 우리가 사모님을 살해하고 시체를 치우고 한 것은 아니잖아요?"

"그러니…… 그러니 도대체 날더러 어쩌라는 거야. 은경이도 보았지만 분명히 우리가 눈속에 묻어 놓았잖아, 그런데도 감쪽같이 시체가 사라졌으니, 분명히 누군가가 우리 뒤를 밟고 있어. 그놈이 바로 아내를 살해한 놈이야. 놈은 나까지 노리고 있는 게 분명해. 날 함정에 빠뜨리기 위해 치밀하게 각본을 짜 놓고 내가 빠져드는 것을 즐겁게 감상하고 앉아 있는 거야. 있어, 분명히 이 스키장 안에 있어. 내가 놈의 목을 잡아 비틀어 놓고 말 거야."

성구는 흐느끼며 눈밭에 털썩 쓰러졌다. 은경은 그를 부축하여 겨우 숙소까지 데려올 수 있었다. 은경은 성구에게 이번에는 자신의 숙소로 돌아가자고 했고 성구는 그 의사를 따랐다.

혜정을 목 졸라 살해한 다음 계곡에 버렸고, 눈 속에 파묻은 다음 성구가 잠깐 현장을 비운 사이 다시 시체를 옮겨 어디론가 사라진 범인. 알 수 없는 의문의 인물이 오늘밤 성구의 숙소를 습격하지 않는다는 보장을 할 수가 없기 때문이었다. 더구나 이들은 이런 절박한 상황을 그 누구와도 상의할 수 없다는 데 불안감이 고조되고 있었다.

성구는 젊고 팽팽한 은경과 초저녁부터 나이트 클럽에서 춤추고 술 마시며 시간을 즐겼고, 이 현장을 많은 사람들이 목격했다. 그런데다가 죽은 아내의 목에는 자신이 가져오지도 않았던 넥타이가 감겨 있어 즉시 신고도 할 수 없었다.

철저한 절망의 벼랑 끝에 서 버린 것이다. 지금은 어린아이가 와서 손끝으로 떠밀어도 천해의 낭떠러지로 추락할 만큼 급박한 위기에 몰려 있었다.

두 사람은 침대 옆 의자에 마주보고 앉았다.

"도대체 살인범은 어떤 녀석이야, 왜 시체를 다른 곳으로 옮겨갔지?"

은경은 아까부터 곰곰이 생각에 잠겨 있었다.

"선생님, 저……"

"말해, 뭐 짚이는 거라도 있는 거야?"

"그게 아니구요, 혹…… 실례가 안 될지 모르지만……"

"실례? 나한테, 뭘 말하고 싶은 거지?"

"혹시, 그럴 리는 없지만…… 사모님을 살해한 것이 선생님이 아닌가 해서요."

"뭐야? 지금 뭐라고 그랬어. 난 내 아내를 죽이지 않았어. 죽일 틈도 없었잖아?"

"선생님, 전 선생님 편이에요, 어떤 경우라도 선생님을 위해 뛸 거예요. 이미 지난밤 선생님에게 몸까지 드린 여자예요. 어리다고 하지만 생각도 할 수 있는 나이고요. 그러니 말씀하세요. 물론 아니기를 바래요. 선생님은 나이트 클럽에서 저와 헤어진 다음 저에 대해 생각하셨죠? 귀찮은 아내만 아니면 손에 넣을 수도 있다고요. 그래서 숙소로 돌아가 사모님을 넥타이로 목 졸라 숨지게 한 다음 계곡에 버렸죠? 불행히 내 눈에 뜨였고요? 다급한 나머지 날 숙소로 돌려보내고 다른 계곡으로, 아주 눈에 띄지 않은 그런 곳에 버리고 온 거예요. 무서워요, 선생님이 무서워졌어요. 그렇죠? 사실이죠?"

은경은 두 손으로 얼굴을 가린 채 또 흐느끼기 시작했다.

"아냐, 난 은경이가 좋아지긴 했지만 아내를 죽일 만큼 철없는 나이는 아니야. 잠깐이긴 했지만 사회 활동, 회사, 가정도 포기하는 한이 있어도 은경이만 얻을 수 있다면 얼마든지 행복할 수 있을 거라는 생각은 했었지. 하지만 생각해 봐. 하필 이런 데서…… 많은 사람들에게 이 스키장에 온다는 것을 알리고 왔는데 여기서 아내를 죽여 어쩌겠다는 거야? 안 그래? 그건 상식이야."

"하긴, 그렇군요. 죄송해요. 너무나 터무니없는 일이라서 그만 짧게 생각했나봐요."

울음을 그친 은경은 다시 성구의 품으로 파고들었다. 두 사람은 공포와 불안 속에 휩싸인 채 앉아 있었고 밤은 점점 깊어만 갔다.

"무서워요, 무서워서 견딜 수가 없어요. 나까지 살인범으로 몰리면 전 어떡해요? 유학이고 뭐고 다 헛꿈이에요."

"알아, 알고 있어. 이럴 때일수록 정신차려야 돼. 반드시 범인은, 범인은 나타나. 기다리자. 기다리면 해결의 실마리가 풀릴 거야."

성구는 가냘프게 떨리고 있는 은경이의 어깨를 감싸 안았다. 은경은 몸을 돌려 다시 성구의 품으로 파고 들었다.

"너를 위해서라도 꼭 살인마를 잡아내겠어."

성구는 머리카락 사이로 빤히 올려다보는 은경의 얼굴을 끌어당겼다.

그리고 윤기가 흐르는 입술을 힘껏 빨았다. 불안과 긴장을 이겨 보겠다는 생각이 엉뚱하게도 욕망의 끄트머리에 불을 질러버리고 말았다.

성구는 은경의 목덜미를 난폭하게 끌어안고 뜨겁게 키스를 퍼부었다. 그리고 한 손으로 스웨터를 벗기기 시작했다.

우윳빛 살결 위에 갈색 브래지어 끈이 손에 잡혀왔다. 부르르 몸을 떨던 은경은 손을 뒤로 돌려 스스로 끈을 풀었다. 브래지어가 벗겨져 나가자 두 개의 유방이 출렁이며 나타났다.

성구도 옷을 벗었다. 평소 운동으로 단련된 완숙한 중년의 몸매가 우람하게 보였다. 알몸이 된 채 두 사람은 침대에 오르지 않고 그대로 바닥에서 뒹굴었다. 쾌락은 잠시 이들을 공포로부터 벗어나게 했다.

성구는 마치 이렇게 운명을 함께 해야 하는 어떤 의무감까지 갖게 되었다. 그의 손이 유방에서 다시 아래로, 마지막에는 은밀한 부분의 살 속 깊이까지 파고들었다. 은경과 성구의 몸은 땀으로 흥건히 젖었다.

"사랑해, 그래. 내가 죽는 한이 있더라도 은경이만큼은 지켜 줄거야."

"몰라요, 지금은 그저 행복하기만 할뿐이에요. 그냥 이대로 꺼져 버렸으면 좋겠어요."

은경은 마침내 짧은 비명을 토하며 무릎을 벌렸다. 그리고 30분이 넘는 격렬한 성 행위에 몰두했다. 머리를 압박하던 공포도 불안도 위기 의식도 참담하던 절망조차도 어디론가 순식간에 날아가 버렸다.

익을대로 익어 버린 성숙한 은경의 젊음과, 병약한 아내 때문에 감미로운 여인의 살결을 오랫동안 참고 견디어온 성구의 본능은 압박감으로부터의 해방이라는 불꽃과 어울려 더욱 정열적으로 타 들어가고 있었다.

"일어나 봐요."

격렬한 행위 뒤에는 필연적으로 수면이 몰려오기 마련이었다.

은경은 눈을 뜨고 주위를 돌아보고는 성구의 귀에 속삭였다. 지칠 대로 지쳐 잠깐 잠에 곯아떨어졌던 것이다. 성구는 잠을 털며 눈을 떴다.

"벌써 새벽 5시 40분이에요. 여기 이대로 있다가는 큰일 나겠어요."

성구는 정신이 번쩍 들었다. 그는 서둘러 옷을 입었다.

"어떡하죠?"

은경은 근심스러운 얼굴로 물었다.

"이제부터 각자 행동하자구."

"아무튼 선생님은 선생님의 숙소로 돌아가세요. 함께 있는 것을 사람들이 보면 더 불리하니까요. 저는 날이 밝으면 차편을 이용해 일찍 서울로 내려가겠어요. 참, 메모하세요. 제가 공부하고 있는 아틀리에 전화 번호예요."

"몇 번이지?"

성구는 수첩을 꺼냈다.

"754에 1768이에요. 저녁에 전화 기다릴게요."

"알았어. 나도 여기서 어느 정도 분위기를 살펴본 다음 서울로 내려가겠어."

어느새 시계 바늘은 6시를 가리키고 있었다. 악몽 같은 하룻밤은 또 그런 대로 시간에 밀려 지나가 버리고 말았다.

성구는 밖으로 나섰다. 맑고 냉랭한 겨울 새벽바람이 목덜미를 파고들었다.

아침 6시라고 하지만 강원도 산골짜기의 아침은 아직도 꼭두새벽이나 마찬가지였다. 아직 사람의 그림자는 얼씬도 하지 않았다.

별채까지 돌아온 성구는 조용히 방문을 열었다. 그리고 떨리는 마음으로 전기 스위치를 올렸다.

갑자기 방 안이 대낮처럼 밝아졌다.

침대는 여전히 썰렁하게 비어 있고 주인을 잃은 아내의 핸드백만이 을씨년스럽게 침대 위에서 나뒹굴고 있었다.

커튼을 열고 창밖을 바라보았다. 아직도 스키장은 어둠 속에 고즈넉이 묻혀 있었다.

술 마시고 떠들던 사람들도 아직 잠에서 깨어나지 못하고 있었다.

하룻밤에 두 번이나 가졌던 정사, 그리고 하얗게 지새운 피로는 공포와 긴장감을 이겨내지는 못했다. 피로한 줄도 졸리운 것도 잊었다. 오로지 어떻게 자신을 추적하는 범인을 찾아내느냐 하는 생각에만 골몰하고 있었다.

뿌옇게 날이 밝아오기 시작했다. 스키장 종업원들과 호텔 쪽의 종업원들의 모습이 하나둘씩 보이기 시작했고, 성급한 젊은이들은 밖으로 나와 가볍게 운동하는 모습도 보였다.

성구는 그때서야 비로소 움직일 시간이 왔음을 느꼈다.

날이 밝으면 은경과 일체 만나지도 연락도 않기로 했다. 모든 상의는 서울에서 하기로 약속한 것이다.

성구는 가벼운 운동복 차림에 귀를 덮는 털모자를 눌러쓰고 밖으로 나섰다. 그리고 운동을 하는 척 하며 뛰면서 천천히 지난밤의 사고 현장으로 방향을 틀었다.

여러 개의 발자국만 어지럽게 남아 있을 뿐 아내의 흔적은 여전히 찾아볼 수가 없었다. 눈 무덤은 어젯밤 파헤쳐진 그대로 있었고, 작은 단서라도 찾기 위해 그 근처를 뒤져보았으나 아무런 소득도 얻어내지 못했다.

'정말 귀신이 곡할 노릇이군.'

그는 우뚝 서서 하늘을 바라보았다. 그리고 생각을 정리하기 시작했다.

적어도 범인은 두 명 이상일 거라고 짐작했다. 얼어붙은 시체를 자유자재로 움직인다는 것은 그리 쉬운 일이 아니기 때문이다. 그들은 무슨 이유로 아내를 살해했을까? 그러나 그것보다도 성구를 더 의혹케 하는 것은 아내를 살해하여 깊은 계곡에까지 버린 범인들이 왜 다시 시체를 가지고 갔을까 하는 의문이었다.

'그렇다. 그들은 아내를 살해하고 계속 나를 미행하고 있었던 것이다. 은경과 만나는 것도, 벤치에서의 정사도, 그리고 마침내 아내의 시체를 발견하고 놀라 눈 무덤을 만드는 최후의 장면도 놓치지 않고 목격하고 있었다. 내가 아내의 시체를 발견한 후 그들은 다시 제2의 장소로 옮겨간 것이다. 아내의 시체는 아직도 이 스키장 안에 있는 것이다. 그리고……'

생각에 잠겨 있던 성구는 벌떡 일어나 다시 별채 숙소로 되돌아 왔다.

그리고 옷을 갈아입고 본관 커피숍으로 달려갔다. 이제 한 시간만 있으면 아침식사 시간이다. 이곳은 누구나 지정된 식당 한 군데를 사용하게 되어 있었다. 그는 커피를 마신 후 밖으로 뛰어나가 자가용과 스키장에서 고객을 위해 무료로 운행하는 버스, 그리고 일반 단체 관광객들이 타고 온 소형 버스의 번호를 남김없이 기록했다.

그리고 그는 관리실 직원을 은밀한 곳으로 불러냈다.

"나, 잡지사 기잡니다. 여러 가지 취재할 것이 있어 왔지요. 그런데 한 가지 부탁이 있는데……"

그는 주머니에서 10만 원 짜리 수표를 두 장 꺼내 그의 손에 쥐어주었다.

"사실은……"

성구는 목소리를 낮춰 그의 귀에 대고 속삭이기 시작했다.

"사실은 말이야. 나 흥신소 직원이야, 사정이 있어 그러니 눈을 딱 감고 여기 투숙한 사람들 명단을 얻어 줘, 할 수 있겠나?"

종업원은 잠시 망설였지만 주먹 속의 20만 원을 내놓지는 않았다. 그가 돌아가자 이번에는 식당으로 달려갔다. 그리고 공개적으로 사람을 뒤져보기 시작했다. 아내의 숨통을 끊어 놓은 직접적인 흉기는, 가져오지도 않았던 자신의 넥타이였다. 그것은 바로 범인이 아내를 잘 알고 있고, 또 집에도 자주 드나드는 사람일 것으로 추리했기 때문이었다. 그러나 아는 얼굴은 단 한 명도 없었다. 몇 쌍의 중년 부부도 있었고, 또 자신과 은경이처럼 그런 어울리지 않는 커플도 있었지만 전혀 의심 가는 사람은 없었다.

식당에 은경은 없었다. 아마 숙소에서 잠을 자고 있거나 아니면 회사의 첫 버스로 서울 갈 준비를 하고 있는지도 모른다.

넘어가지 않는 밥을 한 그릇 억지로 비우고 다시 커피숍으로 돌아왔다. 종업원이 명단을 넘겨주었으나 딱히 눈에 띄는 사람도 없었다.

그는 허탈한 마음으로 별채 숙소로 되돌아왔다. 오후 2시까지 꼼짝도 하지 않고 앉아 있다가 복잡한 시간을 이용해 자동차를 몰고 스키장을 빠져나왔다.

아내를 태우고 왔던 자동차는 아내가 없는 빈차로 돌아가야만 했다. 그러나 성구로서는 아내의 죽음을 슬퍼할 겨를도 없었다. 다만 이 구렁텅이에서 어떻게 빠져나가야 할 것인가에만 골몰하고 있었다.

서울에 도착은 했지만 곧바로 집으로 들어갈 용기는 나지 않았다. 아내와 함께 떠났다가 혼자 돌아온다는 것을 알려서는 안 되기 때문이었다. 그는 집과는 반대 방향인 수유리로 차를 몰아 그린파크 호텔 주차장에 주차를 시켜 놓았다. 적어도 밤 11시는 넘어서야 들어갈 생각이었다. 그는 호텔에 도착하자마자 은경의 아틀리에로 먼저 전화를 걸었다. 전화 받는 사람 대신 녹음 장치를 한 목소리가 들려왔다.

"지금 외출중입니다. 제게 전할 말씀이 있으시면 말씀하십시오. 이 전화는 녹음이 되고 있습니다."

성구는 잠시 망설이다가 전화기에 대고 용건을 말했다.

"나 성구야. 스키장에서 곧바로 도착했어. 집에 11시 넘어서 들어갈 생각이니 내일 아침에 만났으면 해. 장소는 수유리에 있는 그린파크, 외지고 조용한 곳이야."

성구는 수화기를 내려놓았다. 그리고 집으로 다시 전화를 걸었다. 나이 많은 가정부가 혼자 집을 지키고 있었다.

"할머니, 저예요."

"네······ 어쩐 일이세요. 이렇게 빨리?"

"집사람 건강이 좋지 않아 병원에 입원했어요."

"네? 입원요?"

"너무 걱정 마세요. 저는 밤 11시쯤 갈 테니 제 방 불이나 따뜻하게 해 놔요."

성구는 은경과 집에 전화를 건 후 두 시간 이상을 그린파크 호텔 커피숍에 앉아 보냈다. 밤 11시가 되어서야 그는 무거운 마음으로 차에 올라 천호동에 있는 집으로 돌아왔다.

가정부가 불안한 얼굴로 맞아주었다.

"그래, 좀 어떻대요?"

"휴식과 안정이 필요하대요. 한 보름 정도 입원해야 하나 봐요. 아······ 피곤해. 식사는 했으니 먼저 주무세요."

"아참, 내 정신 좀 봐. 누가 찾아와서 이성구 사장님 댁이냐고 묻기에 그렇다고 했더니 이걸 전해 드리라더군요."

작은 봉투 하나를 건네주었다. 성구는 의아하게 생각하며 봉투를 들고 2층 서재로 올라갔다. 봉투는 스카치 테이프로 봉함되어 있었다. 봉투를 뜯어 들어 있는 물건을 꺼내던 성구는 자지러질 듯 놀라며 떨어뜨렸다.

아내가 죽었을 때 목에 휘감겨 있던 바로 그 입센로랑 넥타이였던 것이다. 성구는 한걸음에 내려왔다. 그러나 가정부는 그가 어떻게 생겼는지 확실히 전해 주지 못하고 있었다.

"안경을 쓰고······ 어두워서 자세히는 못 보았지만······ 네, 여자였죠. 중년쯤 되어 보이기도 하고 좀더 젊어 보이기도 하고."

답답해 견딜 수가 없었다. 어느새 범인은 집에까지 손을 뻗친 것이다. 성구는 두근거리는 가슴을 진정시키며 가정부를 방으로 불러들였다.

"저, 오늘 집사람과 상의를 했는데요, 당분간 할머니는 집에 가계셔야겠어요."

"집에요? 주인 아줌마도 안 계시는데……"

"네. 일은 당분간 사촌 처제가 돌보기로 했어요, 집사람이 퇴원하게 되면 다시 부르겠습니다."

가정부에게 월급과 보너스로 30만 원을 더 얹어 주고 돌려보냈다. 과천이 집이라는 늙은 가정부는 영문도 모른 채 집으로 돌아갔다. 그날 밤은 성구도 지칠 대로 지쳐 그대로 잠에 곯아떨어졌다. 다시 눈을 뜬 것은 해가 훨씬 치밀어 오른 아침 10시가 가까워지는 시간이었다. 11시에는 은경과 그린파크에서 만나기로 약속이 되어 있었다.

 **쫓기는 사람들**

은경은 창백하게 굳은 얼굴로 앉아 있었다. 성구가 나타나자 그녀는 손수건으로 입을 막고 조용히 흐느끼기 시작했다.

"무서워요, 한시도 견딜 수가 없어요. 사모님 시체가 어젯밤 꿈 속에 나타나 밤새도록 괴롭혔어요. 형사들이 금방이라도 날 잡으러 오는 것만 같아요."

"자, 밖으로 나가자. 걸으면서 이야기하자구."

호텔 커피숍, 아무리 외진 곳에 있다고 하지만 많은 사람들이 들끓고 있었다. 성구는 은경을 데리고 밖으로 나가 호텔 뒷산을 거닐며 이야기를 계속했다.

"참으로 이해할 수 없어. 어제 집으로 들어갔는데, 누군가가 봉투를 전해 주고 갔다는 거야. 뜯어보니 넥타이였어, 아내의 목을 조였던……."

"뭐라고요, 그 넥타이가…… 그럼…… 누군가 선생님 뒤를 미행했다는……."

"이상해, 알 수가 없어. 요구 조건도 아무 것도 없어, 마치 다음 차례는 너야 하는 식이지."

"선생님……."

은경은 성구의 팔에 매달렸다. 단 이틀 동안 은경은 다른 사람처럼 수척해 있었다. 빗지 않은 머리가 바람에 흩날리고 있었다.

"그렇지만 이렇게 당하고 있을 수만은 없어. 어떤 녀석이든 찾아내고야 말 거야."

"선생님, 저 당분간 집에 안 들어가겠어요, 다행히 겨울 방학이니 여행한다고 핑계 대고 있겠어요. 한동안 호텔이나……."

그렇다. 이 위험한 때에 은경을 방치할 수는 없다. 또 만일 집에 있다가 다른 사고라도 당한다면 아내의 문제가 해결되기도 전에 또 다른 위험한 상황에 부딪치게 될 것이다. 다행히 집이 비어 있다. 가정부마저 돌려보냈으니 은경이가 집으로 들어온다고 해서 이상할 것은 없다.

그러나 이웃을 의심하지 않을 수 없다. 두 사람은 어두워질 때까지 서울 근교에서 시간을 보냈다.

밤 12시가 넘어서 두 사람은 집으로 돌아왔다. 자동차를 차고에 넣고 리모콘 식 자동문을 닫았다. 그리고 현관으로 들어섰다.

"응? 이게 뭐지?"

성구의 뒤를 따라가던 은경은 현관 안쪽에 떨어진 종이 봉투를 주워들었다.

"뭔데, 그래?"

"봉투예요, 선생님 이름이 적혀져 있는데요."

"뭐? 내 이름."

봉투에는 '이성구 귀하'라는 뚜렷한 글씨가 적혀 있었다. 성구는 고개를 갸우뚱하며 현관으로 들어섰다.

"커피라도 끓이겠어요."

낯선 주방이지만 은경은 여기저기 뒤져 커피를 끓이기 시작했다.

성구는 외투를 벗고 소파에 앉았다. 어제의 넥타이도 누군가가 인편으로 전해 주었다. 이번 봉투도 이름만 적혀 있을 뿐 발신인도 우표도 붙어 있지 않았다.

성구는 두근거리는 가슴을 억제하며 종이 봉투를 뜯었다. 손을 봉투 속으로 집어넣었다. 제법 두텁고 큰 종이가 손에 집혀 왔다.

그것을 꺼내 들여다보는 순간 성구는 비명을 지르며 쓰러졌다.

"으…… 으악!"

커피를 끓이던 은경은 깜짝 놀라 달려 왔다. 성구는 소파에 쓰러진 채 손가락으로 바닥에 떨어진 종이를 가리켰다.

"저, 저기…… 저게……."

종이를 집어든 순간 은경은 그만 정신을 잃고 그 자리에 쓰러져 버렸다.

아내 혜정이가 눈 속에 묻힌 채 죽어 있는 사진이었다. 사진을 복사기에 확대한 것이어서인지 목에 감긴 넥타이까지 선명하게 보였다.

은경이가 정신을 잃고 쓰러지자 성구는 가까스로 정신을 차려 물수건으로 그녀의 얼굴을 닦아주었다. 그러나 그 자신도 도무지 손이 떨리고 숨이 막혀 견딜 수가 없었다. 겨우 정신을 차린 은경은 성구의 가슴으로 파고들며 한참이나 울었다.

"누가 이 사진을…… 여기에……."

"도무지 이해할 수가 없어. 난 누구한테도 원한을 산 일이 없어. 작은 감정들을 가지고 있는 사람들은 있겠지만 이렇게 피나

는 복수를 저지를 정도로 원한을 맺은 사람은 없어. 그런데 녀석
들은 아내를 죽이고 집요하게 나를 뒤쫓고 있어. 어제는 넥타이
를 보내고 오늘은 또 사진을 보내고, 도대체 날더러 어쩌라는 거
야. 돈을 달라면 돈을, 이유를 밝히고 원한을 갚겠다면 설득
을…… 도무지 어떤 놈들인지 알 수가 있어야지."

"안 되겠어요, 선생님. 제겐 여기도 불안하고 위험해요, 숙소를
옮겨야겠어요."

성구는 고개를 끄덕였다. 아내가 없는 집이고, 또 은경이가 숨
어 있기만 하면 안전하리라고 생각했지만 녀석들은 이 집마저
에워싼 채 서서히 조여오고 있는 것이 틀림없었다. 이 위험 지대
에 은경을 끌어들인다는 것은 그녀에게는 위험을, 자신에게는 불
리한 여건을 제공하는 결과를 초래한다. 마치 아내가 죽어 주기
를 바랐고 어떻게든 죽자마자 정부(情婦)를 끌어들였다는 명분
없는 행위이기 때문이다.

성구는 집안의 모든 전깃불을 꺼 버렸다. 그리고 이층으로 올
라가 집 주위를 살피기 시작했다. 집 주위 어딘가에 미행자가 있
을지도 모르기 때문이었다.

그러나 그런 의심 갈 만한 사람은 보이지 않았다.

"은경이, 저 건너편에 신라장이라는 깨끗한 여관이 있어. 호텔
보다는 못하지만 깨끗해. 거기서 오늘밤을 보내고 내일 만나서
상의하자구."

"무서워요, 어떻게 절더러 혼자……"

"알아, 하지만 어쩔 수 없잖아? 은경이가 여길 드나드는 장면
을 놈들이 숨어서 사진을 찍는다고 생각해 봐. 막판에 어떤 상황
이 벌어질지도 모르는데."

"알겠어요, 하지만…… 급한 일이 있을 때는 선생님께 연락드리겠어요."

은경은 끓여 놓은 커피를 다시 데워 마신 후 어둠을 이용해 집을 빠져나갔다.

성구는 도무지 잠을 이룰 수가 없었다. 마치 누군가가 뒷덜미를 잡아 끌어당기는 것만 같았다.

어떤 놈들일까, 아내의 사진을 보낸 놈들, 그리고 넥타이를 되돌려 보낸 놈들은…… 놈들은 나를 살인범으로 만들기 위해 치밀한 연극을 연출하고 있어. 꼼짝없는 증거품을 남기기 위해 넥타이까지 되돌려 보낸 거야.

넥타이를 태워 없애 버리면 그만이지만 그럴 수는 없었다. 지난밤에도 몇 번이나 넥타이를 들고 주방으로 들어갔지만 아내를 죽이지도 않았는데 필요 없이 이런 것들을 없앴다가는 자칫 오해받기 쉽기 때문이었다. 성구는 등골이 오싹했다. 만일 넥타이를 없애 버린다면 막바지 경찰에 조사 받게 될 때 증거품 소멸로 더 큰 치명상을 입게 될지도 모르기 때문이다.

아내가 죽었더라도 은경과의 데이트만 없었다면 그런 대로 떳떳하게 상황을 이끌어갈 수 있다. 그러나 모든 상황은 성구에게 불리하게만 돌아가고 있었다. 그리고 지금은 오히려 은경을 보살피고 감싸주지 않으면 안 될 상황에 빠져 버린 것이다.

'만일 은경이까지 해친다면…… 안 돼. 절대 안 돼. 그렇게 놔둘 수는 없어.'

"따르릉."

갑자기 집 안이 울릴 정도로 큰 전화벨 소리가 울렸다. 성구는 깜짝 놀라 벌떡 일어났다. 벨 소리는 계속 울려대고 있었다. 그는 수화기를 들자마자 욕지거리를 퍼부었다. 울화통이 터져 견딜 수가 없었던 것이다.

"누구야, 도대체 어떤 놈이야, 나타나란 말이야. 잡히면 그냥 안 두겠어."

"무슨 말씀이신지……"

"너, 누구야?"

"저 총무부장입니다."

"후, 알았어. 미안하네."

"신정이라 저희 부서 직원들과 세배드리러 갈려구요, 휴무도 내일이 마지막이라……"

"아, 고맙네. 하지만, 집안에 사정이 좀 생겨서, 그러니까…… 다음 기회에……"

"사모님 건강은 좀 어떠신지……"

"괘, 괜, 찮네…… 아무튼 내일 방문은 미안하지만 다음으로 미루세. 그리고 말야, 마침 전화 잘 걸었어. 휴무가 끝난 후에도 며칠간 출근하지 못할 것 같아. 상무에게 일 좀 잘 봐달라고 연락해."

"알겠습니다."

어디서 술을 마시다가 전화를 걸어온 것 같았다. 가슴을 쓸어내리며 놀란 가슴을 진정시켰다.

"녀석, 하필 이런 늦은 시간에 전화할 게 뭐람."

어쨌거나 이번 사건의 매듭이 풀려질 때까지는 회사도 당분간 쉴 작정이었다.

신정이 지나고 얼마 안 있어 금세 구정이 다가온다. 당분간은 버텨나갈 수 있다지만 구정이 되면 친척들은 물론 1년에 한 번

밖에 들르지 않는 처갓집 식구들이 찾아올 것이다.

그때까지 아내의 문제가 해결되지 않으면 꼼짝없이 살인범으로 몰리게 된다. 이제는 하루가 초조하고 아까운 시간이 되어 버렸다.

시간이 흐른다는 것은 그 만큼 변명의 여지를 잃게 되기 때문이다.

그는 냉장고에서 몇 가지 음식을 꺼내 먹은 다음 위스키를 한꺼번에 반병이나 들이켰다. 그리고 그대로 침대에 고꾸라졌다. 아득한 의식 속에서도 잠시나마 모든 걸 잊고 싶다고 부르짖었다.

이성구가 사라진 아내의 시체 때문에 허둥거리고 있을 때, K일보 사회부 김민성 기자 앞으로 한 통의 편지가 배달되었다. 알 수 없는 사람으로부터 인편으로 온 것이다. 봉투를 뜯자 편지 한 장이 들어 있었고, 그 속에 또 봉투가 들어 있었다. 편지는 너무나 단순한 내용이었다.

　　김 기자님. 늘 K일보를 구독하는 덕분에 기자님을 알게 되었
　　습니다. 동봉한 글과 사진은 추후 귀중한 사건의 증거품이 될 것
　　이오니 잘 보관하고 계시기 바랍니다. 제 부탁을 잊지 마십시오.

　　　　　　　　　　　　　　익명의 독자로부터

남자의 글씨인지 여자의 글씨인지 모를 정도로 또박또박 쓴 글씨였다.

김민성 기자는 서둘러 동봉한 편지 봉투를 뜯었다. 하나의 확

대된 사진이었다. 그러나 얼굴은 보이지 않았고, 목부분만 확대된 것이었는데, 목에는 넥타이가 잔뜩 졸라져 있었다.

입센로랑의 마크가 뚜렷이 보이기도 했다. 목이 졸린 사람은 여자 같아 보였는데 검은 털의 오버 깃이 보였다. 그는 다시 다른 한 장의 글을 읽어가기 시작했다.

남편은 어쩌면 나보다 더 외로울지도 모른다. 40대 초반의 남자라면 이제쯤 인생을 확실하게 즐길 나이이다. 그러나 그는 나에게서 아무 것도 얻어 가는 것이 없다. 나는 병들고 피폐해져 가는 이 몇 근의 살과 뼈밖에 남은 것이 없는 식물 인간에 불과하다. 그러나 나는 아직도 그의 가슴속 깊이 잠재워 둔 애정을 믿고 있다.

그이에게 나는 이따금 냉랭하게 대하기도 하지만 나의 깊은 잠재의식 속에는 그이에 대한 신뢰와 애정이 두텁게 깔려 있다. 그러나 지난 몇 달 동안 그는 나를 어떻게 대해 왔나. 이미 그이의 가슴속에 차지하고 있는 내 점유 부분은 한 뼘도 남지 않았다. 지금만 해도 그렇다. 정말 나를 위해 이곳에 왔다면 어떻게 저렇게 한 젊은 여성을 찾아 나설 수 있을까?

그 여인은 누군가? 왜 나는 자꾸만 남편에게서 생명의 위협을 받는다는 불안감을 떨쳐 버리지 못 하고 있는가? 외롭다. 내 뼛속까지 남아 있는 것은 아픔과 고독뿐이다. 왜 나는 그이를 새장의 새처럼 가두어 놓으려고만 하는가? 그이를 잊고 헤어져야만 하는가? 아니다. 그래도 그이는 내 유일한 삶의 의욕이며 마지막 불꽃이다. 그런데 그이는 지금 알지도 못하는 젊은 여성과 시간을 보내고 있겠지. 바로 내 호흡이 닿는 옆에서……

김 기자는 고개를 갸우뚱했다. 글씨는 달필이었고 이야기하고
자 하는 목적도 분명했다. 감정을 누르며 차분히 이끌어 가는 문
장력도 수준급이었다. 글씨는 내용으로 보아 주부가 틀림없었다.

그렇다면 이 사진과 편지는……. 그는 앉아 있다 말고 벌떡 일
어났다. 물론 지금은 휴무 기간이지만 이것을 보내 준 사람은 집
주소까지 알아내어 보내 준 것이다.

'사건이다!'
라고 생각한 것이다. 최소한 자살이거나 아니면 이 여인은 누구
에겐가 피살된 것이다. 구겨진 종이를 펴서 보내왔지만 종이 귀
퉁이에는 분명한 글씨가 인쇄되어 있었다.

진부령 스키산장

파카를 둘러 입고 카메라와 수첩 하나를 가방에 넣고 나섰다.
진부령을 가는 차편은 많았다. 수많은 여행사들이 단체 관광을
모집해 실어 나르기도 했고, 또 진부령 스키장 자체에서 전용 버
스를 운영하기도 했다.

김민성 기자는 자신의 승용차를 포기하고 광교 네거리에 있는
진부령 스키장행 전용 버스에 몸을 실었다. 많은 사람들이 이제
막 스키 시즌을 즐기려는 듯 북적이고 있었다. 버스가 출발하여
완전히 서울을 벗어나자 그는 가방을 꺼내 다시 한번 사진과 편
지를 검토하기 시작했다.

어떻게 조사를 할 것인가? 이 여인은 피살당한 것일까? 그는

차창을 바라보며 곰곰이 생각하기 시작했다.

'첫째, 이 넥타이의 여인은 중년 부인이 틀림없을 것이다. 그것은 사진으로 보아도 알 수 있는 고급 모피 코트가 증명하고 있다. 이런 모피 코트를 입고 스키장에 갈 젊은 여자는 없다. 둘째, 이 여인은 남편과 함께 스키장에 갔다. 그리고 남편은 아내를 남겨 놓고 현지에서 만난 새로운 여성과 사귀게 되었다. 셋째, 이 여인은 그 후 혼자 객실에서 무료히 남편을 기다리다 이 글을 적게 되었다. 불행히도 그녀는 젊은 여인에게 남편을 빼앗긴 것이다. 넷째, 그 후 이 여인은 넥타이에 의해 목이 졸려 피살되었다. 그렇다면, 도대체 누가 이런 추리를 가능케 하는 완벽한 자료를 수집하여 내게 보냈을까?'

처음에 머리를 스치는 것은 누군가 또 쓸데없는 장난을 한 것이 아닌가 하는 생각도 해 보았지만, 자신의 직업이 신문 기자, 그것도 사회부 기자라는 특수성과 일부러 이런 글과 사진을 휴가중인 나에게 보낸 점으로 미루어 거짓 사건이 아님을 확신하게 되었다.

그는 수첩을 꺼내 지금까지 추리한 사실들을 기록하면서 이 사진과 글을 보낸 장본인을 생각하고 있었다.

남편? 사진이나 글의 내용으로 보아서는 남편이 스키산장에서 아내를 살해한 것이 틀림없다. 아내는 남편이 마치 자신을 살해할 것만 같은 공포에 떨고 있었고, 그 시간 그는 아내를 남겨두고 아주 가까운 곳에서 젊은 여자와 시간을 즐기고 있었다.

피폐하고 병든 아내를 산장까지 데려와 넥타이로 목 졸라 숨지게 한 다음 어딘가에 버리고 돌아왔다. 그리고 지금쯤 아내의 실종 신고서를 경찰에 제출하겠지. 경찰 측은 산장 근처를 뒤지겠지만 시체를 쉽사리 찾지는 못할 것이며, 기다리다 지친 남편은 어쩔 수 없이 새여인과 결혼할 것이다.

바로 이 편지에 기록된 그 '젊은 여인!' 국문과 출신인 그의 상상력은 끝없이 이어져 갔다. 마치 추리 소설을 쓰듯 한 장의 편지와 사진을 연결시켜 가며 끝없는 이야기를 만들어가고 있었다.

그러나 그의 상상력과 추리를 단절시키는 것은 도대체 누가 이런 두 중년 부부의 갈등을 알아내어 뒤쫓다가 이런 자료를 얻게 되었는가 하는 점이었다.

어쩌면 이들에게는 처음부터 미행자가 따라붙었는지도 모른다. 이 편지를 쓴 주인공, 즉 부인은 남편이 스키산장 동반을 제의했을 때부터 목숨의 위협을 느꼈는지 모른다. 때문에 흥신소 같은 곳에 자신의 뒤를 돌봐 달라고 부탁을 했는지도 모른다.

진부령 스키장행 버스는 강원도 산길을 접어들면서부터 현저히 속도가 줄었다. 아래의 깊은 계곡과 눈 쌓인 산장의 아름다운 경치를 바라보면서도 그의 머리는 이상하게도 알 수 없는 한 여인에게로 자꾸만 초점이 모아지고 있었다.

어디나 마찬가지겠지만, 이곳 진부령 스키장도 젊은이들로 들끓고 있었다. 물론 대부분 사람들이 스키를 즐기기 위해 온 것이겠지만 개중에는 단순한 호기심이나 동료에 이끌려 온 사람도 적지 않았다.

김 기자는 안내원이 정해 준 숙소로 들어갔다. 미리 예약하지 않은 덕분에 두 명의 남자 대학생과 합숙을 해야 했다.

아무런 스키 장비도 없이 카메라와 작은 가방 하나만 덜렁 메고 온 선배같이 보이는 김 기자에게 이들은 전혀 관심을 보이지 않았다. 오히려 그것이 더 편한 지도 모른다. 김 기자는 저녁식사를 마친 후 정식으로 취재에 나섰다. 그가 처음 만난 사람은 이곳 숙박 영업의 책임자였다.

"네, 장태한 상무입니다. 무슨 일로……."

튼튼하고 건장한 40대의 남자였다.

김 기자는 명함을 꺼내 내밀었다.

"금년 스키장 실태를 파악해 특집으로 꾸며 보려구요."

"아, 네. K일보사에서 오셨군요. 반갑습니다. 뭐 불편하신 점은……."

"좋습니다. 경관도 좋고 시설도 좋고. 네, 시즌이 끝나는 시기는……."

"아무래도 1월 하순부터 2월 초순을 시즌 업 시기로 보아야겠죠."

형식적인 인사가 끝나자 그는 본격적인 질문을 시작했다.

"최근 이곳에서 무슨 사고가 터진 일은 없었습니까? 가령 실종이라든가, 사망 사고 같은……."

"아뇨. 2, 3년 전, 데이트하던 여대생 하나가 계곡으로 실족해서 죽은 일은 있었죠. 최근에는 저희들이 사전 교육도 시키고 안전 대책을 철저히 세우고 있어서 그런 불상사는 일어나지 않습니다."

"고객 중에는 스키를 즐기기 위해서 오는 분이 대부분일 텐데 그렇지 않은 분들도 있겠죠?"

"그럼요, 단순한 관광 휴식 차 오는 분도 적지 않아요."

"이미 말씀 드렸지만 전 신문 기자입니다. 형사처럼 수사권은 없습니다만 중요한 자료가 입수되어 은밀히 취재하려고 찾아온 겁니다."

장 상무가 여직원을 시켜 커피를 준비하는 동안 김 기자는 담배를 피워 물며 몇 가지 요점을 묻고 있었다.

"중요한 자료라면……."

"사고입니다."

"허허…… 기자님, 이번 시즌에 일어난 사고라고는 초보자들 뼈 다치는 정도 외에는 한 건도 없었습니다."

김민성은 문제의 편지를 보여 주지는 않았다. 그러나 문제의 핵심은 거기서부터 시작된다는 것을 잘 알고 있었다.

"여기서 제작해서 객실에 비치시켜 놓은 편지지나 봉투가 있습니까?"

"네, 있습니다. 이곳에서 편지 쓸 일은 없겠지만 일반 호텔을 흉내내다 보니 여러 가지 서비스가 필요해서…… 그래서 이번 시즌에 특실에만 비치해 두었죠."

대개 단체 객실에는 비품 하나 제대로 남아나는 것이 없을 정도로 고객들은 회사 기물을 험하게 다루었다. 그러나 점잖은 손님, 중후한 고객들이 사용하는 특실이나 별채에는 1급 호텔 못지 않은 철저한 서비스를 제공했고, 그 일환으로 편지지나 메모지 팜플렛 등을 인쇄해서 비치해 두었다고 했다. 이미 문제의 편지를 통해 사진의 주인공이 이곳 특실이나 별채에 투숙했다는 확신을 얻게 되었다. 더구나 편지에 기록된 사실로 보아 불과 하루 이틀 전에 이곳에 있었다는 것이 증명되었다.

"특실이나 별채를 이용하자면 사전에 예약이 되어 있어야겠죠?"

"물론입니다."

"대단히 죄송합니다. 31일부터 오늘까지, 그러니까 지금 이 시

간 현재 이곳에 투숙하고 있는 중년 부부가 있는지 알고 싶은데
요."

"중년 부부? 그렇다면, 두 쌍이 있습니다. 그 중 한 분은 남자가
옛날에 이름 날리던 스키어였구요, 또 한 분은…… 그런데 도대
체 무슨 일입니까?"

김민성은 잠시 주춤거렸다. 이 상황을 어떻게 설명해야 좋을지
방법이 떠오르지 않은 것이다. 그렇다고 무작정 질문만 퍼부을
수도 없는 노릇이었다.

"저…… 다름 아니라, 두 분 중 한 분이 아주 중요한 VIP입니
다. 하필 이곳에 오게 된 동기나 이유를 알고 싶어서죠. 또 분명
히 말씀 드립니다만 상무님도 모르는 중요한 사고가 이곳에서
터졌구요. 아무 말씀 마시고 협조해 주십시오. 부탁입니다. 회사
에는 절대 피해가 가지 않을 겁니다."

상무는 잠시 침묵을 지키고 있었다. 이윽고 그는 자리에서 일
어나 두 개의 카드를 뽑아들고 돌아왔다. 두 쌍의 중년 부부 투
숙 카드였다.

"한 쌍은 전에 국가 대표까지 지낸 어윤홍이라는 분입니다. 저
와도 잘 아는 사이죠. 조금 전에도 제게 전화가 왔었습니다. 저녁
에 맥주나 한잔하자구요. 잠시 후 나이트 클럽에서 만나기로 했
는데 아주 화끈한 사람이죠."

이제 윤곽이 잡혀졌다. 회사 사장으로 기록된 이성구와 김혜정
부부, 이들이 문제의 주인공인 셈이 된다. 이들은 숙소 뒤에 자리
잡은 별채에 투숙하고 있었다.

"이 분들은……."

"아, 네, 그저 겨울 풍경을 즐기러 오신 분들인가 봅니다. 지금

도 여기 투숙하고 계십니다. 내일까지가 예약 일자니까요."

"구내 전화는 됩니까?"

상무는 교환실을 통해 이성구가 투숙하고 있는 별채로 전화를 걸었다. 그러나 신호만 갈 뿐 받는 사람이 없었다.

틀림없이 문제의 부부다.

"어떻게 된 겁니까?"

"아, 뭐 어디서 술을 들고 계시는 지도 모르죠, 이들에겐 저녁이 따분한 시간일지도 모르니까요."

이곳 영업 상무로서는 충분히 상상할 수 있는 일이었지만, 김 기자로서는 그게 아니었다. 지금까지 알고 있는 상황을 토대로 한다면 부인은 죽어 있고 남자는 이미 이곳을 떠나 있어야 했다.

"왜냐고 묻지는 마십시오. 이들 부부는 이미 이곳을 떠났을 겁니다. 함께 가 보실 까요?"

상무의 얼굴은 귀찮아하는 표정이 역력해 보였지만 일단 사고라는 것을 암시하자 어쩔 수 없이 따라나섰다. 본채로부터도 한참이나 떨어진 별채까지 올라가는 데는 상당한 시간이 걸렸다.

김 기자의 예측대로 별채는 텅 비어 있었다. 불도 꺼져 있었고 짐은 하나도 남아 있는 것이 없었다. 언제 떠났는지 문도 그대로 열려 있었다.

"정식 체크아웃도 하지 않고 그냥 떠났군요, 객실 키도 그냥 있는 걸 보니. 도대체 김 기자님은 이들 부부가 여기 없을 거라는 걸 언제 알게 되셨습니까?"

"서울에서 이곳으로 오면서 알았죠."

여러 가지로 감사하다는 인사를 남겨 놓고 숙소로 돌아왔다. 이제 모든 것은 분명히 밝혀진 셈이었다.

'강동구 천호동의 이성구, 이 사람을 찾아야 한다.'

창밖으로 캠프파이어의 불꽃이 벌겋게 타오르고 있었다.

이성구. 이 사람은 자신의 부인을 살해했어. 그리고 어디엔가 치워 버렸어. 알 수 없는 제2의 인물이 이들 부부를 추적하여 이 편지와 사진을 입수한 거야. 그렇다면 당분간 이성구 이 사람은 집에 있을 것이고, 곧 경찰에 실종 신고를 제출할 것이다. 아니야, 이러고 있을 때가 아니야, 움직여야지. 이것은 틀림없는 특종 감이었다. 특종도 특종이지만 그의 가슴에는 호기심과 특유의 추리력이 불꽃처럼 활활 타오르고 있었다.

그는 누워 있다 말고 벌떡 일어났다. 그리고 영업 상무에게로 달려갔다. 그는 사정을 하여 10만 원에 자가용 한 대를 대절했다. 물론 이 회사의 승용차였지만 겨울 밤 강원도 산길을 감안한다면 10만 원은 결코 비싼 요금이 아니었다.

어둠이 채 가시지 않은 새벽, 그는 날이 밝기를 기다리지 못하고 어둠을 헤치며 차를 몰기 시작했다.

양주는 무척이나 독했다. 벨 소리가 한참이나 울린 뒤에야 성구는 잠에서 깨어났다. 아직도 뒷골이 땡기는 것 같은 통증이 엄습해왔다. 전화벨 소리를 들으면서 그는 냉장고에서 콜라를 꺼내 한 모금 숨도 쉬지 않고 들이켰다.

겨우 몸을 지탱하며 수화기를 집어들었다.

"누, 누굽니까?"

혹 은경에게 무슨 일이나 생기지 않았는지 덜컥 겁이 났다.

"뭐? 혜, 혜정이!"

"아이 당신도 절 떼어놓고 혼자 집엘 가시면 어떡해요, 지금 당장 절 데리러 스키장으로 오세요, 추워 죽겠어요."

"여, 여보. 여……."

그러나 미처 대답할 새도 없이 전화는 덜컥 끊어져 버렸다.

성구는 수화기를 멍하니 바라보다가 그 자리에 털썩 쓰러지고 말았다.

"주…… 죽은 아내가…… 전화를 걸다니, 분명 혜정이…… 목소리였어."

성구는 정신없이 집을 뛰쳐나왔다. 그리고 1백 50여 미터 떨어져 있는 신라장 호텔로 달려갔다. 문은 열려져 있었지만 종업원은 보이지 않았다.

"여보세요, 여보세요."

그는 정신없이 고함을 지르며 사무실 방문을 두드렸다. 잠시후 눈을 비비며 종업원 하나가 나왔다.

"왜 소리 지르고 난리에요, 다른 손님 주무시는데, 방 없어요."

"이봐 방이 필요해서 온 게 아냐, 손님 중에 채은경이라고 있을 거야. 여자 혼자 온……."

"혼자 오신 여자 손님? 그런 분 없어요."

"이봐 찾아 봐. 있을 거야, 어젯밤 이곳으로 보냈단 말이야."

"허 참, 없다니까요. 제가 어젯밤 담당이었는데요."

그는 숙박부를 꺼내 성구 앞으로 던져 주었다. 손가락에 침을 발라 가며 미친 듯 뒤져보았지만 은경의 이름은 보이지 않았다. 아틀리에로 전화를 걸었지만 역시 응답이 없었다.

성구는 미친 듯이 집으로 달려가 자동차를 꺼냈다. 차고 속에 있었다고는 하지만 자동차는 추위에 꽁꽁 얼어붙은 듯했다. 덜덜 떨면서 자동차의 시동을 걸고 밖으로 나왔다. 열을 받아 히터를 켤 수 있을 때까지 기다릴 형편이 못 되었다.

추위를 무릅쓰고 그대로 워커힐 방향으로 달리기 시작했다. 스키장을 향해 달리기 시작한 것이다. 중간에는 24시간 영업하는 주유소가 있어 휘발유를 탱크 가득 채워 넣었다. 이제 진부령으로 달려가기만 하면 된다. 거기, 진부령 스키장 어딘가에 아내가 있을 것이다.

'나쁜 여자.'

그는 속으로 아내를 미워하고 욕하기 시작했다. 그제야 그는 죽은 아내로부터 걸려온 전화의 의미를 깨달을 수 있었다.

'혜정이는 죽었어, 그리고 지난밤 내게 전화가 걸려 온 거야. 눈밭에 쓰러져 있을 때 심장의 고동 소리까지 확인했어야 했어. 은경과 정사를 즐기고, 그리고 데이트하던 중 시체를 발견했으니 그럴 경황이 없었지, 혜정이가 노린 건 바로 그 약점이었어. 은경이가 나이트 클럽으로 초대했을 때부터 혜정이는 아니, 그녀가 내 자동차에 오르는 순간부터 혜정이는 우리 두 사람에게 질투를 느끼고 있었는지도 몰라. 그리고 내가 나이트 클럽으로 가서 술 마시고 춤추고 다시 밖으로 나와 벤치에서 정사를 나누는 모습을 하나도 빠짐없이 지켜본 거야, 앞질러 가서 죽은 척하고 누워 있었던 거지. 은경이와 내가 놀라 눈으로 덮어놓고 떠난 후 그녀는 있는 힘을 다해 그곳을 벗어난 거야. 그리고 내게 전화를 걸었지.'

운전을 하면서 성구는 열심히 추리하기 시작했다. 성구의 추리는 매우 논리적이었다. 살아 있지 않고서는 죽은 아내로부터 전화가 걸려올 까닭이 없었던 것이다.

'그렇다면 넥타이는?'

넥타이. 직원들이 선물로 사 준 불란서 제 입센로랑 넥타이, 혜정이는 왜 그 넥타이를 스키장까지 갖고 갔을까? 아니다. 그것은 처음부터 준비한 것이 아니라 우연히 가방에 끼여들었던 것이다.

그때서야 성구는 스키장을 떠나기 전 어디론가 부지런히 돌아다니던 아내의 모습을 떠올릴 수 있었다.

아내가 자신에 대해 초조하게 생각하고 있었다는 것 그래서 여행을 떠나기 전에 테스트하고 싶었던 것이다. 불행히도 은경을 만나 사건이 벌어진 것이다.

'혜정이는 나에게 배신당한 울분을 복수하려고 덤벼들었어. 사진, 넥타이, 이것들은 혜정이가 누군가를 시켜 보내온 거야. 이 깊은 새벽 죽은 줄만 알았던 혜정이가 나에게 전화를 걸어 혼란에 빠뜨리고, 놀라게 함으로써 나에 대한 복수의 서막을 열게 된 거지. 혜정이! 절대 그냥 두지 않을 테다. 아니야, 용서를 빌어야 할 사람은 나야. 누군들 복수심을 갖지 않겠나, 아내에게 빌고 은경에게는 유학비의 일부라고 성의껏 지원해서 보상해야지. 이왕에 이렇게 된 것.'

다행히 은경이도 천성이 착한 아이 같았다. 일시적인 욕망을 이기지 못하고 그녀와 두 번의 정사를 갖기는 했지만 성구의 입장을 이해하면 충분히 잊어 줄 것만 같았다.

놀라고 두려웠던 이틀 동안의 사건이 분명히 드러나자 그렇게 마음이 가벼울 수가 없었다.

'빨리 한시라도 더 빨리 스키장으로 달려가 아내를 데려와야지.'

경기도를 벗어나 강원도로 접어들면서 길은 또다시 험악해지기 시작했다. 눈길은 여전히 미끄러웠고, 길은 뱀처럼 휘어져 있었다. 날이 밝으려면 아직도 한 시간이나 더 있어야 했다. 그러나 속도를 늦출 형편인 안 되었다. 7년 무사고에 자동차도 소나타에서 그랜저로 바꾼 지가 얼마 안 되었다. 차는 신나게 빙판 길을 달려가고 있었다.

그 앞으로 4킬로미터 전방.

그곳에서는 또 한 대의 차량이 전력 질주해 내려오고 있었다. 작고 가벼운 프레스토 승용차였지만 내리막길인데다가 마음이 조급하기는 마찬가지였다.

핸들을 꽉 잡고 여차하면 브레이크를 밟을 준비를 단단히 하고 있었다. 우연히 손에 들어온 특종.

바람난 중년 남자의 부인 살인 사건. 어쩌면 지금까지 기자 생활을 해 오는 동안 가장 극적인 드라마일지도 모를 사건에 누구보다도 앞서 개입하게 된 것이다.

이것저것 생각에 잠기며 속도를 올리던 김민성 기자는 이제 조금만 더 가면 야간 검문소가 있고, 그곳만 지나면 도로의 형편이 조금은 나아진다는 사실을 알고 있었다. 지금쯤은 검문도 없을 것이다.

웬만한 차량은 그냥 통과 시켜 줄 시간이었다. 저 앞에 모퉁이가 보였다. 모퉁이를 향해 돌진하는 순간 반대편에서 갑자기 밝은 라이트가 비치며 또 한 대의 승용차가 높은 속력으로 달려오고 있었다.

깜짝 놀란 성구는 급브레이크를 밟으며 좌측으로 틀었다. 그러나 자동차는 멈추지 않고 끽 하는 금속성 소리를 내며 가로수를 들이받았다.

그뿐 아니라 마침 맞은편에서 내려오던 프레스토 소형차가 한

바퀴 돌며 그랜저의 꽁무니를 박아 버렸다. 그 바람에 트렁크의 자물쇠가 부서지며 활짝 입을 열었다.

성구는 핸들에 머리를 쑤셔 박으며 그대로 정신을 잃었고, 김 기자도 가볍게 손목을 다쳤다. 김 기자는 그래도 마음의 여유가 있어 안전 벨트를 단단히 조여 매고 있어서 그리 크게 다치지는 않았다.

성구의 머리에 피는 흐르고 있었으나 극한의 위험만은 피할 수 있었다.

김민성이 안전 벨트를 풀고 가까스로 성구에게 다가갔다. 피차 잘못이니 싸울 필요도 없거니와 이런 일로 시간을 보낼 형편들이 아니었다.

"괜찮겠습니까?"

손수건을 꺼내 머리에 흐르는 피를 닦던 성구가 고개를 끄덕였다.

"다행입니다. 괜찮습니다. 그냥 가십시오."

하며 다시 시동을 걸었다. 자동차의 성능에는 아무런 지장을 주지 않은 듯 부드럽게 시동이 걸렸다.

"제길, 10만 원 또 물어주게 되었군. 사람 다치지 않은 것만도 다행이지만."

그러나 멀리서 이 사고를 목격한 경찰과 헌병이 정신없이 달려왔다.

"괜찮습니까? 다친 데는 없구요?"

성구는 답답했다. 다친 데가 있기는 하지만 한시라도 빨리 스키장으로 달려가야 할텐데. 뜻하지 않은 곳에서 또 많은 시간을 허비해야 되기 때문이었다.

경찰들은 두 사람의 면허증을 확인하고 이제 돌려보내기 위해 자동차의 충돌 부분을 살펴보았다.

그때 뒤에서 어슬렁거리던 헌병이 비명을 지르면서 다가왔다.

"시…… 시체야, 시체!"

"뭐라구요, 시체!"

헌병의 고함 소리에 경찰이 손전등을 들고 승용차의 뒷 트렁크로 달려갔다. 어두운 트렁크의 내부를 비추던 그는 기겁을 하며 뒤로 물러섰다.

"시체야, 여자 시체."

머리를 흐트린 채 시체는 잔뜩 웅크리고 있었다. 그때서야 그들은 이 중형차가 왜 사고를 일으켰는지 알 수 있었다.

"사람을 죽이고 버리러 가던 길이었다. 눈이 뒤집혀 과속으로 달리다 사고가 난 거야, 이 남자 체포하고 빨리 상부에 보고해야겠어."

경찰은 검문소를 향해 허둥대며 달려갔다. 승용차 트렁크에서 여자 시체가 발견되었다는 비명에 성구는 깜짝 놀라 밖으로 튀어나왔다.

마침 옆에 서 있던 헌병은 그가 도주하려는 것으로 착각, 소총 개머리판으로 성구의 뒤통수를 날려 쓰러뜨렸다.

무슨 일인지 도무지 알 수 없는 김민성 기자는 멍하니 이들의 움직임만 바라보고 있었다.

제2부

달리는 그림자

하얀 눈밭을 달리는 검은 그림자.

결국엔 잡을 수 없는 욕망만을 위하여

다시 돌아올 수 없는 강을 건넌다

함 정

통증을 견디다 못해 눈을 뜬 것은 다음날 아침 11시가 넘어가는 시간이었다.

팔뚝에는 링거 바늘이 꽂혀 있었고 머리에는 붕대가 세 겹 네 겹 감겨져 있었다. 옆에는 전혀 알 수 없는 사람들이 의자에 앉아 끄덕이며 졸고 있었다.

그는 그대로 눈을 감고 지금 왜 내가 여기 누워 있는가를 곰곰이 생각하기 시작했다.

갑자기 나타난 승용차의 눈부신 라이트, 그리고 머리에 흐르던 피. 그리고…… 그때 누군가가 '여자 시체다.' 라고 부르짖던 고함 소리.

무슨 말인지 전혀 알 수는 없었지만 어디선가 여자의 시체가 발견되어 밖으로 나가려다 쓰러진 기억까지 되살아났다. 다시 머리가 아파 왔다. 그는 눈을 감고 입을 악물었다.

비로소 진부령 스키장에서 전화를 건 아내의 목소리가 떠올랐다. 아무리 장난이지만 살인극을 연출하여, 그래서 이런 엄청난 사고까지 유발시킨 아내가 몹시 원망스러웠다.

그러나 지금은 미움보다도 오히려 그리움이 앞섰다.

'오죽하면 그런 장난까지 했을까? 연약한 몸으로 혼자 진부령에서 어떻게 지냈는지 궁금하군. 몹시 기다리고 있을 텐데. 나는 여기 누워 있으니……'

병들어 누워 있을 때는 몰랐는데 막상 침대에 누워 꼼짝도 못하고 있으니 비로소 아내 생각이 난 것이다.

그는 다시 눈을 떴다. 그의 눈에 어렴풋하나마 의자에 앉아 있는 남자들의 모습이 보였다. 조금 전에도 보기는 했지만 전혀 낯선 사람들이었다. 성구가 눈을 뜨자 그들이 다가왔다.

"정신이 좀 드십니까?"

"네, 여기가…… 어디쯤 됩니까?"

"양구 제일외과 병원입니다. 크게 다치지 않아 참 다행입니다. 양구 경찰서 최일호입니다. 이쪽은 도경 강력계 박용준 형사님이구요."

그는 친절하게도 옆 사람까지 인사시켜 주었다.

"강력계 형사?"

그는 왜 강력계 형사가 와 있는지 알 수가 없었다. 순간적인 사고이긴 했지만 누구를 크게 다치게 한 일이 없기 때문이었다. 그렇다면 그 여자 시체라는 것이 앞 차의 여자였나, 그렇다 해도 여기와 있어야 할 형사는 당연히 교통계 형사이어야 했다.

"강—력계 형사님이 여기는 왜?"

"성함이 이성구라고 했죠?"

"그렇소만."

아직도 영문을 모르겠다는 듯 휘둥그래진 눈으로 이들을 바라보았다.

"직업은?"

"서울 천호동에서 작은 공장을 하나 경영하고 있습니다. 제가 책임자죠."

"네, 사장님이시구만. 주소는 강동구 천호동이구요."

"맞습니다."

"이른 새벽에 도대체 어디를 가는 길이었습니까?"

"진부령 스키장이 목적지였습니다만, 그런데 도대체 왜 이렇게 범인 대하듯 하시는 거죠?"

마침내 성구는 폭발하고 말았다. 단순한 교통 사고였다. 절대로 사람을 죽일 환경이 아니었다. 마주 오던 승용차는 피했고 가로수를 들이받았다. 법적으로 제재 받을 상황이 아니었기 때문이었다.

그러나 두 형사는 어이가 없다는 듯 성구를 바라보고 있었다.

여인을 살해해 트렁크에 넣고 가다가 어이없게도 사고로 들통이 났는데도 표정 하나 바뀌지 않았기 때문이다.

"이성구 사장님, 쉽게 쉽게 넘어갑시다. 솔직히 털어놓자구요."

"도대체 무슨 말씀들을 하시는 겁니까? 무엇을 털어놓으라는 거요?"

"왜 부인을 살해했습니까?"

말이 채 끝나기도 전에 성구가 벌떡 일어났다.

"아내를 살해하다뇨? 누가요? 제 집사람은 지금 진부령 스키장에 있습니다. 아내 전화를 받고 급하게 데리러 가는 도중이었습니다."

"할 수 없군."

형사 하나가 눈짓을 하자 또 한 명이 갑자기 대들어 한 손에 수갑을 채우고 나머지를 병원 침대 쇠기둥에 묶어 버렸다.

"왜…… 왜 이러시는 겁니까? 도대체!"

성구가 손에 묶인 수갑을 비틀며 비명을 질러댔다.

"당신 형편없는 사람이구만, 점잖게 대해 주고 싶었는데……."

그들은 커다란 사진을 한 장 꺼내 보여 주었다. 사진을 들여다 보던 성구의 얼굴이 창백하게 일그러졌다.

"이, 이럴 리가…… 지난밤 아내는……."

사진은 넥타이에 목 졸려 죽은 아내의 모습이었다. 아내의 시체는 길에 처박혀 있던 자신의 승용차 트렁크에 귀신처럼 누워 있었다.

"그러니까 쉽게 쉽게 넘어가자고 한 것 아니오?"

형사들의 목소리는 높아만 갔다.

자신의 승용차 앞머리가 마주 오던 그랜저 승용차의 꽁무니를 치받는 순간 잠시 정신을 잃기는 했지만 곧바로 밖으로 뛰쳐나 왔다. 김민성 기자는 다행히 큰 사고가 아니라 안심했지만 뒤이 어 들려오는 고함 소리에 깜짝 놀랐다. 여자의 시체가 발견되었 다는 것이다.

헌병이 소총 개머리판으로 그랜저 승용차의 운전하던 사람 뒤 통수를 갈기는 것을 목격한 후 곧바로 트렁크를 들여다보았다.

넥타이로 목이 졸려 죽은 여자의 시체였다. 그는 헌병에게로 달려갔다. 그리고 신문 가자증을 보여 주었다.

"사고를 내서 미안합니다. K일보 사회부 기자 김민성입니다."

신분증을 확인한 후 헌병은 그것을 되돌려 주었다.

"정말 깜짝 놀랐습니다. 도대체 이 사람 어떻게 여자 시체를 트렁크에 넣고 여기까지 오게 되었는지."

경찰은 쓰러진 사람을 차에 싣고 검문소를 달려갔다. 그 사이 양구에서 형사들이 앰뷸런스를 동원해 검문소까지 도착했다. 시체와 쓰러진 사내를 앰뷸런스에 싣고 양구 외과병원으로 옮겼고 김민성은 그 뒤를 따라갔다.

'참 기묘한 일이야. 어제 입수한 사진의 시체를 내 손으로 찾게 되다니.'

병원에 도착한 후에야 김민성은 자신이 입수한 사진의 주인공과 트렁크에서 발견된 시체가 동일 인물이라는 것을 알아낼 수 있었다. 분명하게 보이는 입센로랑의 마크, 그리고 검은 모피 코트의 귀퉁이, 절대 우연의 일치가 아니었다.

그리고 동봉되었던 글은 죽은 이 여자가 쓴 것이 분명했다.

'도대체 어떻게 된 것일까?'

남자의 주머니에서 나온 신분증은 김민성의 생각을 확실하게 뒷받침해 주었다. 이성구 바로 그 이름이었다. 그렇다면 이 여자는 분명히 김혜정이다.

양구에서 정식으로 수사가 시작될 무렵 그는 최일호라는 사람을 조용히 불러냈다. 이미 검문소 경찰을 통해 그는 김민성에 대해서는 잘 알고 있었다.

"참 묘한 일입니다. 이 운전하던 남자와 트렁크에서 발견된 여자 시체, 두 사람은 부부 관계입니다."

"뭐라구요? 그걸 기자님이 어떻게……."

"사실은 저도 이 사건에 개입되어 있는 형편입니다."

"아니, 기자님은 지금 진부령에서 내려오는 길이고, 이 남자는 진부령 쪽으로 올라가는 길이 아니었습니까?"

"그래서 저도 지금 얼떨떨한 형편입니다. 이 남자가 부인을 살해했다는 정보를 입수해서 조사차 진부령엘 갔던 겁니다."

형사는 도무지 무슨 말인지 이해할 수 없다는 듯한 표정이었다. 이해하지 못하는 것은 김민성도 마찬가지였다. 따지고 보면 이들은 오늘까지 진부령 별채에 있어야 할 사람들이었다.

그들이 하필 자신의 승용차와 상상도 할 수 없는 장소에서 충돌한 것이다.

김민성은 앞머리가 일그러진 승용차에서 가방을 꺼내 커다란 사진 한 장을 보여 주었다.

"이것이 제게 입수된 살해 직후의 사진입니다. 범인을 찾아 나섰다가 우연히 이 차와 충돌하게 된 것이죠. 아무튼 이 남자를 잘 지켜 주시기 바랍니다. 저는 저 나름대로 조사할 것이 있으니까요."

김민성은 양구에서 폴라로이드 사진기를 구해 늘어져 있는 이성구의 얼굴 사진을 여러 장 찍었다. 그리고 서울 집으로 전화를 걸었다.

"어머니, 저예요. 급한 일로 진부령 스키장에 와 있거든요. 제 친구 태선이 있죠? 태선이한테 전화해서요, 제 자동차 가지고 진부령으로 오라고 해주세요. 그리고 오는 편에 50만 원만 들려 보내주세요."

"사고 난 게 아니냐?"

갑작스러운 돈 요구에 어머니는 몹시 걱정을 하셨다. 그러나 취재 때문이며 급하게 오느라 돈이 부족하다는 말로 안심시켜 드렸다.

서울 연락이 끝난 후 그는 오던 길을 되돌아 진부령 스키장으로 다시 방향을 바꾸었다. 그는 마치 꿈을 꾸고 있는 듯한 기분이었다. 무엇보다도 궁금한 것은 누가 이 사진을 입수해서 자기에게 보내주었는지였고, 또 하나는 어떻게 그렇게 기막힌 장소에서 충돌할 수 있었느냐는 점이었다. 그러나 지금 중요한 것은 그런 지나간 일들이 아니었다. 분명히 추리할 수 있는 것은 이성구는 아내 김혜정을 스키장에서 살해했고, 또 서울에 갔다가 스키장으로 되돌아가고 있는 것이었다.

'그는 왜 아내의 시체를 싣고 서울로 갔다가 되돌아오고 있었을까?'

그것만은 도무지 추리할 수가 없었다. 이 단절된 추리를 뚫는 방법은 한 가지밖에 없었다. 스키장과 서울에서의 그의 행적을 더듬는 것이었다. 그러나 서울보다는 스키장 조사가 더 급했다. 모든 사건의 발단을 스키장으로 보아야 했기 때문이었다.

문제의 편지로 보아 남편은 오래 전부터 아내를 살해할 마음을 갖고 있었고 아내는 이것을 눈치 채고 있었다. 그러나 남편을 진심으로 사랑하는 아내는 모든 위험 부담을 안고 스키장으로 따라왔고, 스키장에서도 남편은 젊은 여자를 만나 즐겼던 것이 분명했다.

아마도 이 새로운 여자는 부인을 살해하는 직접적인 동기가 되었을 것이다. 그런데 왜 그는 시체를 끌고 다녔을까? 마땅히 버릴 곳이 없었던 것일까? 아니다. 이 깊은 새벽, 마음만 먹었다면 산속 어디에든 깊이 파묻을 수도 있었을 것이다. 그러나 자신이 조사한 바로는 승용차에 삽이나 괭이 같은 도구는 들어 있지 않았다.

'참 묘한 일이야.'

한 번 당한 사고는 그를 진부령까지 도착시키는 데 많은 시간을 요구했다. 진부령 스키산장의 영업 상무는 앞대가리가 깨져 들어오는 승용차를 보며 몹시 화를 냈다.

"아니 선생, 운전이 서툴면 기사까지 사서 내려갈 것이지 이게 뭡니까? 책임지시오, 내 개인 차도 아니고 회사 차란 말입니다."

"아아, 너무 화내지 마십시오, 아무튼 죄송하게 되었습니다. 수리하시고 청구서를 보내 주십시오, 모두 변상해 드릴 테니. 그보다 깜짝 놀랄 사건이 발생했습니다."

"사건요?"

"살인 사건."

"네. 자, 조용한 곳으로 자리를 옮깁시다."

영업 상무는 새파랗게 질려 있었다. 지난 12월은 눈이 오지 않은 데다가 12월이라고는 하지만 이제 겨우 성수기에 접어든 것이다. 본격적인 스키 시즌이 다가오는데 여기서 살인 사건이 터졌다면 당연히 치명타를 입기 때문이었다.

두 사람은 조용한 회의실로 자리를 옮겼다.

"도대체 어디서 어떻게 일어난 사건입니까?"

"제가 여쭸었던 그 중년 부부."

"그렇담 두 분이 모두……."

"아, 아닙니다. 그런 게 아니고 그 남자가 아내 김혜정을 살해한 겁니다. 아직 뚜렷한 증거는 없지만, 어쨌든 부인 김혜정씨는 시체로 발견되어 서울 국립 경찰 병원으로 옮겨졌구요, 남자는 지금 양구에 체포되어 있습니다만, 역시 서울로 압송되어 가겠죠. 그 보다도 그러니까 지난 1월 1일부터…… 아니, 이곳에 혹시 술 마실 만한 장소가 있습니까?"

"네, 술을 마실 만한 곳이라면 나이트 클럽과 카페가 있습니다만 거기에서 사고가……."

김민성은 잠시 생각에 잠기고 있었다. 병들고 피폐한 아내를 객실에 남겨두고 젊은 여자와 즐기기 위해 나갔다면 틀림없이 춤을 추었거나 술을 마셨을 것이다.

김민성이 요구해서 만난 나이트 클럽의 웨이터들은 다행히 이성구의 사진을 보고 금세 기억해냈다.

"아, 이 분…… 기억납니다. 나고 말고요. 아주 점잖게 생긴 분이었죠, 그런데 정말 멋진 아가씨와 여기서 춤을 추었습니다. 술도 마시구요, 아저씨는 둘째치고 그 여자, 참 근사했어요. 중년 신사와 젊은 아가씨, 보통 있을 수 있는 로맨스 아니겠습니까?"

그는 입에 침을 튀겨 가며 당시 상황을 자세히 설명했다. 물론 손님이 많아 언제 계산을 치르고 나갔는지까지는 정확히 알 수 없었으나 여자가 너무 예뻐 한참 정신을 놓고 춤추는 것을 구경했다고 했다.

단체 고객들을 찾아 탐문한 바, 그날의 목격자들은 한두 사람이 아니었다. 대개가 젊은 층이었고 또 대부분이 디스코만 추었기 때문에 몇 쌍 안 되는 블루스 커플이 쉽사리 보였던 것이다.

주황색 스키 모자를 쓴 건들거리는 청년 한 명도 그날 밤을 다음과 같이 들려주었다.

"저는 그날 밤 그 팀을 두 번이나 보았습니다. 저녁을 먹고 나서 혼자 바람이나 쏘이려고 밖으로 나갔는데, 검은색 최신형 그랜저가 스르르 미끄러져 들어오더라고요. 그래서 우연히 보게 되었는데, 나이가 좀 들어 보이는 점잖게 생긴 분이 약해 보이고 금테 안경을 쓴 부인을 부축해서 차에서 내렸어요. 또 운전석 옆에서 멋진 아가씨가 내렸어요. 처음엔 조카거나 처제가 아닌가 생각했어요. 그러고 보니 이상하긴 했군요. 그날 밤 나이트 클럽에서 보았을 때는 그 젊은 여자와 둘이서만 나타나 아주 행복한 표정으로 춤을 추었거든요. 거…… 참 이상하네, 그 여자는 그럼 누구죠?"

전혀 새로운 사실이다. 청년은 그 여자가 누구냐고 되물었지만, 김민성은 답변할 자료가 없었다. 아니 김민성 자신도 이성구의 승용차에 제2의 여인이 타고 있었다는 사실을 이번에 처음 알게 된 것이다.

그로서는 새로운 미스터리에 싸이게 된 것이다.

'세 명이 함께 서울을 출발해서 스키장으로 왔다. 그렇다면 김혜정은 그가 글에서 남긴 젊은 여인이 바로 이들이 목격했다는 젊은 여자일 수도 있다. 그런데 왜 알지도 못하는 젊은 여자와 즐기기 위해 나간 것이라 기술하고 있었을까?'

머리 좋고 추리력 뛰어난 김민성도 그만 두 손을 들어 버렸다.

이제 마지막 키는 이성구에게 있다고 판단한 것이다. 생각에 잠기며 거닐고 있을 때 친구 조태선이 자신의 승용차 엑셀을 몰고 올라왔다.

"도대체 어떻게 된 거야, 마지막 남은 휴가를 즐기는데."

"미안해, 보통 사건이 아니야. 차차 들려 줄 테니 가서 쉬어."

어머니가 보내 준 돈을 받아 넣었다. 그리고 지금부터 이 사건을 어떻게 공략해 나갈 것인가를 생각하기 시작했다.

지금까지 밝혀진 바로는 김혜정의 살인범은 이성구가 틀림없지만, 그 젊은 여성과의 삼각 관계는 도무지 아귀가 맞춰지지 않고 있었다.

이성구, 김혜정, 그리고 미지의 여성. 그렇다. 이성구, 그 남자를 다시 만나 보자. 김민성은 이성구가 투숙했던 객실 별채 내부와 스키장. 그리고 나이트 클럽 등 사건 현장을 필름에 담고 조태선을 불러내 다시 양구로 내려가기 시작했다.

이성구는 그 사이 서울로 옮겨졌다. 서울에서 본격적으로 수사가 진행된 것이다. 이성구의 부상이 위험할 정도가 아니었기 때문에 일단 경찰 병원으로 후송시킨 것이다.

"정말 모릅니다. 어떻게 된 건지 제가 지금까지 말씀 드린 것이 전부입니다."

"이 넥타이는 누구 겁니까?"

"그건 제 것이라고 몇 번이나 말씀 드리지 않았습니까?"

"이성구 사장님, 모른다고만 해서 될 일이 아니지 않습니까? 부인 김혜정씨 목에는 분명히 이 넥타이가 조여져 있구요, 또 죽은 원인도 이것 때문에 질식해서 죽은 거라니 까요. 그뿐 아니라 당신은 부인의 시체를 유기하기 위해 새벽에 산속으로 달리다가 들통나지 않았습니까?"

성구는 너무나 어이가 없었다.

'그래, 침착하자, 너무 당황하고 있었어.'

"죄송합니다. 난 분명히 어제 아내 목소리를 들었습니다. 진부령 스키장에 있으니 데리러 오라구요, 그래서 갔던 것입니다. 절더러 어쩌라는 거예요. 봅시다, 내 눈으로 아내 시체를 확인해야겠습니다."

형사는 머리를 끄덕였다. 사진만으로 믿지 못하겠다면 시체의 실물과 대조시켜 변명의 여지가 없도록 만들어야 한다는 판단을 내린 것이다.

영안실까지는 불과 10미터도 떨어져 있지 않았다. 형사는 성구와 함께 영안실로 들어가 마치 서랍처럼 되어 있는 시체 안치물을 잡아당겼다.

'아닐 거야, 아내의 시체가 이곳에서 나올 리가 없어. 제발, 제발 어디선가 툭 튀어나와 진실을 밝혀 줘. 혜정이, 지금 어디 있는 거야, 빨리 나타나 줘.'

"자, 보십시오."

눈을 꽉 감고 있던 성구가 눈을 뜨며 관 속을 들여다보았다. 아내는 두 손을 앞으로 가지런히 모은 채 눈을 감고 누워 있었다. 목에는 아직도 입센로랑 넥타이가 매어져 있었고, 사진 그대로 자신이 사 주었던 검은 모피 코트를 입고 있었다. 마치 잠을 자는 것 같이, 그리고 지금이라도 벌떡 일어나 왜 혼자 서울로 내려갔느냐고 힐난이라도 할 것 같은 모습이었다.

'죽지 않았어, 혜정이는 죽지 않았어, 어젯밤 내게 전화를 걸었단 말야!'

그는 힘없이 스르르 무너지고 말았다. 성구가 정신을 차린 뒤 형사들은 성구를 강동 경찰서 형사계로 데리고 갔다.

병원측에서 수사하는 데 아무 지장이 없다는 판단을 내린 것이다.

담당 형사는 강력계의 베테랑으로 소문난 최찬일 형사였다. 물론 지금까지의 수사 기록이 전부 이관되어 상황을 판단하는 데 어려움은 전혀 없었다. 그는 이성구가 말하는 대로 받아 적기 시작했다. 소위 진술서를 작성하고 있었던 것이다.

그러나 성구는 진술서 작성에서 은경과의 관계에 대해 상당한 갈등을 느끼고 있었다. 사실 그대로를 모두 말하자면 은경이를 거론하지 않을 수 없고, 은경을 거론하다 보면 부정(不貞)했던 사실이 드러나는 것과 동시, 살인 동기가 뚜렷이 형성되기 때문이었다.

만일 또 그 사실을 감추었다가 추후 조사에서 드러나면 더욱 궁지에 몰리게 된다는 사실도 잘 알고 있었다.

그러나 성구는 최후의 결심을 내렸다.

'모든 희생은 나 혼자 감수하자. 어린 은경이를 나 때문에 끌어들인다는 것은 나로서는 할 수 없는 노릇이다. 짧은 시간이었지만 그녀는 진심으로 나를 사랑했고, 또 몸까지 허락하지 않았는가? 그녀를 보호하자, 그것은 내 의무이며 그녀에 대한 보답이기도 하다.'

"네, 저는 아내와 스키장엘 가기로 했습니다. 아내는 보셨다시피 몹시 약해 있었습니다. 기분 전환도 시킬 겸해서 강원도 진부령 스키장을 휴가지로 선택한 겁니다. 스키장에 도착해서 아내는 일찍 잠이 들었고, 나는 산책을 하고 돌아왔습니다. 당연히 있어야 할 아내가 보이지 않았습니다. 제가 보이지 않아 찾으러 나간 것이 아닌가 하고 저도 밖으로 나갔죠. 제가 아내를 발견했을 때 아내는 지금 이 상태 그대로 눈밭에 누워 있었습니다. 불행하게도 아내의 목에는 제 넥타이가 매여져 있었습니다. 그건 제가 집에서 떠날 때 가져오지도 않은 넥타이였습니다. 너무 놀란 나머지 아내를 눈 속에 파묻어 놓고 돌아왔습니다. 저는 두렵고 당황해서 아내를 내버려두고 왔지만 제가 살해한 것이 아니기 때문에 일단 사체를 가지러 다시 그 눈 무덤으로 갔었습니다. 그러나 아내는 보이지 않았습니다. 공포와 불안에 지친 나는 되돌아왔고,

집에서 뚜렷한 아내 목소리의 전화를 받았습니다. 아내는 스키장에 있으니 빨리 데리러 오라는 거였습니다. 그래서 진부령으로 가다가 충돌 사고를 일으켰고, 저도 제 차 트렁크에 아내가 있는 줄은 꿈에도 몰랐습니다. 목소리는 아내의 것이 분명했기 때문에 당연히 진부령에 있을 것으로 생각했던 겁니다."

그러나 형사들은 성구의 말을 믿을 수 없었다. 진술하고 있는 성구도 자신의 결백을 제3자가 믿어 주기 힘들 것이라는 생각을 하고 있었다.

도무지 앞뒤가 맞지 않았고, 너무나 비논리적이었기 때문이다. 다만 진실은 하나님과 자신만이 알고 있을뿐, 마음의 결백에 호소하는 수밖에 없었다. 진부령에 취재차 갔다가 돌아온 김민성은 1차 조사가 끝나 독실에 구치되어 있는 이성구와의 단독 면회를 요청했다.

최찬일 형사와는 이미 오래 전부터 구면이어서 이성구의 진술 조서까지 입수할 수 있었다. 진술 조서를 읽은 김민성은 자신이 취재한 내용과 상당 부분 다르다는 것을 파악할 수 있었다.

그러나 그것을 경찰측에 알려 주지는 않았다.

이성구는 김민성을 알아보지 못했다. 왼쪽 손목에 붕대를 감은 K일보 사회부 기자 김민성의 부탁으로 충분한 시간이 허락된 면담이라고만 했다.

신문 기자의 취재라면 만나지 않겠다고 버티는 이성구에게 비로소 자신이 교통 사고 때 충돌한 장본인이라고 말했고, 기자로서보다는 사건 자체에 대한 호기심 때문이라고 설득해 겨우 면회가 이루어 졌다.

입회인도 없는 작은 방에 앉자 문이 열리면서 너무나 초췌해진 한 중년의 남자가 들어왔다. 머리에는 아직도 붕대가 그대로 감겨져 있었다.

"이성구 사장님, K일보의 김민성입니다."

"반갑습니다. 자, 앉아서 얘기합시다."

'어떻게 생각하면 이 사내만 아니었더라면 이런 곤란한 처지에까지 몰리지는 않았을 것이다. 하필 검문소 옆에서 충돌하다니.'

그러나 지금 성구의 심정으로는 지푸라기라도 잡고 싶은 심정이었다.

'신문 기자라면 머리도 있을 것이다. 분명히 뚫고 나갈 길이 있겠지.'

성구는 막연한 기대를 걸며 김민성을 바라보았다.

"아무튼 서로 빙판길을 조심하지 않아 생긴 사고라 할 말은 없습니다."

"저도 할 말은 없습니다. 그 보답도……."

김민성은 성구를 바라보며 이 사람이 왜 사실과 다르게 진술했을까를 생각하고 있었다. 그리고 질문의 포문을 열기 시작했다.

"사장님, 몇 가지 질문 좀 하겠습니다."

"네. 말씀하십시오."

"아 참, 사장님, 그동안 담배 못 태우셨죠? 자, 여기는 괜찮으니 한 대 피우시죠."

이성구에게 담배를 건네 주고 불까지 붙여 주었다. 그는 반가운 듯 받아들고는 정신없이 빨아대고 있었다.

"사장님이 진술하신 내용을 읽어 보았습니다."

"믿기 어려우실 겁니다."

"믿기 어려운 게 아니라 믿지를 않고 있습니다."

"정상적인 사람이라면 다 그렇겠죠."

"사실은 사장님 차와 제 차가 충돌하기 훨씬 이전에 저는 사장님 사모님, 즉 김혜정 씨의 살해 사건을 알고 있었습니다. 그래서 진부령 취재차 올라갔다가 서울로 내려가는 길이었습니다."

"뭐…… 뭐라구요! 절…… 속이지 마십시오, 그건 바로 엊그제 일이었고……."

"전 사장님을 속이지 않습니다. 이 세상에는 상상을 초월하는 일이 수없이 일어나고 있습니다. 사장님과 제가 자동차 충돌을 일으킨 것도 우연 같지만 따지고 보면 분명한 필연입니다. 사장님은 사모님 시체를 유기시키기 위해 진부령으로 가고 있었고, 전 사장님의 인적 사항을 파악한 후 강동구 천호동 310번지, 사장님 댁을 찾아가던 길이었으니까요."

"어, 떻게…… 제……."

"알 수 없는 사람으로부터 제보를 받았습니다. 한 여인의 죽은 사진과 그가 죽기 직전에 남겼던 글. 그 편지지는 진부령 스키장 전용 편지지였습니다. 자연스럽게 찾은 거죠."

"제…… 제보를 누가, 그게 누굽니까?"

"모릅니다. 누가 보냈는지는 모르지만 아무튼 그 제보로 제가 이번 사건에 관심을 갖게 된 겁니다."

"그렇지만 전 아내를 맹세코 살해하지 않았습니다. 진술서를 보셨겠지만 기자님, 미안합니다. 담배 한 대만……."

성구는 흥분하고 있었다. 자신을 변명하기 위해 최선의 노력을 다하고 있었다. 그리고 끝까지 '젊은 여자' 이야기는 꺼내지 않았다.

김민성은 도무지 궁금해 견딜 수 없는 것이 하나 있었다. 바로 그 문제의 여성이었다. 이성구와 김혜정, 그리고 그 젊은 여자와의 관계가 도무지 드러나지 않고 있었다.

　그녀가 남긴 글에는 알지도 못하는 젊은 여자라고 했고, 목격자에 따르면 차에서 함께 내렸다고 했다. 그리고 이성구 사장은 진술서에서 그 '젊은 여자'에 대해서는 일언 반구도 비치지 않은 것이다. 참다 못해 김민성이 먼저 문제의 여성에 대한 이야기를 꺼냈다.

　"다 좋습니다. 사장님이 사모님을 살해하지 않았다고도 볼 수는 있습니다. 그러나 거짓말하시면 진실은 더욱 불리해질 수도 있다는 것을 명심해야 합니다. 사장님 진술서에는 빠진 게 있더군요, 물론 나는 그 빠진 부분에 대해 경찰측에 이야기하지는 않았습니다. 직접 듣고 싶었으니까요."

　"몰라서 묻습니다. 차에서 함께 내린 그 여자……."

　"당, 당신 정말 기자요?"

　김민성은 웃을 수밖에 없었다. 그리고 주머니에서 신분증을 꺼내 보여 주었다.

　"틀림없습니다."

　"당, 당신이 처음부터 나를 미행했지, 죽일 놈…… 죽여 버리겠다."

　'이 녀석! 누군가 내 뒤를 미행하고 있다고 생각했었지. 그래 바로 엊그제 일을, 그것도 은경과의 동행 사실까지 알고 있다는 건 처음부터 나를 미행했었다는 증거야, 자동차 충돌도 이 녀석의 계산된 사고가 틀림없어.'

　"갑자기 왜 이러십니까? 좀 진정하세요."

"네…… 네놈이 그동안 은경이와 내 뒤를 미행했었지, 그렇지 그렇지……"

"흥분하실 일이 아닙니다. 자, 앉으십시오. 분명히 말하지만 나는 누군가 알 수 없는 사람으로부터 제보를 받은 것뿐입니다. 차분하게 이야기 나눕시다. 사장님이 정말 억울하시다면 나는 사장님 편이 되어 줄 수도 있지 않습니까? 은경, 그 은경이라는 아가씨에 대해 설명을 좀 해 주십시오"

"당, 신, 어떻게 은경이를 알고 있소!"

"허허…… 너무 흥분하셨어요. 사장님이 방금 은경이라고 말씀하시지 않았습니까?"

"그, 그랬던가요. 은경…… 모릅니다. 난 그런 여자 아는 바 없어요"

이성구는 다시 의자에 털썩 주저앉았다. 그리고 지나간 사건을 반추하듯 멍하니 사무실 천장을 바라보고 앉아 담배만 계속 피워대고 있었다.

'조금씩 가라앉기 시작하는군!'

경직된 이성구 사장의 가슴을 비집고 들어갈 절호의 찬스가 온 것이다. 김민성은 그의 손을 덥썩 잡았다.

"사장님, 저는 형사가 아니에요, 기잡니다. 제게 중요한 것은 사장님이 사람을 죽였느냐 아니냐 그것이 아닙니다. 진실을 알고 싶은 겁니다. 그 진실을 밝혀 달라고 자료를 제공한 사람이 생긴 겁니다. 우리 좀더 조용하고 차분하게 이야기합시다"

이성구는 고개를 푹 떨구었다.

'진실! 그렇다. 누가 이 사건 전모의 진실을 알고 있으며, 또 누가 믿어 줄 것인가?'

그리고 그보다도 그의 신경을 긁어대는 것은 도대체 죽은 아내로부터 어떻게 전화가 걸려올 수 있었겠느냐는 것이었다. 한참이나 그렇게 생각에 잠겨 있던 성구가 마침내 고개를 번쩍들었다.

"메모 하나 해 주시겠습니까?"

"좋습니다."

김민성이 수첩과 볼펜을 꺼내자 그는 전화 번호를 하나 알려 주었다.

"이것은 당분간 경찰측에 말하지 마십시오. 마지막 카드를 쥐고 있는 사람이니까요."

754-1768. 채은경의 전화 번호였다. 그녀의 아틀리에라고 했다.

"먼저 그 여자를 만나 보십시오. 그리고 나서 저를 다시 만나 주십시오. 사실이 밝혀질 겁니다."

그는 천천히 일어나 밖으로 나갔다.

김민성은 지금까지 한점 놓치지 않고 그의 표정과 심리 상태를 체크해 가고 있었다. 그러나 그의 얼굴에 자책감이라든가 체념은 전혀 보이지 않았다. 그렇다고 그의 그러한 태도 때문에 살인 혐의의 의혹이 사라진 것은 아니었다.

문제의 주인공 채은경. 어쩌면 모든 열쇠를 가지고 있을지도 모르는 그 '젊은 여자'를 만나는 것이 가장 빠른 지름길이 될 것이다. 밖으로 튀어나온 김민성은 정신없이 754-1768로 전화를 걸었다. 예쁜 목소리의 여자가 전화를 받고 있었다.

"네? 채은경…… 네, 네. 실례지만 어디신지…… 지금 여기 계시지는 않지만 연락은 해 드릴 수가 있어요."

채은경과 직접 통화하지는 못했지만 세 시간 후, 즉 저녁 9시경 퇴계로에 있는 아스토리아 호텔 커피숍에서 만나기로 했다.

약속은 틀림없이 지켜지도록 연락하겠다고 했다.

김민성은 일단 집으로 돌아왔다. 어머니께서 무슨 일이냐며 몹시 걱정하고 계셨다.

"걱정 마세요, 사건이 하나 터졌는데 참 묘한 사건이라서요, 오늘 늦을지도 모르겠어요."

"또 나가냐?"

일찍 아버지를 여의고 홀홀 단신으로 아들 하나 키워 놓은 것이 민성이었다. 언제 보아도 어린아이 같은 것이 벌써 저만큼 자란 것을 생각하면 대견하기 짝이 없었다. 방에 처박혀 무엇인가를 열심히 쓰고 있는 아들에게 녹차를 끓여 넣어 주었다.

"밥은 굶지 마라!"

"알겠어요."

어머니가 건네 주신 녹차를 마시며 김민성은 이 전대미문의 미묘한 살인 사건을 남김없이 기록하며 나름대로 추리해 나가기 시작했다. 그것은 이제 곧 만나게 될 채은경에게 해야 할 질문의 토대가 되기도 했다.

첫 번째 추리 : 병약하고 나약한 아내에 대해 싫증과 혐오를 느끼던 이성구는 우연히 채은경이라는 예비 화가를 알게 된다. 754-1768의 그녀의 아틀리에도 어쩌면 이성구가 돈을 투자해 마련한 공간인지도 모른다. 그리고 그 아틀리에에 작은 방을 마련하고 사회의 눈을 피해 정사를 나누어 왔는지도 모른다.

채은경은 그 후 이성구에게 결혼을 요구했고, 이성구는 마침내 아내를 살해할 계획을 세웠다. 이성구와 채은경, 그리고 부인 김혜정은 서울에서부터 함께 떠났을 것이다. 김혜정과 채은경은 아직 인사가 없었고, 그것을 모르는 김혜정은 이성구에게 속았을 것이다. '친구 조카인데 스키장엘 간다고 해, 그래서 합승시켜 주는 거지.'라며 처음으로 인사시켜 준다.

그날 밤 채은경과 이성구는 자연스럽게 나이트 클럽에서 술을 마시며 시간을 골라 아내의 살해 계획을 세운다. 마침내 새벽녘, 아내를 자신의 넥타이 끈으로 목 졸라 살해한 다음 자동차 트렁크에 싣는다. 그리고 서울로 왔으나 그는 후회했을 것이다. 함께 떠난 아내와 같이 돌아오지 않으면 주위로부터 의심을 받을 것이 분명했기 때문이다. 본인의 계획에 차질이 생겼다고 판단한 성구는 다시 아내의 시체를 싣고 스키장으로 간다.

절벽 어딘가에 처박아 놓고 실족사를 위장하려 했던 것이다. 그러나 불행히도 연극은 거기에서 막을 내리고 나의 손에 의해 드러나고 만다.

아내를 살해했다고 말하지 못한 성구는 이런 사실을 모두 알고 있는 채은경의 입을 통해 들어 보라고 한 것이 분명하다.

두 번째 추리 : 채은경과 이성구, 그리고 김혜정은 어느 정도의 삼각 관계가 형성되어 있었다. 다만 그 여자(채은경)가 어떤 신분의 여자인지 김혜정은 잘 모르고 있을 것이다.

'삼각 관계'를 청산하자 어떤 방법으로든 결판을 내자는 제의를 하고 세 사람은 서울에서부터 뚝 떨어진 이곳 스키장으로 온다. 그리고 이곳에 와서야 부인은 비로소 자신의 생명에 위험이 다가오고 있다는 것을 인식한다. 그만큼 분위기는 심각했을 것이다.

이곳에 오기 전까지는 '젊은 여자' 측에서 이 정도의 선에서 물러 가리라고 생각했을 것이다.

채은경과 이성구는 나이트 클럽에서 마지막 술잔을 나눈다. 이것은 이별 파티였을지도 모른다. 채은경과 이번이 마지막이고, 또 김혜정 부인에게 사죄하고 다음날 떠나겠다며 마지막 정사를 요구한다. 은경의 침실에서 정사를 나눌 때 은경은 성구에게 수면제를 복용시킨 뒤 김혜정을 불러낸다.

'결심을 세웠다. 밖에 나가 이야기나 하자, 좀 걷고 싶다. 불편하더라도 나가자, 당신의 남편도 기다리고 있다.', 그 전에 부인은 혼자 방에서 외로움을 달래며 이 글을 적었을 것이다. 그리고 그의 예감대로 남편의 얼굴도 보지 못하고 채은경의 손에 죽는다.

김혜정을 살해한 채은경의 무기는 이성구의 그 문제의 넥타이였다. 그 다음 이성구를 깨워 현장으로 데리고 간다.

'내 말을 듣지 않으면 당신을 부인 살인범으로 고발하겠다' 면서 이성구에게 말하고……. 그리고 수단껏 부인을 살해하고 자신과 결혼하자고 협박한다. 당황한 남편은 아내의 시체를 싣고 서울로 진부령으로 헤매다가 나의 차와 충돌하여 드디어 아내 살인범으로 체포되게 되었다.

세 번째 추리 : 김혜정, 이성구, 채은경, 세 사람은 분명히 삼각관계가 형성되어 있었다. 그러나 김혜정을 살해한 것은 제3의 인물인지도 모른다. 살인범은 이성구를 곤궁에 빠뜨리기 위해 처음부터 미행해 왔거나, 아니면 진부령 스키산장으로 휴가차 온다는 것을 알았는지 모른다. 따라서 범인은 미리 스키산장에 잠입해 있다가 빈 틈을 이용하여 김혜정을 살해한 후 이성구 승용차의 트렁크에 그 시체를 실어 놓았을 가능성도 있다.

범인은 어쩌면 채은경의 하수인인지도 모른다.

기록을 끝내 놓고 보니 모두 그럴 듯한 논리를 갖추고 있었다. 만일 세 사람이 함께 서울을 출발한 것이라면 첫 번째의 가능성이 제일 높았다.

채은경과 만나기로 약속한 시간이 30분밖에 남지 않았다. 김민성은 차를 몰고 퇴계로를 향해 달렸다.

'어떻게 생긴 여자일까, 과연 그녀는 오늘 밤 시간에 맞춰 나올 것인가? 만일 나타나지 않았다면……'

이런저런 생각으로 골몰해 있었지만 자동차는 이미 아스토리아 호텔 앞에 멈추어 섰다. 9시 5분, 정확히 5분 늦었다. 김민성은 커피숍 카운터로 걸어갔다.

"미안하지만 채은경이라는 여자 좀 찾아 주세요."

크지는 않았지만 손님은 제법 많았다. 웨이트리스가 판에 채은경이라고 써서 한 바퀴 돌았다. 잠시 후 커피숍 한 귀퉁이에 한 여자가 걸어나오고 있었다. 얼핏 보아도 167, 8센티 미터는 족히 되어 보였다. 정말로 보기 드문 미인이었다.

김민성은 속으로 고개를 끄덕였다.

"저에게 전화하신 분인가요?"

"그렇습니다. 김민성이라고 합니다."

"김…… 민성 씨? 제게, 무슨……"

"시간을 좀 내주셔야겠습니다. 여긴 얘기할 분위기가 못 되구요, 이성구 씨 문제로 그럽니다."

"이 사장님!"

그녀는 깜짝 놀라며 김민성을 다시 바라보았다. 그리고 처음보는 이 남자가 안내하는 대로 따라갔다.

조용한 일식집 구석으로 자리를 잡은 후 약간의 음식과 맥주를 주문했다. 여인은 몹시 초조해 보였다.

"이 사장님과 무슨 관계라도……."

"지금 막 만나고 돌아오는 길입니다. 아가씨 얘기를 하더군요."

"그런데…… 사장님은 지금, 어디……."

김민성은 우물쭈물할 필요가 없다고 생각했다. 처음부터 정곡을 찔러가기 시작했다. 이미 가지고 있는 자료만으로도 충분했고, 또 이성구 사장이 직접 만나 보라는 부탁도 있었다.

모르는 척 지나갈 수는 없을 것이라 판단한 것이다. 그 사이 음식이 날라져 왔다. 여인은 음식에는 손 하나 대지 않고 맥주만 두어 잔 들이켰다.

"사장님은 현재 경찰서에 계십니다. 지금 형편으로는 곧 검찰에 송치될 눈치입니다. 이유는 아시겠죠?"

여인은 고개를 푹 숙인 채 고개를 끄덕였다. 마침내 올 것이 왔다는 듯 그녀는 고개를 떨군 채 한두 방울 눈물을 흘렸다.

"사장님. 정말 그렇게 될 줄 알았습니다. 좋은 분같이 보였는데…… 너무 성급하게…… 그런데 선생님은 경찰에서 오셨나요?"

"아닙니다. 나는 형사가 아니라 신문 기자입니다. K일보 사회부에 근무하고 있습니다."

"신문, 기자세요?"

그녀는 정말 놀랐는지 두 손으로 입을 가린 채 한참이나 김민성을 바라보고 있었다.

"그럼, 벌써 취재차?"

"꼭 그런 것만은 아닙니다. 하지만 알고 싶은 것이 너무나 많습니다. 툭 털어 놓고 지금까지 있었던 일을 자세히 들려 주십시오. 반드시 좋은 결과가 나타날 것이니까요. 어쩌면 이성구 씨는 살인범이 아닐 수도 있지 않습니까?"

이미 나름대로 정리해 놓은 추리가 있었다. 이들의 삼각 관계에 침투하다 보면 어디선가 실마리가 풀리지 않겠느냐는 계산이었다.

그녀가 입을 열기 시작하자 김민성 기자는 소형 녹음기를 꺼내 테이프를 넣고 플레이 스위치를 눌렀다.

그는 옆에서 그녀의 이야기를 들으며 고개를 끄덕였다. 말재주는 없었지만 한치도 논리에서 벗어나는 이야기는 없었다. 또 현실적으로 가능성이 있는 타당성 있는 말들이었다.

한 시간에 걸친 증언이 끝나자 그녀는 조용히 일어났다.

"기자 선생님. 전 무섭고 두렵습니다. 요즘 집에도 못 들어가고 친구집에서 생활하고 있어요. 뭔가 빨리 결판을 내고 잊어버렸으면 해요. 저까지 사건에 휘말리고 싶지는 않거든요."

"이번 김혜정 씨 피살 사건은 우연히 제 손에 들어오게 되었지만 이미 사건 과정은 짐작할 수 있었습니다. 채은경 씨에게는 피해가 가지 않도록 노력하겠습니다."

거리에 나서서 그녀는 다시 한 번 인사를 하고 외투깃을 올리며 사라졌다.

 법정에서

그로부터 다시 보름이 지났다. 그리고 이성구의 부인 살해 사건은 신년 벽두부터 일간지와 주간지를 떠들썩하게 만들었다. 그러나 그 센세이션을 일으켰던 사건도 며칠이 지나자 또 언제인가 싶게 썰물처럼 사람들의 뇌리에서 사라져 갔다.

그동안 이성구는 경찰에서 정식으로 검찰의 손으로 넘어갔고, 이 사건은 314호 주정식 검사에게 넘어왔다.

형사들이 기록한 진술서와 사건 개요를 훑어보던 주 검사는 이성구의 진술에 너무도 많은 허점이 있다는 것을 간파할 수 있었다.

그 중에서도 스키장에서 아내로부터 전화가 걸려왔다는 대목에서는 고소를 금할 수 없었다.

"도대체 어떻게 된 친구야, 죽인 아내를 차에 싣고 돌아다니면서 아내 전화를 받아? 거 신문 기자 아니었으면 변사체로 발견돼서 고생 좀 할 뻔했군."

주 검사는 이성구를 불러 오도록 지시했다. 그는 책상에 앉아서 사건 개요를 다시 작성하기 시작했다. 이 사건 개요는 이 다음 은퇴를 대비해서 기록하는 것으로 특별하고 재미있는 것들만 골라서 기록했다.

검사 생활을 정리하게 될 때 책으로 남겨 두자는 생각에서였다. 반드시 베스트셀러가 될 것으로 확신하고 있었다. 그래서 범죄를 꿈꾸는 자에게 경종이 될 수 있는 자료가 되기도 할 것이다.

사건 일자 : 1988년 1월 2일 새벽 2시경
장   소 : 강원도 진부령 스키산장
가 해 자 : 이성구(李成求)
　　　　　 1949년 4월 7일생
　　　　　 서울 강동구 천호동 310번지
　　　　　 피혁제품 중소기업 사장
피 해 자 : 김혜정(金惠貞)
　　　　　 1953년 11월 24일생
　　　　　 이성구의 처. 사망

주정식 검사가 사건 개요를 기록해 나가고 있는 동안 이성구는 법의 보호에 따라 변호사를 선정해 지금까지 있었던 일들을 설명하기 시작했다. 분명히 결론부터 지어 놓았다.

"모든 범죄자들이 다 그렇게 주장하겠지만 저는 정말 아내를 살해하지 않았습니다. 그 점만큼은 분명히 짚고 넘어가야 되겠습니다. 제가 '살인범이다' 하는 고정 관념부터 깨지 않으면 변호하실 필요도 없습니다. 분명히 어딘가 허점이 있을 겁니다. 그걸 찾아달라는 겁니다."

박영웅 변호사는 이성구의 하얗게 말라들어가는 입술을 바라보고 있었다. 그리고 왜 사실대로 경찰에 진술하지 않았는가를 생각하고 있었다.

"사장님, 물론입니다. 그러나 한 가지 큰 실수를 하셨습니다. 검찰은 이미 당신이 스키장에서 제2의 여인을 만났다는 것을 알아냈습니다."

"네? 그럼 그 기자가 약속을 깨고……."

"기자? 그 충돌사고를 일으켰던? 아닙니다."

"도대체 경찰은 내가 스키장에서 다른 여자를 만난 것을 어떻게 알았습니까?"

"수사죠. 방증 수사, 당신의 발자국을 샅샅이 조사했습니다. 그날 밤 한 여인과 나이트 클럽에서 춤추고 술 마신 것을 목격한 사람들은 많았으니까요."

"……."

"지금 그 여자는 어디 있습니까? 그녀는 누구며 사장님과 어떤 사이입니까? 언제부터 사귀었으며 무엇 때문에 스키장엘 함께 갔습니까?"

"채은경! 채은경이라는 여대생입니다. 졸업반, 유학을 곧 떠납니다."

이성구는 비로소 처음부터 끝까지 모든 사실을 감추지 않고 변호사에게 들려 주었다.

"이 모든 것은 정말입니다."

"부인께서 사망한 시각은 1월 2일 새벽 2시부터 3시경으로 판명되었습니다. 국립 과학 수사 연구소의 부검 결과입니다. 원인은 물론 질식이구요. 넥타이로 졸라 숨지게 한 겁니다."

"그건 알고 있습니다."

"한 가지 어려운 부탁드려도 될까요?"

"말씀하십시오. 이 지경이 되었는데 못할 일이 어디 있겠습니까?"

"자수하십시오. 아내의 병 때문에 육체적인 학대를 받은 결과라고 하십시오, 죄가 가벼워질 겁니다."

"뭐라구요? 정말 변호사, 당신까지……."

이성구는 벌떡 일어나 구치소로 걸어들어갔다. 아무도 믿어 주는 사람이 없었다. 이성구의 뒷모습을 보며 박영웅 변호사는 혼자 투덜거리고 있었다.

"애들도 아니고 장난도 아니고, 도대체 1월 2일 새벽에 죽은 여자가 1월 3일 전화를 걸다니……."

첫 번째 공판은 사실 심리와 증인들의 증언, 그리고 이성구측의 변호를 듣기 위한 시간으로 이어졌다.

판사와 배심원들이 자리잡는 동안에도 밖에서는 어떻게 알고 왔는지 모 부인회 회원이라는 사람들이 몰려와 욕지거리를 퍼부으며 이성구를 죽이라는 구호를 외쳐대고 있었고, 김혜정측의 가족들 몇몇이 나와 이를 악물고 재판 과정을 지켜보고 있었다.

검사와 변호사가 마주보며 자리를 잡자 공안원이 수갑을 찬 이성구를 앞세우고 법정으로 들어섰다.

방청석은 터질 듯 가득했다. 이성구가 들어서자 여기저기서 수근거리는 소리가 들려오기도 했다.

먼저 검사 주정식의 논고가 시작되었다. 장내는 다시 물을 끼

없은 듯 조용해졌다.

"피고 이성구는 지난 1월 1일, 신년 휴무를 맞아 아내를 살해할 목적으로 부인 김혜정에게 진부령 스키장으로 휴가차 떠날 것을 권고했습니다. 피살자 김혜정은 이미 오랜 지병으로 건강이 상당히 악화된 상태였으며 더구나 스키를 탄다는 것은 상상도 못할 형편이었습니다. 때문에 김혜정은 스키장보다는 온천으로 가고 싶어했지만 이미 굳혀 놓은 계획을 변경할 수는 없었습니다. 사람들이 다칠 수도 있고 또 활발히 움직이는 스키장이 온천보다는 유리했기 때문이었습니다. 진부령 스키장으로 목적지가 결정나자 김혜정에게는 불안이 엄습해 왔습니다. 그는 떠나기 전 그의 가장 친한 친구인 임미숙과 하현숙 두 사람을 만나 이 불안을 토로했습니다. 그러나 이들은 혜정의 불안은 한낱 기우일 뿐이라고 일축했습니다. 평소 이성구는 김혜정에게 너무나 잘해 주었기 때문이었습니다. 임미숙과 하현숙은 지금 생각하니 남편이 혜정이에게 유난히 잘해 준 이유를 알 것 같다고 증언했습니다. 이미 오래 전부터 아내를 살해할 계획을 준비했던 것입니다. 여기서 잠깐 증인 채택을 하겠습니다."

증인으로 임미숙과 하현숙이 등장했다. 그들은 선서문을 낭독한 후 김혜정이 스키산장을 떠나기 전 자신들에게 찾아와 어쩌면 이것이 마지막이 될지도 모른다, 남편은 자신을 살해할 것이라며 공포에 떨었다고 증언했다. 임미숙은 자신이 절대 그럴 리 없다고 하자 친구조차도 못 믿겠다며 또 누구에겐가 호소하러 가는 것 같았다고 진술했다.

두 번째 증인으로 한 젊은이가 나타났다. 성구로서는 전혀 알 수 없는 인물이었다. 그는 성구를 한 번 흘긋 바라보며 똑같은 표정으로 증언했다. 그는 성구를 몹시 경멸하는 태도였다.

"4박 5일간의 여행으로 친구들과 진부령 스키장엘 찾아갔습니다. 마침 눈이 내려 즐거운 날을 보내고 있었죠. 그런데 2일째 되던 날 이 사람이 출현했습니다. 저희들은 굉장히 기분이 나빴습니다. 나이트 클럽에서였습니다. 점잖게 차려입은 이 사람과 스포티하게 입은 아주 멋진 아가씨가 들어와 마치 신혼 부부처럼 즐기다 돌아갔습니다. 우리들끼리 떠들어댔죠. 저러니 우리들한테 아가씨 차지가 오겠느냐구요. 다음날 식당에서 또 만날 생각을 하니 배알이 뒤틀린다고까지 했지만, 끝내 안 보였습니다. 신문기사 보고 '그럴 줄 알았다.'고 우리끼리 얘기했습니다."

성구는 서 있다 말고 의자에 털석 주저앉았다. 검사가 부른 후에도 한동안 그냥 그렇게 앉아 있었다. 검사는 이성구에게 이 증언을 모두 인정하느냐고 물었고, 성구는 고개만 끄덕일 뿐이었다.

이어서 변호사의 열띤 변론이 있었지만 도무지 설득력이 없었고, 그 자신도 몹시 힘들게 변호하는 모습이었다.

'끝났어, 모든 게 끝났어.'

마지막 자신에게 생명의 밧줄을 던져 줄 사람은 채은경 한 사람 뿐이었다. 그러나 그녀는 지금 어디에 있는지 변호사도 찾지 못했다고 했다.

변호가 끝났음에도 불구하고 검사는 가방에서 작은 녹음기를 하나 꺼냈다. 그리고 테이프를 집어넣었다.

"이성구가 살인범이라고 하는 마지막 증거품을 제출하겠습니다. 바로 문제의 여인 채은경이라는 아가씨가 당시 상황을 진술한 내용입니다."

그것은 김민성 기자가 채은경에게서 취재해 온 녹음 테이프였다. 변호사도 검사도 김민성도 그 후에는 채은경에 대해 전혀 정보를 입수하지 못하고 있었다.

공범으로 가상할 수도 있는 여인은 이 증거 녹음 하나만 남겨둔 채 어디론가 실종되었던 것이다. 소형 녹음기는 미리 준비한 또 다른 스피커와 연결되었고, 판사는 장내에 소음이 생기면 청취가 곤란하므로 '정숙'을 유지하라는 명령을 내렸다.

무슨 내용이 담겨져 있는지는 확실히 모르지만 성구는 마치 절망의 구렁텅이에 한가닥 빛을 잡은 기분이었다.

'그래, 은경이가 나를 구출하기 위해 나타났어. 모든 사람들이 나를 살인범 취급해도 너만은 알 거야. 그날 밤, 그날 밤 이야기를 똑바로 들려줘. 시체를 발견한 것은 너였고, 우리는 놀라서 눈 속에 묻었어. 만일 내가 정말 아내를 살해할 마음을 가졌다면 굳이 네가 보는 데서 그럴 이유가 없지.'

은경의 목소리는 천천히 그리고 또박또박 스피커를 통해 들려오기 시작했다.

판사, 검사, 변호사 그리고 김민성 기자 모두가 긴장된 모습으로 귀를 세우고 있었다.

"지금부터 이성구 씨의 살인 혐의에 대해 제가 아는 모든 것을 말씀드리겠습니다. 저는 친구들과 약속이 있어 진부령 스키장으로 가는 도중 자동차가 고장이 났습니다. 제가 고용한 기사의 말에 의하면 밧데리가 다 닳아 버린 것 같다고 했습니다. 저는 추위에 떨고 있었고 기사는 차를 움직여 보려고 무던히 애를 썼습니다. 저는 추위에 지쳐 꼭 울어 버리고만 싶은 심정이었습니다. 고맙게도 그때 이성구 씨가 부인 김혜정 씨와 함께 차를 몰고 나타났습니다. 저는 기사에게 차 수리가 끝나면 서울로 되돌아가라고 말한 후, 이 사장님의 차에 합승했습니다. 사모님과 사장님은 제게 정말로 친철히 해 주셨습니다. 정말 고마웠습니다. 그때 저는 사모님의 건강이 안 좋다는 것을 알았습니다. 얼굴은 창백했고 몸은 몹시 여위어 있었습니다. 고맙다고 인사를 한 후 스키장에서 헤어졌습니다.

그날 밤 사장님은 어떻게 알았는지 제 숙소로 전화를 걸었습니다. 감기는 들지 않았느냐 피곤하지는 않느냐며 커피나 한잔하자고 저를 불러냈습니다. 불행히도 제 친구들은 눈길이 무서워한 명도 오지 않아 심심하게 앉아 있던 중이었습니다.

사장님은, 사모님이 편찮으셔서 혼자 나왔다며 저를 나이트 클럽으로 초대했습니다. 낮에 진 신세도 있고 해서 즐겁게 놀아 드렸는데 제게 다음 제의를 해 왔습니다. 사모님이 불면증이 있어 그러니 한 시간 후에 다시 놀러 오라구요, 와서 말동무가 되어 달라고 했습니다. 저는 어쩔 수 없이 승낙했습니다. 한 시간 후 사장님이 계시는 별채로 가려는데 중간에 사장님이 기다리고 계셨습니다. 사모님이 막 잠이 들었다는 겁니다. 할 수 없이 같이 조금 걷다 보니 어둡고 사람도 없는 후미진 곳이 나타났습니다. 갑자기 사장님은 제게 대들어 강제로 키스를 퍼부었습니다. 꼼짝없이 당한 겁니다. 사모님이 계시는데 이러시면 어떡하느냐고 했지만 사장님은 그 추운 스키장 벤치에 절 눕혀 놓고 강제로 저를 겁탈했습니다."

"아냐! 거짓말이야!"
성구가 고함을 지르며 벌떡 일어났다. 장내가 어수선해지고 사람들이 달려와 성구를 의자에 앉혔다. 그리고 끝까지 조용히 들으라는 명령이 떨어졌다. 성구는 입술을 깨물었다. 입에서 붉은 피가 주르르 흐르고 있었다.

그동안 잠시 중단되었던 여인의 증언이 계속되었다.

"저는 울면서 제 무릎에 얼굴을 묻었습니다. 그때 사장님이 한 손으로 제 어깨를 감싸며 이렇게 말했습니다. 어차피 내 아내는 산 송장이나 다름없다. 이혼을 하든 다른 방법을 쓰든 너와 꼭 결혼해 주겠다. 아무 걱정하지 마라. 사장님은 따뜻하고 부드러운 태도로 절 위로하셨죠. 그리고 이번에는 제가 있는 객실로 가자고 했습니다. 손이 또 가슴으로 들어왔습니다. 전 두려웠습니다. 만일 사모님이 이 광경을 보시면 어쩌나 하고요, 빨리 그 자리를 피해야겠다는 생각밖에는 없었습니다. 저는 거짓말을 했습니다. 만일 사모님과 정식으로 이혼해 주신다면 저는 모든 걸 포기하고 결혼에 응낙하겠다고 했습니다. 사장님은 또 제 입술에 키스했습니다. 걱정할 것 없다. 한 달만 기다려 달라. 그때 가면 모든 것을 알게 될 것이다. 저는 사장님이 제 몸을 더럽히는 순간 분하고 원통해서 자살이라도 하고 싶은 심정이었지만 소리 지를 수도 발버둥칠 수도 없는 완력 때문에 지금까지 지켜온 순결을 더럽게 빼앗겨 버리고 말았습니다. 그러나 저는 언젠가는 복수의 기회가 올 것이라고 생각했습니다. 저는 그가 제 몸을 더럽히고 있을 때 제 손수건에 그의 정액을 묻혀 놓았습니다. 만일 이것이라도 증거가 된다면 하는 막연한 기대 때문이었습니다. 이걸 기자님께 드립니다."

증언은 여기서 끝이 났다.

거짓말이라고 소리지르던 이성구는 멍하니 천장만 바라보고 있었고, 방청석에서는 'X잘라라'라는 고함이 터져 나오기도 했다.

성구는 마치 꿈을 꾸고 있는 기분이었다. 아직 재판 과정이었기 때문에 미결수 감호소에 있었지만 중형이 내려진 바나 틀림없었다.

그는 차가운 바닥에 털썩 주저앉았다. 두 다리에 힘이 다 빠져나가 버렸다.

'도대체 채은경. 그녀는 왜 그런 터무니없는 진술을 했을까? 내가 입을 다물었으면 자신의 존재가 드러나지 않았을 텐데. 내가 조금이라도 도움이 될까 해서 기자에게 말한 것에 분통을 터트린 것일까? 하지만 이건 터무니없는 모략이야, 모두 날 죽이지 못해 환장한 거라고. 빌어먹을, 도대체 어쩌다 이렇게 되었지.'

검사는 조사 결과 채은경이가 제출한 이성구의 혈액형과 정액에서 분석한 혈액이 일치되고 당시 상황으로 보아 이 증언은 인정할 수밖에 없다고 했다.

변호사가 찾아왔다.

"도대체 어찌된 겁니까? 내가 무죄라는 증거를 그렇게 못찾겠습니까? 꼭 내가 사형당한 뒤에야 후회를 하실 작정입니까? 나는 결백합니다. 한치도 더러움이 없습니다. 아내를 죽이지 않았으니까요."

변호사도 할 말이 없는지 한동안 침통한 얼굴로 앉아 있었다.

"이성구 사장님, 지금이 가장 중요한 때입니다. 저도 최선을 다해 보았지만 빠져나갈 구멍을 못 찾겠습니다. 무죄가 문제가 아니라 어떻게 하면 사형을 면하느냐가 중요합니다."

"사형이라뇨, 무엇 때문에 내가 사형을 당합니까? 채은경이 거 짓말한 겁니다. 그 여자를 찾아 봐요, 신문 기자도 찾아서 녹음을 해 왔는데 변호사가 못할 게 뭐 있습니까?"

항변이 아니라 차라리 울부짖음이었다. 앉아서 꼼짝없이 사형 을 당하게 된 것이다.

혜정이가 죽던 날부터 지금까지 어느 누구도 자신의 진실을 믿어 주는 사람이 없었다. 유일하게 자신을 위해 변명을 해 주어 야 할 채은경은 오히려 더 단단한 덫으로 발목을 꼭 조여왔다.

마치 세상 사람들이 자기 하나 제거하기 위해 약속하지 않았 다면 어떻게 이런 일이 벌어질 수 있겠는가!

이제 성구의 죽음은 먼 곳에 있는 것이 아니라 코앞으로 성큼 다가온 것이다.

'어디에 가 있을까? 채은경은 도대체 어디 있기에 나타나지 않 는가? 왜 나는 은경을 따라갔던가? 처음 생각대로 아내나 극진히 보살폈다면 아무 일도 없었을 텐데…….'

생각이 아내에게 이르자 이번에는 미치도록 보고 싶었다. 병약 한, 그래서 신경질만 남아 있던 아내, 남들처럼 활달하게 세상 한 번 살아 보지 못한 것도 억울한데 자신이 데려간 스키산장에서 피살되다니. 도대체 혜정이를 죽인 놈은 누구인가? 어떤 놈이 혜 정의 목에 넥타이를 졸라 맸을까?

그는 무릎에 얼굴을 파묻고 한없이 울고 있었다.

법정에서의 재판 과정을 지켜보고 돌아온 김민성은 거짓말이 라며 울부짖던 이성구의 얼굴을 잊을 수가 없었다. 절망의 표정 이라기 보다는 분노에 가까운 얼굴이었고, 그의 목소리는 회피하려는 것 보다 누구에게 발악하는 것 같은 느낌이었다.

그러한 그의 표정을 보며 김민성은 냉랭한 미소를 지었다. 그렇게 저항한다고 해서 뒤집어질 일이 아니었다. 아니 오히려 그 뻔뻔스러운 얼굴을 짓이겨 놓고 싶은 심술궂은 생각까지 들게 되었다.

채은경을 만나는 동안, 그리고 그의 증언을 취재하는 동안 김민성은 이성구에게 모멸에 찬 눈길을 보내기 시작한 것이다.

사무실로 돌아온 그는 친구가 기자로 있는 모 잡지사로 전화를 걸었다.

"나 김민성일세, 어때 재미 좋은가?"

인사로 서두를 풀어가며 본론을 꺼냈다. 아내를 살해하고 젊은 여성을 눈밭에서 강탈한 한 중년 신사의 얼굴 껍데기를 발기 발기 벗겨 버려야겠다고 했다.

사건이 사건이니만큼 잡지사에서는 1백 매 분량의 원고를 쾌히 청탁하게 되었다. 사건 르뽀식으로 써 달라는 형식까지 타협을 본 다음 그는 집필에 들어갔다.

'쐐기를 박는 거야. 다시는 뒤집어지지 못하도록, 아니 어차피 원상복구하기에는 사건 자체가 굳어져 버렸다. 진실만은 속일 수 없는 것이기 때문이지. 억울하게 죽어간 김혜정과 몸을 버리고도 이성구에게 욕지거리 한마디 못하는 연하고 부드러운 채은경, 이 것을 기록함으로써 나는 이성구에 대한 보상을 하는 거야.'

김민성의 가슴은 지나칠 정도로 적개심에 불타고 있었다. 재판은 끝나지 않았지만 이미 결론은 나 있는 것이었다.

토요일과 일요일을 이용해 진부령 현지 취재까지 하기로 결심했다. 처음 진부령에 갔을 때는 채은경의 존재가 애매하여 모든 포인트를 그곳에 맞추느라 현장을 샅샅이 둘러보지 못하고 사진만 몇 장 찍었던 것이다.

그러나 이번 취재는 달랐다. 자신이 직접 이성구가 되었고 가상의 김혜정, 채은경을 설정하여 사건을 재현하는 마음으로 훑어가기 시작했다.

그리고 생동감 있게, 가능하면 이성구를 저주 받은 천형의 범죄자로 그려가기 시작했다. 아내를 살해하기 위해 아내를 가장 사랑하는 사람으로 위장하길 무려 5년, 마침내 스키장으로 유도하는 데 성공했고, 스키장으로 가는 도중 차량 수리로 떨고 있는 채은경을 발견하게 된다.

김민성의 다큐멘터리식 추리 소설은 이렇게 시작되고 있었다.

그녀(채은경)를 발견하는 순간 이성구는 그녀의 빼어난 미모와 생동감 넘치는 한 여성에 대한 욕망이 타오르기 시작했다. 그것은 그가 지금까지 억제하고 눌러온 성애(性愛)의 본능을 한꺼번에 터트렸고 아내의 자리와 맞바꿀 주인공을 찾은 것이라고 생각했다.

연약한 아내는 장시간의 여행으로 지쳐 떨어졌고, 그 시간을 이용해 이성구는 채은경을 불러냈다. 자신에게 진 신세 때문에 거절하지는 못할 것이라는 비겁한 생각이었다. 그 생각은 적중했다.

아직 나이 어린 은경은 큰 오빠 같은, 그리고 친절한 이성구와 자연스럽게 합석해 즐기게 되었고, 밤이 깊어지자 아내가 보고 싶어한다는 핑계로 1시간 후 다시 만날 것을 제의한다. 마지못해 채은경은 숙소로 돌아갔고, 그 시간을 이용해 이성구는 잠자는 아내의 목에 자신의 넥타이를 감아 버린다. 병약한 아내는 이렇게 처절한 인생을 마쳤다.

이성구는 아내를 끌어내어 계곡에 버린 후 은경과 약속한 장소에 나타났지만 선뜻 나서기가 어려웠던 은경이는 20여 분 이상을 망설인 끝에 스키장 입구의 산책로로 나간다. 아내가 못 나오게 되었다며 조금 걷자면서 으슥한 곳으로 유인한 다음 야수처럼 채은경에게 덤벼 마침내 그녀의 순결을 짓밟는다. 놀란 채은경은 성구를 뿌리치고 숙소로 돌아간 다음 안에서 문을 잠그고 밤새도록 통한의 눈물을 뿌린다. 그리고 날이 새자 어딘가 숨어 있다가 버스편을 이용하여 서울로 돌아온 것이다. 그러나 채은경은 그 외중에도 자신의 손수건에 이성구의 정액을 채취해 복수의 길을 터놓았다.

성구는 채은경의 몸을 빼앗으면 그 다음부터는 자신의 마음대로 조종할 수 있으리라고 판단하고 아내의 시체를 눈밭에 버렸지만, 채은경이 도망치자 계획이 틀려 버린 것을 알게 된다. 즉 같이 시체를 발견함으로써 타인에 의한 살인임을 입증하려 했던 것이다. 계획이 어긋나자 당황한 이성구는 아내의 시체를 자신의 자동차 트렁크에 싣고 서울로 오게 된다.

그러나 그는 자신도 모르는 불행이 뒤따르고 있다는 사실을 눈치 채지 못했다. 산책나온 이름 모를 관광객에 의해 시체가 발견된 것이다. 산책하던 사람은 죽은 여인의 모습을 카메라에 담았고, 그가 본관 뒤 별채에 투숙하고 있다는 것을 알게 된다. 그는 한 젊은 여성과 정사를 나누는 남자가 죽은 여인의 남편이라는 것은 모르고 있었고, 죽은 여인의 방을 찾아가게 된다. 그리고 그가 남긴 사실상의 유언이 되어버린 편지지를 발견하게 된다. 그는 그것을 내게 보냈고, 이를 취재하기 위해 나는 진부령으로 달려갔다. 한편 아내의 시체를 트렁크에 실은 채 허둥대며 서울로 돌아온 이성구는 아무래도 아내의 시체가 스키장에서 발견되는 것이 자연스럽다는 판단 아래 사람의 왕래가 드문 새벽을 이용, 스키장으로 달려가다가 나의 차와 충돌하여 시체가 발견되었다.

원고지 1백여 매가 넘는 이 기록으로 잡지는 순식간에 매진되었고 서둘러 재판, 3판을 찍게 되었다.
김민성은 기자가 아닌 또 다른 방향으로 유명해지기 시작했다. 그러나 그의 치솟는 명성 뒤에는 그의 그늘에 묻혀 점점 더 어두운 나락으로 떨어져가는 사람이 있었다. 이성구…….

그 잡지는 이성구 회사의 경영을 인계받은 상무, 아니 더 정확히 말해 자신의 처남에 의해 무더기로 구입되었다. 처남은 마치 복수라도 하려는 듯 잡지를 수십 권 구입하여 감방에 뿌려대기 시작했다.
그 잡지는 성구의 손에까지 입수되었다. 그리고 다큐멘터리식으로 쓴 이 글을 읽어 보았다.
확실한 사정도 모르고 기자는 이 글을 썼지만 성구에게는 헤어날 길 없는 치명타가 되었다.
죽은 아내는 아무 말도 못한다. 살아 있는 자신의 고백은 변명 중에서도 앞뒤가 도무지 맞지 않은 싸구려 변명으로밖에 취급되지 않는다.
성구는 비로소 죽음의 올가미가 바로 목 직전까지 와 있다는 것을 알 수 있었다.
그즈음, 박영웅 변호사는 미친 사람처럼 서울을 헤매고 있었다.

이성구의 살인 혐의는 이제 움직일 수 없는 기정 사실로 굳혀졌고, 살인 이유도 파렴치한 행동으로 규정되었다.

죽음의 올가미가 이성구의 목 앞에 와 있다고 인식한 것은 박영웅 변호사도 마찬가지였다.

그는 아직 젊었다. 정치적인 이유로 법조계를 떠났지만, 그는 젊고 유능한 변호사로 변신하는 데 결코 오랜 시간이 걸리지 않았다.

그가 이성구의 변호를 맡게 된 것은 물론 이성구의 의뢰가 있어서였지만, 그보다는 이성구에게 하청을 주고 있는 제법 큰 기업을 경영하는 강관선의 추천 때문이었다.

이성구와 면회를 하고 돌아온 강관선은 깊은 의문을 품게 되었다. 이성구와는 벌써 10년 이상 거래를 해 오고 있는 사이였으며, 그보다는 시골 충주의 학교 선후배 사이기도 했다.

강관선은 누구보다도 이성구의 성품을 잘 알고 있었다. 강직하고 깔끔한 데다가 아내를 끔찍이도 생각하는 그런 남자였다. 또한 아내의 성격이 날카롭고 신경질적인 것도 잘 알고 있었고, 그것이 오랜 투병에서 생긴 자연 발생적인 성격 형성이란 것까지 파악하고 있었다.

아내의 성격 때문에 고민하는 이성구를 볼 때마다 그는 언제나 따뜻이 위로해 주었다.

"이 사람아, 생각 좀 바꿔 보게. 일주일이 멀다 앓고 누워야 하고 약봉지를 입에서 떼지 못하니 신경질이 늘어가는 건 자연 이치 아닌가. 게다가 자네 나이가 40대로 들어서고, 또 지금 세상이 옛날과 달라서 젊은 여자와 얼마든지 즐길 수 있는 때이니 의심하는 건 당연한 거야. 만일 자네가 그렇게 오래 병석을 떠나지 못하고 있고 아내를 가까이하지 못하는 데다 아내가 밖에 나가 사회 활동을 한다고 생각해 보세. 자네 기분은 어떻겠나. 그러니 자네가 참고 이해하며 살아야지. 솔직히 말하네만 자네 심정을 모르는 건 아냐. 애새끼가 있나 아내가 고분고분하기를 한가. 이따금 바람 피우고 즐기는 건 나도 찬성하네. 하지만 한 여자에게 집중적으로 매달려 사귀지는 말게. 그건 어리석은 짓이야. 자칫 파탄을 일으킬 수도 있고. 안 그런가? 자네, 그 회사 키우느라고 얼마나 고생했나. 자네가 자살하려고 마음 먹은 것도 수백 번이 넘을 거야. 남자란 성취욕이 있어야 되는데 자넨 그게 있어. 그래서 성공한 거야. 시시하게 여자 문제로 말썽 피우지는 말게, 알겠나?"

"원 선배님도, 다른 건 몰라도 그거 하나만은 똑 부러지게 정확합니다. 하지만 저도 쓸쓸할 때가 많아요. 어떨 때는 확 뒤집고 싶을 때도 있다니까요. 도대체 집에 들어가기가 겁날 정도로 신경질을 부려대니…… 그래도 아내 행동이 요즘 많이 좋아졌어요. 시간을 내서 기분 전환이라도 한 번 시켜야 할 텐데."

두 사람은 사업 관계 말고도 학교 동문회 관계로도 자주 접촉하고 있었다.

비교적 비사교적이고 내성적인 성품이기도 하지만 그만큼 또 그는 차분하고 자상하며 가정적인 그런 남자였다.

때문에 한 여자를 목표로 자신의 아내를 살해한다는 것은 도무지 있을 수가 없었다.

강관선은 박영웅 변호사와 저녁 약속을 해 놓았다. 얼마 있지 않아 두 번째 공판이 있을 예정이었다. 두 사람은 광교 네거리에 있는 '향진'이라는 일식집에서 만났다.

"이거 벌써 날이 더워질 기세입니다. 자, 앉죠."

"강 회장님, 이성구 씨 면회 다녀오셨다면서요?"

"어제 갔다왔습니다."

종업원이 날라다 주는 음식과 맥주를 바라보며 두 사람은 자리에 앉아 앞으로의 일을 논의하기 시작했다.

"박 변호사님, 전 아무래도 이 사장이 아내를 살해했다는 사실을 믿을 수가 없습니다. 어제도 제게 극구 부인하더군요. 솔직히 인정할 것은 인정합니다. 그 채은경이라는 아가씨와 불의의 관계는 있었다구요. 일시적인 충동이었다는 표현이 맞을 겁니다. 아내 때문에 눌러왔던 쌓이고 쌓였던 성적인 본능, 그리고 맥주와 양주 때문에 오는 취기, 하얀 눈밭, 거기에 젊고 매력적인 향내 나는 여성. 남자라면 잠시 이성을 잃을 만하죠. 그러나 그것도 강간이 아니라 여자측에서 먼저 유도해 왔다는 겁니다."

"그게 문젭니다. 이 사장은 여자가 자기를 함정에 빠뜨리기 위해 자기의 손수건에 정액까지 묻혀 놓았다고 하지만 객관적인 판단으로야 어디 그런 결론을 내릴 수 있겠습니까?"

그러나 박영웅 자신도 주관적인 판단은 이성구가 아내의 살인범이 틀림없다는 결론을 내리고 있었다.

이미 밝혀진 모든 상황과 증거물이 그것을 입증하고도 남음이 있었기 때문이었다. 다만 한 가지 의문이 가는 것은(그것은 검찰측도 마찬가지이지만)도대체 그 채은경이라는 아가씨가 어디로 잠적했느냐 하는 것이다.

그녀는 신문 기자에게 자신의 입장과 상황만 밝힌 채 어디론가 종적을 감춘 것이다. 검찰측에서도 이 유일한 증인을 찾기 위해 혼신의 힘을 다해 찾았지만 그녀는 마치 안개처럼 어디론가 모습을 감춘 채 나타나지 않는 것이었다.

물론 이성구라는 한 중년 남자로부터 성적인 폭행을 당했고, 또 그것이 살인 사건으로까지 비화되어 심한 정신적인 갈등을 느껴 잠적할 수도 있다는 가능성을 점쳐 보지만, 변호사도 이성구를 만나 면담하고 상의하는 동안 그의 인격에 대해 조금씩 호감을 갖게 되었다.

그리고 어쩌면 이 사람은 억울하게 희생당하는 것은 아닐까 하는 회의감까지 갖게 되었다. 사형을 당하는 한이 있더라도 젊은 여자 때문에 아내를 죽였다는 소리만큼은 안 들었으면 하는 그런 바람이었다.

아내의 광적일 만큼 갑작스러운 발악, 그리고 이를 저지하기 위한 다툼에서 일어난 우발적인 살인이 아니냐 하는 것으로 추론하고 있었다.

"요컨대 문제는 그 후에 취한 이 사장의 일련의 행동입니다. 바로 자수를 했거나 살려 보려는 노력을 했다면 좋았을 텐데 자신의 승용차 트렁크에 싣고 다녔다는 것이 결정적인 실수였죠"

"본인은 아니라고 했습니다. 죽은 아내의 시체를 보고 놀란데다가 자신의 넥타이로 목이 졸려져 있었으니 놀라고 당황했겠죠. 일단 눈으로 가매장 해 놓고 돌아와 보니 시체가 없어졌다는 겁니다."

"자동차 열쇠는 그 당시 방에 그냥 있었다고 진술했습니다. 은경이라는 아가씨와 데이트하러 나갈 때부터 열쇠는 테이블 위에 올려놓고 나갔다고 했거든요. 그러나 설득력도 증인도 없습니다."

"그 채은경이라는 아가씨는 찾았습니까?"

"못 찾았습니다. 전화 번호를 찾아 아틀리에는 가 보았지만 문은 굳게 잠겨져 있었구요. 전혀 연락처도 없습니다. 이성구 사장도 그녀에 대해서는 아는 것이 없었습니다."

채은경의 위치를 탐지하기 위해 노력한 사람은 박영웅 변호사만이 아니었다. 주정식 검사는 이미 이성구가 아내를 살해, 그리고 시체 유기, 채은경에 대한 추행 등의 연속적인 사건이 사형이니 감형되더라도 무기 징역을 면치 못할 것으로 판단하고 있었다.

아무리 초범이라고 하지만, 그런 악질적인 행동은 전혀 정상 참작의 구제가 비집고 들어갈 틈이 없었다.

그러나 주 검사에게도 다소의 약점은 있었다. 그것은 가장 결정적인 키를 갖고 있는 채은경이가 도무지 모습을 나타내지 않고 있는 것이다.

지금까지의 자료는 김민성 기자가 제공한 것이었지만 만일 변호사가 그 녹음의 주인공이 채은경 여인의 것이라는 증거가 있느냐고 따져들기 시작하면 기자가 제공한 자료라는 궁색한 답변밖에는 할 것이 없었다.

이왕에 몰아치려면 완벽한 자료를 소유해야 한다는 완벽주의인 주정식 검사는 있는 힘을 다해 채은경을 찾고 있었지만 그녀는 마치 안개처럼 사라져 버린 것이다.

초여름, 맑고 깨끗한 온천수로 유명한 충북 충주시 근교의 수안보 온천, 작은 한 호텔에 핸드백 하나만 달랑 멘 25, 6세 정도로 보이는 여인이 프런트로 걸어왔다.

프런트에 있던 지배인은 고개를 갸웃해 보이며 이 여인을 맞았다.

"숙박 카드를 기록해 주시겠습니까?"

지배인이 카드를 내밀자 그녀는 볼펜을 꺼내 이것저것 써 넣고는 3층 8호의 열쇠를 받아쥐고 올라갔다.

　"이봐, 지금 그 여자 봤어?"

　"아이구, 이런 촌구석에 저런 미인이 나타나다니, 지배인님, 그런데…… 왜 혼자 왔죠? 애인이나…… 여하튼 혼자 오기에는 아깝지 않아요?"

　"그래서 넌 이런 데 물을 덜 먹었다는 거야. 두고 봐, 한두 시간 내로 틀림없이 찾아오는 남자가 있지. 정상적인 관계는 물론 아닐테고, 후후후…… 이거 너 같은 총각놈들 마음 놓고 장가 가겠냐?"

　지배인과 프런트 맨은 이 작은 호텔에 나타난 미인을 놓고 한참이나 입방아를 찧어댔다.

　온천 시즌도 아니고 그렇다고 뚜렷한 관광지가 있는 것도 아니다. 나이 많은 노인이거나 병약자라면 몰라도 젊고 건강하고 아름다운 아가씨의 출현이 화젯거리가 안 된다면 말이 아니다.

　"진짜 혼자 온 여자라면 제가 한 번 낚아 보죠."

　"녀석, 주제 파악 좀 해라."

　벌써 두 시간이나 지났다. 프런트 맨의 말대로 혼자 왔는지도 모른다. 지배인은 덜컥 겁이 났다.

　'이를테면 정말 혼자 왔다면 사고 일으키기 십상이지. 자살?'

　지배인이 갑자기 3층으로 뛰어올라갔다. 노크를 하자 안의 여인이 문을 열며 얼굴을 내밀었다. 그녀의 눈에는 눈물이 글썽이고 있었다.

　"무슨, 일이신지……."

　"아, 네, 별 것 아니구요, 아래층에 식당이 있으니 거길 이용하세요. 객실료에 식료까지 포함되어 있습니다. 식권은 프런트에 있습니다."

지배인은 얼버무리고 프런트로 돌아왔다. 얼굴이 사색이 되어 있었다.

"네 말이 맞아, 혼자 온 거야. 소지품은 핸드백 하나뿐이고, 잘못하면 또 귀찮은 일 생기겠는데."

"어떡하죠?"

"한 시간 후 전화 한 번 해봐, 식사 안하시겠느냐고."

이런 일에는 익숙한 지배인이었다. 오늘 아무래도 저 여인 때문에 꼭 사고가 날 것만 같은 예감이었다.

"전화를 안 받아요."

프런트 맨이 수화기를 귀에 댄 채 속삭였다. 한 시간이 지난 것이다. 투숙시에도 침울한 얼굴이었고, 지배인이 확인했을 때는 울고 있었다.

'아무래도 사고를 일으킬 소지가 있는 여자야!'

지배인은 단숨에 3층으로 뛰어올라가 문을 두드렸다. 잠겨져 있을 줄 알았던 문은 반쯤 열려 있었고, 실내는 쥐죽은 듯 조용했다. 그동안 한 번도 자리를 옮긴 적이 없었고, 프런트를 통과하지 않고는 외출할 방법이 없었다.

불길한 예감이 머리를 스치자 그대로 방으로 뛰어들어갔다.

원피스의 치맛자락이 무릎까지 올라와 있었고, 몸은 엎드린 채 꼼짝도 하지 않았다. 그녀의 손에는 빈 박카스 병과 약봉지 같은 종이가 구겨진 채 쥐어져 있었다. 눈을 벌려 보았으나 동공은 힘을 잃고 있었다.

"야, 야, 빨리 올라와. 그리고 택시 한 대 준비해, 알았지!"

그는 허겁지겁 달려내려와 프런트에 대고 소리를 지른 다음 여인을 들쳐 엎고 밑으로 내려왔다. 그리고 그녀가 쓰러져 있던 머리맡에 있는 편지 봉투는 뒷주머니에 쑤셔넣었다.

　수안보에서 충주 시내까지 가는데 꼭 20분 걸렸다. 그동안 지배인은 늘어져 있는 여인을 부축해 누가 이 아름다운 여인의 마음에 상처를 입혔는가 하며 알지도 못하는 사내에게 욕을 퍼부었다.

　다행히 일찍 발견되었고, 또 약에 대한 상식이 없었는지 치사량을 복용하지 않아 그녀가 먹은 수면제는 위 세척으로 모두 토해졌고, 겨우 정신을 차리게 되었다.

　링거를 맞으며 겨우 정신을 차린 여인은 곧바로 지배인의 얼굴을 알아보았다.

"여긴 어디죠?"

"충주 김내과 병원입니다."

"내버려 두시지 왜 이곳엘 데려왔어요."

"무슨 말씀을 그렇게 하십니까. 무슨 일인지 몰라도 참아야죠."

"지금 몇 시나 되었죠?"

"밤 12시가 조금 넘었습니다."

　그녀는 잠시 하얀 색 병실의 벽을 우두커니 바라보고 있었다.

"제 핸드백 어디 있죠?"

"여기 있습니다."

　지배인은 그녀의 핸드백을 집어 주었다.

"여기 통장과 도장이 있어요. 찾아다가 병원비 지불하세요."

"또 죽으시려는 건 아니죠."

"별로 살고 싶은 생각은 없지만 한 번 죽었다 깨어나니 사는 게 좋을 것 같군요."

그녀의 입에서 처음으로 미소가 흘러나왔다. 그러나 그것은 자조와 쓸쓸함이 깃든 그런 우수의 미소였다.

"서울에 전화 한 통 해 주시겠어요? 지배인님께도 사례 충분히 해 드리겠어요."

사례는 둘째치고 이런 미인과 시간을 같이 보낼 수 있다는 것만으로도 영광이었다. 지배인은 그녀가 적어 준 서울 전화 번호를 눌렀다.

전화는 신호가 가고도 40여 초나 지난 뒤에야 연결되었다. 졸리운 듯한 남자의 목소리가 들려왔다.

"누구십니까?"

"저, 김민성 기자님 맞죠?"

"그렇습니다만……."

"채은경 씨가 연락을……."

"채은경?"

남자의 목소리가 크게 들려왔다.

검찰측과 변호사가 그렇게 찾던 그녀의 소식이 오는 순간이었다.

"네, 뭘 좀 전해 달라고 해서요."

"그 여자 지금 어디 있습니까?"

"충주에 있습니다."

"충주? 거기에 어떻게…… 좋습니다. 용건은요?"

"사실은, 아무튼 용건만 말씀 드립니다. 김 기자님을 뵙고 싶다고 합니다."

서울과 충주간의 숨가쁜 전화가 오고갔다. 김민성은 수화기를 내려놓자마자 주정식 검사와 박영웅 변호사에게 전화를 걸었다.

"주 검사님 밤중에 죄송합니다. K일보 김민성 기잡니다."

"아, 김 기자님 밤중에 웬일이십니까? 아직 안 자고 있습니다."

"채은경이 나타났습니다. 충주에 있습니다. 약을 먹었나봐요."

"약을? 그래 생명은?"

"괜찮습니다. 수면제를 먹었는데 호텔측에서 일찍 발견하여 살려낸 모양입니다."

"같이 갔으면 좋겠지만 전 내일도 중요한 일이 있어서…… 어쩌나, 필요하시다면 충주 경찰서로 연락해 드릴까요? 저도 채은경은 꼭 필요한 사람이거든요. 게다가 모레 오전에 이성구 사건 두 번째 공판이 있습니다."

김 기자는 정신없이 차고로 달려가 차를 꺼내 충주를 향해 달리기 시작했다.

충주시 성내동에 위치한 '김내과' 라는 곳이었다.

'몸을 더럽히고 그게 알려져서, 부끄러워 죽으려 했을 거야, 이성구, 파렴치한.'

그는 핸들을 잡으며 또 욕지거리를 퍼부었다.

 **의외의 고백**

　채은경은 김민성 기자와 박영웅 변호사에 의해 즉각 서울 병원으로 옮겨졌다. 탈진한 것 외에는 이렇다 할 증상은 없었으나 위장이 상할 우려가 있으니 가벼운 음식을 섭취하라는 주의를 받을 정도였다. 그러나 은경은 지금 퇴원하겠다고 했다.

　"도대체 그동안 어디 있었습니까?"

　"묻지 마세요, 그보다 재판은 또 언제 열리죠?"

　"내일입니다. 내일 오전 10시에 514호 법정에서 열리게 되어 있습니다."

　"변호사님이라고 했죠?"

　김민성을 바라보던 시선이 박영웅에게로 옮겨졌고, 이어 우두커니 바라보고 있는 주 검사에게로 또 옮겨졌다. 그리고 호텔 지배인에게서 회수한 하얀 편지 봉투 속의 유서는 변호사에게 넘겨 주었다. 제법 두툼했다.

　"변호사님 이걸 보관해 주시겠어요? 법정에 나가겠어요. 정식

선서하고 사실을 밝히겠어요."

"사…… 실, 그럼 아직도 증언하지 않은 것이…… 또 있다는 겁니까?"

김민성 기자는 말까지 더듬고 있었다. 그녀가 진실을 말하려는 내용이 변호사가 움켜쥐고 있는 저 봉투 속에 있을 것이다.

그렇다면 저 봉투 속의 진실은 당연히 검사와 지금까지의 사건을 기록으로 남겨 놓아 살인마 이성구의 범법 행위를 사실화하는데 기여한 자기의 손에 들어와야 했다. 그것이 변호사에게로 옮겨간 것은 지금까지의 결과가 뒤집힐 수도 있다는 가능성을 강력하게 시사하고 있는 것이다.

내일 법정에 서겠다는 말을 남기고 은경은 병원 침대의 시트를 뒤집어쓴 채 죽은 듯 누워 버렸다.

변호사는 즉각 채은경을 증인으로 채택키로 하고 서류를 작성했다.

두 번째 공판은 처음보다는 훨씬 썰렁한 분위기였다. 한때 세상을 시끄럽게 했던 기업인의 아내 살인 사건 및 성 폭행 사건도 시간이 지남에 따라 모두의 머리 속에서 서서히 지워지고 있던 것이다.

신문에서조차 그의 공판은 단신으로도 나오지 않았다. 김민성이 몸 담고 있는 K일보에서만 편집국장으로부터 재판 결과만 정리해서 자매 주간지에 게재하라는 지시만 받았을 뿐이었다. 그만큼 이성구의 죄는 인정되고 있다는 결론이기도 했다.

순서대로 입정이 끝나고 검사의 마지막 논고가 있었다.

지성인으로 지적인 행동을 못하고 젊은 여인을 유혹하여 성폭행을 했고, 아내까지 교살, 유기시키려 했던 이성구는 마땅히 사형에 처해야 한다는 차가운 논고가 끝나고, 판사의 지시에 따라 박영웅 변호사의 변호로 들어갔다.

전에 없이 활기차고 당당한 모습이었다. 변호사는 채은경 외에도 뜻밖의 인물, 즉 김민성 기자를 증인으로 채택했다.

김민성은 변호사가 왜 자신을 증인으로 채택했는지 알 길이 없었으나 응하지 않을 수가 없었다.

방청석 한 구석에는 이성구의 선배이며 그의 회사 제품 납품업체 회장인 강관선이 초조한 표정으로 앉아 재판을 지켜보고 있었다.

변호인은 먼저 김민성을 불러냈다. 김민성은 착잡한 마음으로 증언대로 올라가 절차에 따라 사실대로 증언할 것을 선서했다.

변호인 : (이성구 살인 사건에 관한 르뽀식 글이 실린 잡지를 들며) 이 글을 김민성 기자가 쓴 것이 맞죠?

김민성 : 그렇습니다. 분명히 제가 썼습니다.

변호인 : 무엇을 토대로 썼습니까?

김민성 : 피해자 중 한 명인 채은경의 증언을 토대로 썼습니다.

변호인 : 좋습니다. 이 글을 읽어 보면 김민성 기자는 이성구 피고의 승용차에서 김혜정의 시체가 발견되기 전에 이미 살인 사건을 알아내고 강원도로 갔다고 기록이 되어 있는데, 김민성 기자는 어떤 경로로 이 사건을 알게 되었습니까?

김민성 : 사건을 알게 되었을 때는 휴무였습니다. 저는 집에서 쉬고 있었죠. 그런데 신문사 당직으로부터 연락이 왔습니다. 인편으로 봉투 하나가 배달되었는데 지급이라는 글씨가 씌어 있으니

빨리 찾아가라는 것이었습니다. 저는 그 봉투를 가져와 알게 되었습니다.

　변호인 : 그 속에는 무엇이 있었습니까?

　김민성 : 이성구 부인의 시체 사진과 그녀가 쓴 유서 같은 글이었습니다.

　변호인 : 그 글과 사진을 가져왔나요?

　김민성 : 네, 이겁니다.

　김민성은 그 당시의 사진과 글을 꺼내 변호사 앞으로 내밀었고 변호사는 그것을 다시 판사에게로 넘겼다.

　변호인 : 진부령엔 왜 갔습니까?

　김민성 : 그 글을 적은 종이가 진부령 스키산장의 전용 용지였기 때문입니다.

　변호인 : 두 가지만 더 묻겠습니다.

　김민성 : "……."

　변호인 : 그 사진이 시체 사진이라는 증거는 있습니까?

　김민성 : 김혜정은 이미 시체로 발견되었고, 또 사진에 의하면 목에 넥타이가 졸라 매여져 있었습니다.

　변호인 : 그 문제의 글이 유서라는 말은 왜 했습니까?

　김민성 : 그것이 그녀의 마지막 글이었기 때문입니다.

　변호인 : 그럼 지금부터 말씀 드리겠습니다. 증인 퇴장해도 좋습니다.

　김민성이 증언대에서 내려서자 그의 증언에 대한 의문점을 하나씩 설명해 나가기 시작했다.

"이번 김혜정 살인 사건은 이성구의 우발적이고 충동적인 살인 사건도, 또 처음부터 계획된 살인 사건도 아니라고 생각합니다. 왜냐하면, 이제 방금 김민성 기자가 증언한 대로 그는 사건 다음날 즉시 사진과 문제의 글을 받았습니다. 아시다시피 그 시간에 이성구는 진부령에서 범인을 찾기 위해 투숙자 명단을 조사한 후 서울로 내려가는 도중이었습니다. 그렇다면 그 사건의 글은 누가 보낸 것일까요? 먼저 그 글에 대해 설명이 필요하겠습니다. 당일 이성구 피고는 낮엔 고장난 자동차 때문에 고생하는 채은경을 발견, 도와 준 것은 사실입니다. 또 그것이 고마워 채은경이 이성구를 초대한 것도 분명합니다. 오랜 아내의 병간호, 그리고 회사 일밖에 모르는 이성구는 처음 젊고 아름다운 여성의 향기를 맡을 수 있었고, 또 20대 중반의 채은경은 점잖고 친절하고 중후한 이성구에게 매력을 느꼈던 것입니다. 그들은 단순한 욕정이 아닌 애정 결핍증에서 오는 사랑을 느꼈고, 곧 애정 표현으로 돌입했던 것입니다. 그러나 이들의 뒤를 따르는 누군가가 있었습니다. 누구인지 알 수는 없으나 김혜정을 살해한 범인이 미행하고 있었던 것입니다. 그는 이들의 산책하는 코스까지 알고 또 시간의 공백도 찾아낼 수 있었습니다. 바로 이성구가 채은경을 기다리기 위해 서성일 때 그는 이성구가 소지하고 있는 입센로랑의 똑같은 넥타이를 구입, 그것으로 잠들어 있는 김혜정을 목 졸라 살해한 것입니다. 그리고 데이트 코스 길목에 보기 좋게 버린 것입니다. 이들이 김혜정의 시체를 발견했을 때 얼마나 당황하리란 것은 쉽게 짐작할 수 있습니다. 놀라고 당황한 이들은 시체를 눈 속에 묻어 놓고 돌아왔습니다. 그러나 이성구의 방으로 가지 못하고 채은경의 방으로 갔습니다. 범인은 이성구까지 습격할지도 모르기 때문입니다. 그 시간 범인은 테이블 위에 있는 자동차 열쇠를 이용하여 시체를 트렁크에 넣어 고정시킨 다음 유유히 사라진 것입니다. 이성구와 채은경이 다시 계곡으로 왔을 때는 시체가 사라진 뒤였습니다. 놀라고 당황해 하는 그에게 범인은 또다시 입센로랑 넥타이를 보내 완전히 정신을 잃도록 만들고 말았습니다. 그뿐 아니라 누군가를 시켜 부인의 목소리까지 흉내내게 만들어 전화를 걸도록 했고, 이 장난은 채은경이 사용하고 있는 아틀리에에도 보냈습니다. 이 사실은 증거품으로 당시 녹음된 테이프(채은경의 전화 녹음 테이프)를 증거로 제출합니다. 뿐만 아니라 죽은 김혜정의 모습을 사진 찍고, 그 방에서 주운 김혜정의 넋두리 같은 낙서 종이까지 찾아내 바로 김민성 기자에게 보냈던 겁니다. 불행히도 자신의 자동차 트렁크에 자기의 아내가 있는 것도 모르고 진부령으로 달려가던 이성구는 마침 진부령에서 취재를 마치고 돌아오는 김민성의 차와 충돌하여 오늘에 이른 것입니다. 이 상황을 증명하기 위해 유일한 증인 채은경을 증인으로 채택합니다."

법정은 찬물을 끼얹은 듯 조용했다. 변호사의 말을 듣고 보니 그도 그럴 듯했다.

특히 김민성의 얼굴은 사색이 되어 있었다. 실제로 자신에게 사진과 글을 보내준 사람이 누군지도 모르며, 왜 그런 것을 신문 기자에게 보냈는지도 의문이 생기기 시작했다. 만일 시체가 발견되어 사진까지 찍을 여유가 있었다면 당연히 관리실에 신고해야하는 것이 보편적인 상식이기 때문이었다.

내가 성급했는지도 모르겠군. 채은경의 진술은 자기 방어 본

능이 작용한 거야. 그렇다면 그는 오늘 이 법정에서 무엇을 진술할 것인가.'

비로소 두려워지기 시작했다. 그토록 실랄하게 비판했던 경솔함이 뉘우쳐지기도 했다.

'그러나 좀더 두고 보자, 채은경의 진술을 들어보자.'

채은경은 고개를 푹 숙인 채 힘 없는 걸음으로 증언대에 올라서서 선서를 마쳤다. 그리고 고개를 숙인 채 눈물을 흘리며 성구를 바라보았다.

초췌하고 거칠어진 성구의 절망스러운 모습을 지켜본 후 천천히 고개를 들어 변호사를 바라보았다.

변호인 : 증인은 K일보 사회부 기자 김민성에게 강제로 추행당했다고 증언했죠, 그리고 다음날 놀란 나머지 그냥 서울로 왔다고 했죠?

채은경 : 네.

변호인 : 그것이 사실입니까?

채은경 : 아닙니다. 그때는 제가 너무나 놀랐었고, 또 저 자신을 지켜야 한다는 방어 본능 때문에 그런 거짓말을 했던 것입니다.

변호인 : 그럼 채은경 씨도 그 당시 시체를 보았다는 말이 맞습니까?

채은경 : 네. 저는 너무 놀랐고, 또 두려웠습니다.

변호인 : 정사 흔적의 손수건은 무엇입니까?

채은경 : 사실 저는 이 사장님이 저를 차에 태워 주는 순간부터 그를 몹시 좋아하게 되었습니다. 물론 부인이 있기는 하지만

제가 끌리는 마음은 어쩔 수가 없었습니다. 사모님이 못 나오실 줄 알면서도 초대를 했습니다. 정사도 즐겼구요. 사모님 시체만 나타나지 않았더라면 그날 밤 이 사장님과 퍽 행복한 시간을 보냈을 겁니다. 그러나 마음속으로는 헤어질 생각을 했지요.

변호인 : 이성구 사장이 김혜정 씨, 즉 그의 부인을 죽였다고 생각합니까?

채은경 : 저는 그렇게 안 봅니다. 첫째 이 사장님은 사모님께 무척 신경을 쓰시며 사랑하는 것 같았습니다. 저와의 관계는 아마도 사모님에게서 얻지 못한 성적 본능이었기 때문이라고 해석하고 싶습니다. 그뿐 아니라 사모님 시체 발견 당시, 그렇게 놀라고 당황해 하고 또 슬퍼할 수가 없었습니다. 만일 사장님이 사모님을 살해했다면 그렇게 사람 눈에 잘 띄는 곳에 놓아 둘 리도 없고, 또 저 같은 증인도 만들지 않았을 겁니다. 그러나 그 보다 아무리 어린아이라도 자기 넥타이로 목 졸라 죽이고 넥타이를 시체의 목에 매어 놓은 채 그대로 버릴 바보가 어디 있겠습니까?

변호인 : 바로 그 점입니다. 그런데 증인은 엊그제 자살을 기도했습니다. 호텔 종업원의 신속한 응급 조치로 살아나긴 했습니다만, 죽으려 했던 이유는 무엇입니까?

채은경 : 신문에서 계속 이 사장님이 살인범이며 추행범이라고 하니 견딜 수가 없었습니다. 내가 부끄럽게 사느니 차라리 사장님을 살려 내고 사실을 밝혀야겠다는 이유에서였습니다.

변호인 : 김민성 기자에게 이야기한 것과 손수건 정액 문제에 대해 설명하십시오. 조금 전에 증언에서 빠졌습니다.

채은경 : (그녀는 잠시 얼굴을 붉혔다) 김 기자님에게는 거짓말을 했습니다. 여러 가지로 휘말리는 게 싫었고, 또 저는 빨리

이 사건을 잊고 싶었습니다. 죄송하게 되었습니다. 그리고 손수건 문제는 사실 사장님을 위해 제가 정사 후 뒷처리했던 손수건이었습니다. 무심코 백에 넣었죠. 거기다 버리기도 뭐하고 해서요. 나중에 손수건에 흔적이 묻어 있다는 것을 알게 되었습니다. 거짓말에 이용한 것뿐입니다. 만일 강간을 당했다면 버티고 싸우고 지치고 분통이 나도 이만저만이 아닐 텐데 복수를 하자고 그런 짓을 할 생각이 어디 나겠습니까?

변호인 : 여기 채은경 증인이 자살을 기도하면서 남겼던 유서가 제 손에 입수되었습니다. 살아 남았기 때문에 여기서 낭독하는 것이 쑥스럽겠지만, 이번 사건을 풀어가는 데 도움이 될까 해서 읽어 드립니다. 수신인은 이성구 사장님께로 되어 있습니다.

사랑하는 선생님.

저는 아버지도 없는 홀어머니 손에서 자랐습니다. 혼자 가정 교사 노릇을 하며 돈을 모으고 공부를 했습니다. 성숙해 지면서 많은 사람들의 유혹도 받아 보았고, 또 힘든 공부를 포기할 생각도 했습니다.

그러나 제 꿈은 화가가 되는 것이었습니다.

돈이 엄청나게 많이 드는 학업이지만 다행히도 예능 과외가 성업을 이루었고, 또 독지가도 가끔 나타나 도움을 주어 나름대로 돈을 모으게 되었습니다. 일반적으로 생각하는 것보다 훨씬 많이 모아 곧 불란서 유학까지 계획하게 된 것입니다.

그동안 저는 힘들고 바쁘게 사느라고 남자와 교제 한 번 변변히 못해 봤습니다.

선생님, 제가 선생님이라고 부르는 이유는 저와 선생님만 알지요, 사장님이라고 부르는 것보다 훨씬 더 어울려 그렇게 부른 다고 말씀 드렸죠.

선생님, 지나간 몇 개월 저의 생활은 말이 아니었습니다. 밤마다 선생님 꿈을 꾸었습니다. 저 때문에 선생님을 돌아가시게 할 수는 없었습니다. 그래서 제가 사죄의 말씀과 정말 선생님과 저는 아무 것도 모르고 당하고 있다는 사실을 세상에 알리고 싶었습니다.

지금 생각하면 왜 그때 우리가 조금 더 침착하지 못했나 후회됩니다. 우리가 사모님을 죽인 건 아니잖아요, 그런데 저는 너무어려서 침착하지 못했고 선생님은 선생님 넥타이 때문에 당황했던 겁니다. 하긴 지금 또 그런 일을 당한다고 해도 그때와 별다르지 않았을 겁니다. 제 차가 고장난 것부터 우리는 불행한만남이 시작된 것 같습니다. 사모님께 죄 지은 값이라 생각하고먼저 갑니다.

선생님은 저를 잊으시고 하루 빨리 답답한 그곳에서 나오세요, 저는 죽어서 자유롭고 선생님은 사회로 나오셔서 자유로운생활을 하셔야 합니다.

선생님, 그러나 저는 지난 시간을 결코 저주하지 못할 겁니다. 이제 저는 사랑하는, 아니 일생에 단 한 번이라도 남자를 사랑해 본 경험을 가졌으니까요. 선생님을 배반하고 허위 진술을 할때는 정말 가슴이 찢어지는 것만 같았습니다.

그러나 이제 저는 자유를 찾아 진실된 선택을 하고자 합니다. 그것은 곧 선생님의 자유라 생각됩니다.

그러나 이제 저는 끝이 났습니다. 죽어서 다시 시작할 겁니다. 선생님과의 영원한 사랑을……

은경이가 올립니다.

이성구를 마땅히 사형에 처해야 한다던 검사도 김민성 기자도 잠시 긴장된 표정으로 앉아 있었다.

변호사의 변호는 계속 이어졌다.

"존경하는 재판관님, 그리고 사건을 담당하고 계시는 지엄하신 검사님, 여기서 저는 한 가지 예를 들어 보겠습니다. 검사님 집에 강도가 두 명이 들어왔다가 생각보다 많은 재물이 있는 것을 보고 두 사람은 갈등하기 시작했습니다. 급기야 한 명이 그 집에 있던 과도로 다른 강도를 찌르고 도망쳤습니다. 물론 지문도 안 남겼죠. 마침 그때 검사님이 집으로 돌아와 시체를 목격하게 됩니다. 자, 검사님 이 살인 사건은 검사님 집에서 검사님의 과도로 저질러졌습니다. 목격자도 없습니다. 그렇다면 검사님이 살인범이 되어야 합니까? 이성구 사장의 차에서 시체가 발견되었다고 해서 그를 살인범으로 볼 수 있습니까? 또 이성구가 범행했다는 물적 증거는 지금까지 하나도 나타나지 않았습니다. 더구나 중요한 것은 입센로랑 넥타이가 두 개나 발견되었다는 것입니다. 하나는 분명히 김혜정 피살자의 목에 감겨져 있었고, 또 하나는 누군가가 똑같은 것으로 인편을 이용해 이성구에게 전달한 겁니다. 분명히 범인은 어딘가 따로 은둔해 있습니다. 이성구는 무죄로 보아야 타당할 것이며 즉각 석방시켜야 한다고 주장합니다."

"그럼 범인은 누구란 말이오?"

검사는 시큰둥하게 물었다.

"범인은 검찰이나, 경찰에서 체포하는 것이지 변호사가 범인까지 체포할 의무는 없습니다. 그러나 저는 어느 정도 범인의 윤곽을 알고 있습니다. 늦어도 3개월 안에 좋은 소식을 전해드리겠습니다."

마치 배설물의 찌꺼기를 보는 것 같던 두 사람의 관계는 조금씩 이해와 관용으로 바뀌어 가고 있었다.

최종 판결을 보름 후로 잡아 놓고 이날의 재판은 끝났다.

폐정이 되어 법정을 빠져나오는 사람들 틈에서 박영웅 변호사는 증인으로 출두되었던 채은경을 불러냈다.

"이제 걱정하실 것 없습니다. 이 사장님은 증거 불충분으로 다음 번 재판 때 꼭 풀려날 겁니다. 몸은 어떻습니까?"

"많이 좋아졌습니다. 다만 이 사장님께 죄송스러울 뿐입니다."

"괜찮으시다면 커피나 한잔하면서 이야기 좀 나누겠습니까?"

"좋아요."

약간 비틀거릴 정도로 쇠약해 있는 채은경과 박영웅 변호사는 근처에 있는 프라자 호텔 커피숍으로 들어갔다.

"사실은 이성구 사장님과 잠깐 만나고 오는 길입니다. 저를 이성구 사장님 변호 자격으로 추천하신 강관선 씨와 지금 함께 계십니다만, 앞으로의 계획은……"

"당분간 조용히 쉬고 싶어요. 아무튼 제 문제는 이 사장님과 의논해 나가겠습니다."

"사실은, 어려운 말씀입니다만…… 사장님도 정신적으로 상당히 고통받고 있습니다. 개인적인 부탁입니다만 채은경 씨가 사장님의 뒤를 보살펴 드리는 게……"

"……글쎄요. 아무튼 좀더……"

그녀는 고개를 숙인 채 아무 말도 하지 않았다.

"어쨌든 두 분 다, 하하하……. 좀 밝아지세요, 두 분 다 염라대

왕 무릎까지 갔다오시지 않았습니까?"

분위기가 밝아지면서 은경도 조금씩 여유를 찾아가기 시작했다.

성구는 다른 미결수들과 다시 함께 수용되었다. 그는 앉아서 벽을 가만히 바라보고 있었다.

벽을 타고 개미 한 마리가 부지런히 올라가고 있었다. 이때 마치 천둥처럼 큰 남자의 목소리가 울려왔다.

"이성구, 이성구 밖으로 나와."

철문이 스르르 열렸고, 이성구는 천천히 일어나 철문 밖으로 나갔다. 누군가가 앞서서 성구를 안내했다. 그는 작고 낯선 방으로 들어섰다.

뜻밖에도 거기에는 미국인 신부(神父)가 한 명 앉아 있었다.

미국인 신부는 유창한 한국어를 구사하고 있었다.

"앉으시오. 천주교에 귀의하실 생각은 없습니까?"

성구는 고개를 기로저었다. 천주교에 귀의하고 싶으면 출옥한 뒤 밝은 기분으로 시작하고 싶었다.

신부는 알 수 없는 의식을 한참이나 진행하고 있었다.

성구를 데려온 사람이 다시 복도로 데리고 나갔다. 어둡고 긴 복도 저쪽 끝에 작은 전깃불이 하나 반짝이다가 이내 사라져 버렸다.

그는 건물 밖으로 나섰다. 갑자기 강렬한 햇살이 눈동자를 파고들었다. 하늘을 보았다. 푸른 하늘에 구름이 한점 한가로이 떠가고 있었다.

어디론가 다시 이끌려 가자 작은 의자 같은 것이 나타났다.

"사형?"

성구는 깜짝 놀라 두리번거렸다. 벌써 사형 집행인들과 의사들이 와서 대기하고 있었다.

"안 돼! 재판도 안 끝났는데 왜 내가 사형을 받아야 돼? 나는 무죄란 말이야, 곧 풀려나, 사람을 죽인 일이 없어……."

그러나 검은 밧줄은 서서히 그의 목을 향해 내려오기 시작했다.

저쪽 담벼락 구석에서 한 여인이 웃으며 모습을 나타냈다.

혜정이었다. 죽었다던 혜정이가 웃으며 나타난 것이다. 성구는 고함을 지르며 달려 나갔으나 밧줄은 그의 목에 감겨 버렸고, 마침내 어둡고 긴 지하로 떨어져 내려가기 시작했다.

"으악!"

나락으로 떨어지며 비명을 지르던 성구가 잠을 깼다. 런닝셔츠가 물에 빠진 것처럼 땀에 흠뻑 젖어 있었다.

꿈이었지만 도무지 꿈이라고 할 수 없을 만큼 생생하게 기억에 떠올랐고, 그 악몽 때문에 아직도 온몸에 솟아오른 소름이 가시지 않고 있었다.

이런 악몽에 시달린 것이 한두 번이 아니었지만, 이 날의 꿈은 더욱 무섭고 두려운 밤으로 만들었다. 그는 엎어져 코를 골고 있는 다른 미결수들 틈을 비집고 일어나 벽에 기댄 채 눈을 감았다. 이곳에 들어와 1차, 2차 공판을 겪는 동안 그는 몹시 지치고 불안했다.

마치 악령의 넋이 그의 신경을 갉아먹듯 그는 침몰해 가는 자신을 의식하고 있었다.

2차 공판에서 채은경이 뜻밖에도 사실대로 증언해 주어 상황은 하루 아침에 역전되었지만, 이미 잠재 의식 속에 내재된 불안감은 도무지 떨쳐낼 방법이 없었다.

"이 사장님 잘 됐습니다. 정말 잘 됐습니다. 자신의 불리함을 인정하면서도, 젊은 나이로 치명적인 사건에 휘말리는 것도 불구하고 채은경 씨가 사실을 털어놓았습니다. 이깁니다. 우리는 분명히 이깁니다."

변호사가 웃는 얼굴로 찾아왔을 때도 여기서 무죄로 풀려 나간다는 것은 꿈도 꾸지 못했다.

지치고 두렵고 절망스러운 그는 갑작스러운 환경을 이기지 못하고 그의 신경은 마치 끊어지기 직전의 연줄 같이 팽팽하게 긴장되어 있었다.

그는 두 손으로 귀를 틀어막았다. 아내의 목소리가 옆에서 소근거리며 들려오는 것만 같았기 때문이다.

'채은경!'

그는 애써 은경의 이름을 불러 보았다.

세 번째 공판에서 판사는 이성구에게 증거 불충분, 그리고 상황 참작 등의 이유를 들어 무죄의 판결을 내렸고, 마침내 이성구는 밝은 빛을 보게 되었다.

그가 나오는 문 앞에는 변호사 박영웅, 강관선 선배, 그리고 기자 김민성과 한 발자국 뒤에 서서 채은경도 기다리고 있었다.

성구는 강 선배의 고마움을 누구보다도 잘 알고 있었다.

"선배님, 여러 가지로 고마웠습니다. 자칫했으면 억울하게 당할 뻔했죠. 특히 변호사님께 감사드리고 싶구요."

"후배, 고맙다는 말이 무언가, 당연히 뛰어야 할 일이지. 그래, 건강은 좀 어때?"

"피곤합니다. 쉬고 싶습니다. 회사는 어떤지 집은 어떤지 궁금하고 걱정스러운 것이 하나 둘이 아니구요."

"자네 처남이 자네한테 깊은 원한을 가지고 있어. 장례도 자네 처남이 치뤘지. 아직도 매형이 누나를 살해했다고 믿고 있거든."

"……"

"자, 이러고 있을 게 아니라 차에 오르게. 천천히 앞일을 의논하자구."

변호사와 채은경, 김 기자가 한 차에 오르고, 또 한 대에 강관선과 이성구가 올랐다. 오늘은 특히 김민성 기자가 채은경과 이성구에게 꼭 사과의 말을 해야겠다고 졸라서 합석하게 된 것이었다.

일행은 서초동의 고급풍 한식집으로 들어갔다. 식사 후 병원에서 일주일 정도 요양키로 준비가 되어 있었던 것이다.

자리를 잡고 앉아 김민성 기자가 먼저 입을 열었다.

"제가 너무 급하게 기사를 쓰는 바람에 본의 아니게 누를 끼치게 되었습니다. 정식으로 사과드립니다."

"김 기자로서는 어쩔 수 없는 상황 아니었습니까? 자료까지 인계받고, 또 은경 양이 그렇게 증언을 했으니 말입니다."

"오히려…… 제가…… 너무 제 생각만 하다가……"

분위기는 부드럽게 익어가고 있었다. 어쨌거나 박영웅 변호사의 말대로 이성구나 채은경은 모두 염라대왕의 무릎 앞에까지 갔다가 되돌아온 셈이다.

김혜정의 죽음으로 자칫 두 명이 억울하게 희생될 뻔한 것은 사실이었다. 사과의 인사가 끝나자 강관선 회장이 이성구의 앞일을 걱정하고 있었다.

"지금 형편으로 회사를 이끌어 가는 건 조금 무리가 있지 않겠나?"

"저도 오랫동안 생각했습니다. 나이 어린 처남 놈이 경영을 맡고는 있지만 혈기만 왕성하지 경험도 부족하고, 또 나에 대한 적개심 때문에……."

"요즘 자네 회사 실적이 엉망이야. 내가 조치를 강구할 테니 우선 좀 쉬고 있어."

이야기는 회사에서 다시 이성구의 개인 문제로 넘어왔다. 어차피 혼자 몸으로는 건강 회복, 사회 활동 재개가 어렵지 않겠느냐는 쪽으로 몰려갔고, 마침내 채은경이 이성구의 모든 뒷바라지를 책임지겠다고 나섰다.

"저야, 이제 시집 가긴 다 틀리지 않았어요? 외람된 말씀입니다만, 이 사장님 뒷바라지나 책임지고 살고 싶어요."

문제가 모두 끝난 것은 아니었다. 아직도 김혜정 살인범에 대한 수사가 종결되지 못했다. 아니 그 사건은 전부 원점으로 돌아가 다시 수사가 시작되어야 했다. 이성구도 채은경도 몇 번은 더 조사를 받아야겠지만 이미 이들에 대한 혐의 사실은 끝난 셈이다.

앞으로 사는 데 두 사람이 좋은 동반자가 되었으면 하는 바람이 모두의 의견이었다.

특히 이성구 사장은 그동안 극심한 정신적 고통으로 지쳐 있었고 어느 정도의 신경 쇠약증까지 보이고 있었다. 이를 치료하는 것도 급한 일이었다.

가볍게 식사를 마친 후 이성구는 일단 강남 모 종합 병원 특실을 얻어 입원하게 되었다.

다른 사람들은 모두 돌아가고 채은경만 성구를 지키고 있었다.

"선생님, 저 때문에 고생 많으셨어요, 저를 얼마든지 욕하셔도 좋아요."

"아니야, 오히려 나 때문에 은경이가 고생한 것 같아서. 오면서 잠깐 생각했는데 아무래도 은경이가 내 곁에 있어야겠어. 혼자 힘으로는 어려운 게 너무 많아, 유학 간다는 거 조금 뒤로 미룰 수는 없을까?"

"까짓 늦게 가면 어떻고 안 가면 또 어때요. 얼마 전 죽기로 결심하고 시골에 내려갔을 때 많은 것을 생각하고 느꼈어요. 짧은 시일이었지만, 너무 엄청난 일을 겪어서인지 이젠 아주 어른이 된 것 같은 기분이에요. 선생님을 만나게 된 것부터가 숙명같이 느껴지기도 하고요."

은경은 옆에 다소곳이 앉아 차분하게 이야기를 끌어가고 있었다. 진심으로 결혼 신고하고 평생 선생님 뒷바라지나 하면서 살면 더할 나위 없는 행복이 아니겠느냐고 했다.

성구는 맑고 초롱초롱한 그녀의 눈동자를 보며 손을 꼬옥 움켜쥐어 주었다. 그리고 눈을 감았다. 신경질을 부리며 소리지르던 아내 혜정의 얼굴이 갑자기 떠올랐다.

성구는 몸을 부르르 떨었다. 그는 또 다시 알 수 없는 벌레가 신경을 파먹어 들어가고 있다는 환상에 사로잡히기 시작했다.

'참 이상한 일이야, 도대체 그럼 김혜정을 목 졸라 살해한 녀석은 누구란 말이야, 알 수가 없어.'

집으로 돌아온 김민성 기자는 도무지 잠을 이룰 수가 없었다. 박영웅 변호사는 어느 정도 범인의 윤곽이 잡혀간다고 했지만 김민성은 아무리 생각해도 떠오르는 사람이 없었다.

검찰측도 사정은 마찬가지였다. 그들은 어디서부터 손을 써야할 지 방향도 잡지 못하고 있었고, 이미 현장도 세월이 지나 훼손된 지 오래 되었다.

변호사도 말로만 큰소리쳤지, 사실상 범인의 윤곽을 잡지 못한 것으로 보는 것이 타당한 논리였다.

유일한 합리적인 추론은 김혜정이 스스로 자살했다는 것 뿐인데, 상황이나 죽은 형태로 보아 자살은 불가능했고, 또 그녀가 죽은 뒤 시체가 옮겨진 것으로 보아 제2의 범인이 있다는 것은 기정 사실이었다.

그러나 마치 안개를 잡듯 범인의 윤곽은 도무지 손에 쥐어지지가 않았다.

퇴근하고 집에 돌아온 시간이 9시, 벌써 한 시간 동안 책상 앞에 앉아 꼼짝 않고 생각에 잠겨 있지만, 추리는 어느 선에서 단절된 채 진전을 보지 못하고 있었다. 외국처럼 탐정가 제도가 있다면 의뢰라도 하고 싶을 정도로 그는 이번 사건에 끈질기게 매달리고 있었다.

채은경과 이성구의 혐의 사실이 벗겨지면서 그는 정말 부끄러워 얼굴을 들고 다닐 수가 없었다. 그런 만큼 이번 사건만은 자신의 손으로 아주 멋지게 풀어 버리고 싶은 의욕이 충만되었는지도 모른다.

한 가지 분명한 것은 김혜정이 시체로 발견된 이상 반드시 '범인은 있다' 라는 확신 한 가지뿐이었다.

이번 사건에는 유난히 많은 미스터리가 깔려 있었다. 아무리 범인이 계획적인 살인을 저질렀다고 해도 김혜정이 자신의 죽음을 그렇게 정확히 예감할 수 있겠느냐 하는 것이다. 진부령으로 출발하기 전부터 남편이 자신을 살해할지도 모른다는 말을 했고, 또 비슷한 글을 남겨 자신의 손에까지 입수되었다.

'좋다, 천천히 정리해 보자.'

그는 노트를 꺼내 다시 기록하기 시작했다.

· 이성구가 김혜정에게 진부령으로 휴가갈 것을 권한다.

· 김혜정은 친지들을 찾아다니며 남편이 이번 여행에서 자신을 살해할 것 같다고 말하며 불안해 한다.

· 진부령 스키장행 도중, 고장난 차 때문에 고생하는 채은경을 만난다.

· 진부령에 도착하여 채은경의 초대를 받고 나이트 클럽에서 이성구와 채은경이 술을 마신다. 이때가 자정.

· 두 사람은 다시 눈길을 걷기로 약속하고 30분 후에 만날 것을 약속한다.

· 이성구 숙소로 돌아갔다가 곧바로 카페, 그곳에서 12시 27분경 약속 장소로 나온다. 채은경은 그보다도 20분이 더 지난 12시 50분경 나온다.

· 두 사람이 데이트 중 가벼운 정사를 즐긴 후, 산책로 얕은 계곡으로 가다 김혜정의 시체를 발견한다.

· 현장에서 눈 무덤을 만들어 감추어 놓은 다음 이성구의 숙소로 함께 왔고 여기서 채은경과 새벽 2시 50분경 만나기로 하고 헤어진다.

· 다시 왔을 때 시체는 사라졌다.(그 사이 범인은 김혜정의 시체를 승용차 트렁크에 집어넣은 것이다.)

여기까지 기록한 김민성은 한 가지 중요한 사실을 발견해냈다.

그것은 범인은 이성구와 가장 가까운 관계의 사람일 것이라는 생각이었다.

첫째, 이성구가 소유한 불란서제 넥타이를 알고 있다는 점.

둘째, 이성구의 진부령 스키장으로 휴가차 떠나는 것을 알고 있다는 점.

셋째, 이성구의 집에 또 한 개의 넥타이를 인편으로 보낸 점.

그리고 또 범인은 그의 자동차 트렁크를 열 수 있는 또 하나의 키가 있었던가 아니면 이성구의 키를 훔쳤을 가능성이 있기 때문이었다.

그러나 다행히도 이성구는 당일 스키장 사람들의 신원을 대부분 파악하고 있었지만 그 명단에는 이성구가 알 만한 사람이 없었다.

여기서 생각한 것은 이성구의 미행자가 있을 것이라는 고정관념을 깨부수는 작업부터 시작했다.

범인은 이성구를 미행한 것이 아니라 채은경을 미행했는지도 모른다. 채은경을 미행하던 사람은 채은경을 짝사랑하던 남자일 수도 있고, 그녀를 증오하는 사람일지도 모른다.

그녀가 알지도 못하는 중년 남자와 만나자마자 데이트를 하고 정사를 즐기자 엉뚱하게 이성구 부인을 살해해 두 사람을 함께 곤경에 빠뜨려 복수하자는 생각을 했는지도 모른다.

여기까지 생각하던 김민성은 무릎을 치며 벌떡 일어났다.

'왜 여태 이런 생각을 못했지, 너무 한쪽으로만 치우쳐 생각했기 때문이다.'

그렇게 되면 넥타이 문제는 해결된 셈이었다. 그것은 우연의 일치일 것이다.

서울에 입센로랑 넥타이는 적어도 수백 개는 돌아다닐 것이다. 그것이 우연히 일치한 것이고 이성구는 그 경황에 그것이 자기의 것으로 오인했던 것이다.

범인은 계속 이들을 지켜보고 있었고 그 넥타이를 자기 것으로 알고 놀라는 것까지 확인한 후 이성구를 혼란에 빠뜨리기 위해 또 하나의 넥타이를 집으로 보내 공포에 빠뜨리게 한 다음 나에게 사진과 편지를 보낸 것이다.

'맞아, 범인은 신문 기자인 나까지 가세하게 해서 두 사람에게 파멸을 안겨 주려 했어. 됐어, 이제 채은경의 주변을 조사해보면 윤곽이 잡힐 거야.'

그 무렵, 최초 이 사건을 맡았던 최찬일 형사에게 재수사의 지시가 내려졌다. 경찰과 검찰의 체면을 생각해서라도 김혜정의 살인범은 꼭 체포해야 한다는 강력한 지시가 떨어진 것이다.

그동안의 조사 자료와 재판 과정 판결문 등 수집할 수 있는 모든 관계 서류를 모아 놓고 처음부터 재검토하기 시작했다.

'채은경은 산중턱에서 만난 것이니 제외시키더라도 이성구의 주변 인물을 추적할 필요가 있다. 산장에 기록된 명부가 반드시 주민등록과 일치한다는 보장은 없다. 가명으로 투숙할 수도 있다.'

우선 그는 주변 인물 검토에 들어갔다.

· 학교 선배이며 하청을 주는 강관선 회장.
· 현재 회사 운영을 맡고 있는 처남 김진태 상무.
· 이성구 사장의 전 가정부. (그러나 56세의 가정부를 범인으로 보기는 어렵다. 다만 참고인으로 필요)

·죽은 김혜정 친구인 하현숙, 임미숙, 그리고 그녀의 아버지. (그러나 그녀의 아버지, 즉 이성구의 장인도 70이 다 되어가는 노인으로 범행 불가능)

　용의 선상에 오른 인물들은 대충 정리되었다.
　최찬일 형사는 우선 김혜정의 남동생이며 이성구의 처남인 김진태를 만나보기로 했다.
　뚝섬이 있는 공장으로 찾아 갔을 때 최찬일 형사는 이상하리만큼 썰렁했고 공원들은 일손을 놓고 삼삼오오 모여 앉아 수근거리는 것을 볼 수 있었다.
　이성구의 처남이며 관리 상무인 김진태는 회의중이라고 했다. 이성구 사장의 비서가 주스를 한잔 가지고 왔다. 10분 후에 회의가 끝난다는 소식이었다.
　김진태는 이성구가 형무소에 있는 동안 그를 맹렬히 비난하고 있었지만, 피해자가 바로 위의 누님인 것을 감안한다면 충분히 이해할 수 있는 행동이었다. 10분이 훨씬 더 지나고서야 김진태가 나타났다. 그의 얼굴은 몹시 심각해 보였다.
　"몇 가지만 간단히 묻겠습니다. 먼저 누님과 이성구 사장간의 형편을 알고 싶습니다. 옆에서 주욱 지켜 보았으니 잘 알 거 아닙니까?"
　"글쎄요. 저도 사건 소식을 듣고 처음에는 깜짝 놀라기도 했고, 또 한동안 매형을 비난하기도 했지만, 사실 그럴 분은 아니에요. 회사 사람들도 알지만 성실하신 것 하나는 끝내 주거든요. 사실 불쌍한 건 누나예요. 형편 없는 약골이었거든요. 그러니 히스테리만 늘고…… 매형도 따지고 보면 불쌍한 남자죠."

"만약 매형이 없으면 이 회사 경영주는 누가 됩니까?"

"물론 제가 되겠죠, 매형 가족 중엔 인계받을 만한 사람이 없을뿐더러, 또 이 회사도 매형과 제 공로로 성장한 것이라고 할 수 있으니까요."

"지난 연말 휴무 때는 어디 있었습니까?"

"네?"

어이가 없다는 표정이었다. 나를 의심하고 있느냐는 듯 바라보고 있었다.

"사세 확장과 기술 개발 연구 문제로 회사에 있었습니다. 매형이 누님 때문에 스키장으로 휴가를 가는 바람에 당직 사령관 노릇을 한 거죠."

"오늘 여기 분위기가 어수선하군요."

"허…… 그럴 수밖에 없죠, 이 회사는 강관선 회장님이 인수하기로 결정했으니까요."

"네? 강 회장님이 인수를?"

"글쎄요, 매형이 내놓은 것인지 아니면 강 회장님이 억지로 인수한 것인지…… 그건 모르겠습니다."

그것은 전혀 새로운 사실이었다.

강관선 회장!

최찬일은 몇 가지 더 형식적인 질문을 끝내고 강 회장을 찾아 떠났다.

그 시간 김민성 기자는 이제 막 강원도 속초에 별장 하나를 전세내어 요양차 떠나려는 이성구를 만나고 있었다.

"주위의 권고도 있고, 또 저도 좀 쉬고 싶기도 해서요, 공장은 일단 처분했습니다. 도무지 운영할 힘이 없어서요."

"처분요? 누구에게요?"

"아시죠, 강관선 회장님."

"아, 그렇게 되었습니까? 그런데 채은경 씨는…… 지금……."

"집사람은 별장으로 먼저 떠났습니다. 급하게 구입하는 통에 정리 정돈할 게 많은가 봐요, 수리도 필요하고……."

"놀랄 일 뿐이로군요, 결혼하신 겁니까?"

"쑥스럽게 결혼은요, 그저 법적으로 올려놓은 것뿐이죠, 아직 나이가 어려서 그렇지 생각은 깊은 여자입니다. 이번 사건으로 알아보았죠."

"회사는 얼마 정도나……."

"전부 20억 원을 받았습니다. 공장과 공원들 인수 조건으로, 이건 거의 강 회장님 뜻이었습니다. 변호사님이 중간에서 일을 처리해 주셨구요."

강 회장의 권유로 그렇게 알뜰하게 키운 회사를 선뜻 내놓은 것이 조금 이상하게 생각되었다.

"사장님, 아무튼 건강이 빨리 회복되시기만 빕니다. 사실은 용건이 하나 있어 찾아왔습니다."

"용건? 말씀하십시오."

"김혜정 씨 피살 사건이 재수사되기 시작했습니다. 범인을 잡아야죠. 그렇지만 도무지 실마리가 풀리지 않고 있습니다. 선생님과 사모님, 그리고 채은경 씨에 대한 빚이 제게 있습니다. 범인은 제 손으로 못 잡는 한이 있더라도 실마리라도 제 손으로 풀었으면 합니다. 꼭 한 가지만 기억해 내십시오."

"기억? 무엇을요?"

"지금 드리는 말씀, 절대 은경 씨에게 말씀 드리면 안 됩니다.

제가 꼭 알고 싶은 것은 채은경 씨가 산 중턱에서 차 고장으로 서 있었다고 했죠?"

"그랬죠, 제가 말씀 드린 대로……."

"그 차 번호, 혹시 기억이 나는지……."

"네? 차 번호요?"

성구의 눈이 휘둥그래졌다. 정말 뜻밖의 질문이었다. 그 당시 번호판을 읽은 기억은 났지만, 그동안 사건을 치르느라 깜박 잊어버렸던 것이다.

"기억이…… 잘……."

"아닙니다. 기억하셔야 합니다. 지금 생각이 안 나면 나중에라도 연락 주십시오."

"그거야 은경이에게 직접 물어 보면 금세 알게 될 텐데, 뭘 그러세요?"

"말씀 드립니다만, 은경 씨에게는 절대 비밀로 해주십시오. 자칫하면 은경 씨도 화를 당하게 될지 모릅니다."

반 부탁, 반 협박으로 차 번호를 기억하라고 종용했다. 그는 머리를 숙인 채 곰곰이 생각하고 있었다.

은경이가 덜덜 떨고 있었고, 또 자동차는 본네트를 열어 놓고 있었다. 운전을 할 줄 아는 사람이면 누구나 같은 심정이지만 한번쯤 열려진 본네트 속을 들여다보게 마련이다.

그러나 그것은 밧데리에 문제가 있었고, 자신의 차에서 충전시켜 줄 만한 도구가 없었기 때문에 태워주었던 것이다. 그때 얼핏 번호판을 읽었던 것이다.

"자세히 기억이 안 납니다만…… 그때……."

한 번 전화 번호와 사람 이름을 들으면 절대 잊어버리지 않는 명석한 머리를 가진 성구였지만 오랜 시간 시달려온 까닭에 선뜻 기억하지 못하고 있었다.

"아무튼 빨간색 르망이었죠, 서울 1-머 164…… 무엇이었습니다. 맞습니다. 1-머 164×입니다. 끝자리가 생각이 안 나는군요."

그 정도라면 열심히 취재하면 찾을 수 있다. 되었다. 지금까지 채은경에 대해 알려진 것은 전혀 없었다. 아틀리에는 그동안 남에게 넘겼고, 어머니 밑에서 자랐지만 어머니도 함께 살지는 않는다고 했다.

다만 분명한 것은 미술 공부를 한 것은 틀림없고, 어휘나 행동이 품위가 있어 보인다는 것 정도였다.

김민성 기자는 채은경의 주변을 추적해 그녀에게 공격을 가할 만한 인물을 찾으려는 자신의 발상이 매우 훌륭한 방법이라고 스스로 만족하고 있었다. 대략적인 취재를 끝낸 그는 강관선 회장을 만나기 위해 그곳을 떠났다.

'혹, 강 회장이 이성구 회사를 먹어 치우기 위해 습격한 것은 아닐까. 물론 사람을 고용했겠지. 아니면, 밑져야 본전이라는 생각이었나?'

김 기자는 차를 몰고 강 회장의 사무실로 찾아갔다.

뜻밖에도 그곳에는 자동차 충돌 사건으로 알게 된 최찬일 형사가 와 있었다.

세 사람은 모처럼 한가하게 앉아 이야기를 나누었다.

"네, 그래서 혹시나 하고 제게 찾아오신 거로군요. 걱정하실 것 없습니다. 성구 처남 아이가 운영은 하고 있지만 아직 어린데다가 우선 자금을 충당 못합니다. 그러기에는 재계나 은행에 얼굴이 너무 안 알려져 있습니다. 3년 동안 제가 위탁 경영하는 조건입니다."

강 회장은 잠시 말을 끊었다가 다시 시작했다.

"이건 비밀입니다만 20억 중 17억은 이성구 사장이 주식을 사서 재투자하는 형식으로 해 놓았구요, 1억은 은행에 넣어 성구가 편하게 꺼내 쓰도록 조치해 놓았습니다. 나머지 2억으로 강원도에 별장도 한 채 사고 우선 살아갈 용돈으로 주었죠. 주식도 제 명의로 되어 있습니다. 3년 후 자동 이체되도록 공증까지 해 놓았습니다. 이익이 남으면 남는 대로 제가 증식시켜 줄 작정입니다. 제 재산은 줄잡아 6백 억 정도 됩니다. 후배 돈 20억 욕심낼 이유가 없지요. 제가 왜 이 일을 저질렀나 하면요, 만일 성구 부인이 성구에게 이런 많은 돈이 있는 줄 알면 허영에 들뜰까봐 그렇게 조치한 겁니다. 아시겠습니까? 현재 성구 재산이라고는 고작 3억 정도, 그것에 불과합니다."

성구의 됨됨이와 장래성을 보아 인간적으로 오래 전부터 투자해 왔다고 했다.

우선 실제 재산이 얼마 없다는 것을 채은경에게 보여 주어야 할 필요를 느꼈다고 했다. 그것은 매우 현명한 처사였다.

"더구나 성구는 지금 정상인이 아닙니다. 일종의 신경 쇠약증이라고 할까요? 아무튼 저에 대한 의혹은 불식시켜 주시기 바랍니다. 성구는 제 친동생이나 다름없는 사람이니까요."

강 회장의 공장도 구경했다. 그 규모나 크기는 지방 공장에 비하면 아무 것도 아니었다.

결국 두 사람의 우정을 확인하는 것으로 만족해야만 했다.

제3부

죽은 새는
노래하지 않는다

칠흑의 어둠이 깔리면서 가면 무도회의

불은 꺼지고 붉은 빛 욕망의 늪에는

회색빛 미소만이 모여든다

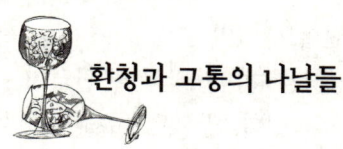

환청과 고통의 나날들

보름 동안에 걸친 별장의 대대적인 보수와 내부 장식은 채은경의 취향이어서인지 단조로우면서도 모던한 인상이었다. 색상은 비교적 밝게 썼고 웬만한 장식품은 모두 없애 버렸다.

그 대신 벽에는 내용을 잘 알 수 없는 그림들이 큼직큼직하게 두어 점 걸려 있었고, 서재에는 깨끗하게 정돈된 책상과 이성구 사장이 즐겨 읽는 책들이 3백여 권 가지런히 꽂혀 있었다.

이 별장도 강 선배가 알선해 준 것이었다. 회사를 강 선배에게 넘긴 후 성구는 큰짐이라도 벗은 듯 홀가분해 했지만, 마음 한구석에 자리잡고 있는 허전함은 지울 수가 없었다.

그러나 혜정의 죽음과 재판 과정에서 얻은 신경 쇠약증은 복잡한 도시를 벗어나 한적한 별장으로 옮기면서 곧 회복되리라고 믿고 있었다.

별장의 방은 전부 다섯 개였다. 하나는 부부가 공동으로 사용할 수 있는 침실, 또 하나는 은경 혼자서 사용할 수 있는 작은 거실, 또 하나는 서재였고, 나머지는 찾아오는 손님을 위한 접대용 침실이었다. 이 밖에도 지붕을 개조하여 만든 발코니가 있었고, 정원이 잘 보이는 응접실도 있었다.

은경은 성구가 수영장을 하나 작게 마련하자는 의견에 따라 다시 서둘러 공사를 시작했다. 앞으로 며칠만 더 있으면 본격적으로 무더위가 시작될 것이라는 기상 예보도 있었다.

아래 마을까지는 약 1.5킬로미터 정도 떨어져 있으며, 중간은 숲으로 메워져 있어 사실상 외딴섬이나 다름없었다.

안채 마당은 풀장 공사를 위해 파 놓은 흙더미들이 수북히 쌓여 있었다.

성구는 의자에 앉았다. 그는 추적이며 쏟아지는 빗물이 마당의 흙을 쓸어 내려 황토 물이 되어 내려가는 모습을 물끄러미 바라보고 있었다.

"은경!"

"네, 부르셨어요?"

유리창을 통해 커피를 타고 있는 은경의 모습이 보였다.

"커피 드시죠. 요즘 건강이 무척 좋아지신 것 같아요."

체력은 이미 완전히 회복되었다. 어느 정도의 정신적인 갈등도 해소되었고, 이날 따라 몸의 컨디션은 아주 만점이었다.

이곳에 온 지 일주일이 넘었다. 풀장 공사가 끝날 무렵이면 더위도 가시겠지만 굳이 공사를 서두르는 것은 사람 냄새가 그리웠기 때문이었다.

그나마 인부들마저 드나들지 않는다면 이 집에 들어올 사람이 없었다.

"너무 외롭지 않아? 은경이 나이라면 지금 한창 인생을 즐길 나이인데."

"선생…… 아이 참, 나 좀 봐요, 자꾸 선생님 소리가 나와요."

"아무렴 어때?"

성구로서는 오히려 그것이 더 편하다고 생각되었다. 아무래도 나이 차이에서 오는 쑥스러움 때문인 것 같았다.

"전 여기 이렇게 둘이만 있는 게 꿈만 같아요, 김 기자님한테 거짓말하고 혼자 돌아다니며 죄책감이 말 못하게 느껴졌지만 얼마나 외롭고 선생님이 그리웠는지 몰라요. '아, 나는 선생님을 사랑하고 있구나'라고 비로소 느끼기 시작한 거죠. 사실 처음 뵈었을 때는 이상한 든든함, 그리고 의지하고 싶은 그런 마음에서부터 출발했던 거예요. 이젠 정말 만족해요."

"공부는?"

"생활이 안정되면 집에서 그림을 그리며 보내겠어요."

"자, 오늘 선물이 하나 있어. 보겠어?"

"선물이요? 아이 좋아라, 빨리 보여 주세요. 궁금하네요."

"서두르긴, 자 이것 봐요."

성구는 천천히 일어나서 작은 가방 하나를 가져왔다.

"서울에서부터 준비한 것인데 줄 기회가 없었어."

"어머! 그림 도구."

이젤과 그림 붓, 그리고 유화용 칼라 페인트 등 서양화 도구 한 세트가 들어 있었다.

은경은 좋아서 어쩔 줄 모르고 있었다.

"그건 강 회장님이 선물하신 거야, 설악산 풍경 하나만 그려 달라더군. 대가는 톡톡히 지불하겠다고."

은경은 갑자기 성구에게 달라들어 뜨거운 키스를 퍼부었다.

"행복해요."

이미 그녀의 목소리는 거친 숨소리로 죽어 가고 있었고, 대신 두 손이 날렵하게 움직이기 시작했다.

그녀는 한 손으로 성구의 티셔츠 단추를 풀며, 또 한 손으로는 성구의 손을 당겨 자신의 앞가슴에 집어넣었다. 그리고 서서히 가슴을 애무하도록 유도했다.

티셔츠 단추가 모두 풀어지자 밑에서부터 걷어올려 완전히 벗겨 버렸다. 제법 근사한 근육이 가슴을 뒤덮고 있었다.

은경은 의자의 손잡이를 당겨 뒤로 젖혔다. 그리고 자신의 블라우스도 벗어 버렸다. 두툼하고 흰 유방이 브래지어 속에서 터질 것 같이 감싸여 있었다.

아무도 보는 사람 없는 한적한 별장, 밖에는 추적이며 비가 쏟아지고 있었고, 두 사람은 마침내 알몸이 된 채 의자에 누웠다.

성구도 성욕이 끓어오르기 시작했다. 입에서 신음을 뱉으며 알몸으로 다가오는 은경을 힘껏 끌어안았다. 그리고 입에 와 닿는 그녀의 유방을 입으로 물었다. 아랫도리가 불끈 솟아올랐다.

"선생님!"

그녀의 머리카락이 어깨 위에서 넘실대다가는 성구의 코끝을 스쳐 갔다. 가냘픈 허리를 감싸 안으며 위치를 바꾸려 할 때 갑자기 전화벨 소리가 요란스럽게 울리기 시작했다.

"누…… 누구지?"

성구는 은경을 밀치며 벌떡 일어났다. 무의식 중의 행동이었지만, 갑작스러운 힘에 은경이는 저만큼 나뒹굴었다.

수화기를 들며 성구는 몇 번인가 소리질렀다.

"여보세요, 여보세요…… 대답하세요."

"뭐가 잘못된 모양이에요, 그냥 이리 오세요."

은경은 성구를 불렀지만, 그는 아랑곳하지 않고 미친 사람처럼 소리지르고 있었다.

은경이가 수화기를 빼앗아 내려놓은 뒤에야 성구는 정신을 차린 듯했다. 그리고 다시 수화기를 노려보았다.

"도대체 어떤 놈이야, 전화를 걸었으면 대답을 해야지……."

"잘못 걸려 온 전화겠죠."

은경은 아쉽다는 듯 다시 성구를 의자로 끌어당겼다. 성구는 몸에서 힘이 빠져나간 듯 축 늘어져 있었다. 그리고 그는 눈을 감았다.

머리가 조금 혼탁해지는 것 같았다.

1분이 채 지나지 않고 전화벨이 또다시 울렸다. 이번에는 성구를 밀쳐 내고 은경이가 받았다.

"누…… 누구세요, 말씀하세요."

"……."

수화기는 여전히 침묵을 지키고 있었다. 앉아서 기다리던 성구가 벌떡 일어나 수화기를 집어들었다.

"도대체 누구요, 당신?"

덜컥하는 소리와 함께 다시 전화가 끊겼다. 두 번 정도는 잘못 걸려올 수도 있다고 위로했지만, 성구의 얼굴은 고통으로 일그러져 있었다.

"어느 놈이야, 혜정이까지 없애고 이제 나를 노리는 거 아냐?"

은경은 얼음물에 미숫가루를 탄 차를 가져왔고, 그것을 한 사발 숨도 쉬지 않고 들이킨 후에야 조금 진정했다.

모처럼 시작하려던 뜨거운 정사는 두 통의 전화로 완전히 무드가 깨져 버렸다.

저녁 식사를 마치고 두 시간이나 무료하게 앉아 있던 두 사람은 각자의 침실로 돌아갔다. 신경이 피로할 때는 같이 동침하지 않기로 약속을 했던 터였다. 이 날은 은경이가 애써 성구의 등을 밀어냈다.

아무래도 오늘밤은 편하게 주무시는 게 낫지 않겠느냐며 혼자 침실로 돌아간 것이다.

얼마나 잤을까? 은경은 갑작스러운 비명 소리에 놀라 전깃불을 켜고 뛰어나갔다. 방에서 뛰쳐나온 성구가 비명을 지르며 소파에 머리를 처박고 있었다.

"왜 그러세요, 무슨 일이에요?"

성구에게 달려가 어깨를 감싸 안았다. 그는 벌벌 떨며 손가락으로 방을 가리켰다. 그리고 그만 정신을 잃고 쓰러졌다.

은경은 깜짝 놀라 성구의 침실 문을 벌컥 열었다.

아무 것도 변한 것은 없었다. 누군가 들어와 있는 사람도 없었다. 다만 침구가 어지럽게 흐트러져 있었고, 침실 전화기가 나뒹굴고 있을 뿐이었다.

은경은 찬 물수건으로 성구의 이마를 닦으며 두 팔로 쓰러진 성구를 꼭 껴안았다. 잠시 후 정신이 드는 듯 눈을 뜨며 은경을 바라보았다.

"웬일이세요? 무슨 일이 있었어요?"

"저, 전화가……."

그의 얼굴은 공포로 잔뜩 일그러져 있었다. 그리고 더듬어 가며 놀란 이유를 설명하기 시작했다.

"몹시 피로를 느끼고 있었어. 얼마나 잤는지 알 수 없지만 전화벨 소리가 울렸어, 눈을 부비며 받았지. 그런데 거기서, 혜정이의 목소리가……. '아이 당신도, 절 떼어놓고 혼자 집엘 가시면 어떡해요, 지금 당장 절 데리러 스키장으로 오세요. 추워 죽겠어요.' 라며 날 부르더군."

은경은 깜짝 놀라 성구를 바라보았다. 얼굴은 창백했지만 말은 또렷이 하고 있었다.

"지금 무슨 말씀을 하시는 거예요. 잠결에 환청을 들으신 것 아니에요? 낮에 전화 소리 때문에 신경을 쓰시더니……."

이마에 식은땀이 물방울처럼 맺혀 있었다. 은경은 수건으로 다시 땀을 닦았다. 성구는 둥그래진 눈으로 은경을 바라보며 고개를 가로 저었다.

"환청일 리가 없어, 언젠가 내게 전화했던 똑같은 내용이었어. 혜정이의 목소리야. 혜정이의 목소리를 못 알아들을 내가 아니란 말이야."

"알았어요. 침착하세요. 누가 또 장난한 거예요. 보나마나 사모님을 살해한 놈들이 장난한 것 아니면 분명히 환청일 거예요. 사람을 하나 더 두든지……."

눈을 크게 뜨고 은경을 바라보던 성구가 혼잣말처럼 중얼거리기 시작했다.

"그래 아무래도 잠결에 환청을 들은 것 같아. 죽은 사람한테서 전화 올 리가 없지. 신경을 너무 썼나 봐. 자 잡시다."

"먼저 주무세요, 전 이 문 앞에서 지켜보고 있겠어요. 혹 무슨 일이 생길지도 모르니까요."

은경은 성구의 침실 앞에 의자를 당겨 놓고 앉았고, 성구는 침실로 되돌아갔다.

침대에 누워 곰곰이 생각해 보았지만 절대로 환청을 들은 것은 아닌 것 같았다. 벨 소리도 정확히 들었고, 혜정의 목소리도 또렷이 들었다. 그리고 이야기 내용도 지난번 처음 사건 때와 같았다.

문득 혜정의 생각이 떠올랐다. 지나칠 정도의 히스테리, 끝없는 의심, 그리고 약 봉투가 입에서 떨어져 본 일이 없는 나약한 몸, 알지도 못하는 괴한에게 피살된 한 많은 생애, 어쩌면 가장 불행한 여인일 수도 있는 자신의 아내였던 여자. 지금쯤 한줌 가루가되어 어딘가를 떠돌아다닐 혜정. 그녀의 목소리가 갑자기 이 방 안으로 침입해 들어온 것이다.

'그럴 리가 없어, 아무래도 은경의 말이 맞는 것 같아. 낮에 걸려 온 두 번의 응답 없는 전화 때문에 신경이 날카로워진 거야.'

몸이나 신경이 쇠약해지면 환청과 환상 증세가 나타난다는 것은 상식적으로도 알고 있는 일이었지만 막상 그 상황을 경험하고 보니 얼마나 무서운 것이라는 것을 뼈저리게 느낄 수 있었다.

꼭 현실에서 일어난 것 같은 기분이었지만 논리적으로 말도안 되는 일이었다. 죽은 아내가 이곳 전화 번호를 알아내 전화를 걸다니.

밖에는 또 놀랄지도 모르는 은경이가 자신을 위해 의자에 앉아 대기하고 있었다. 성구는 자꾸만 은경과 혜정에 대해 생각하게 되었다.

혜정이가 죽은 지 반 년이 조금 넘었고, 지금은 은경이와 함께 살게 되었다. 어떻게 생각하면 혜정에게 너무나 미안한 일이었다. 어쩌다 한 번 가진 불륜이 인연을 맺게 되었고, 그 인연을 재촉이라도 하듯 운명이 그를 여기까지 몰고 온 것이다. 그러나 따지고 보면 두 사람 모두 불행하게 맺어진, 맺지 않았으면 더 좋았을 악연의 사람들이었다.

혜정이가 아닌 보다 건강한 여자를 만났다면 혼자서 초대를 받고 나갈 리도 없고 또 그렇게 되었더라면 혜정은 죽지 않았을지도 모른다.

은경이만 해도 그렇다. 만일 그녀의 자동차가 고장을 일으키지만 않았어도 자신을 만나지 않았을 것이고, 또 자신을 만나지 않았더라면 이런 끔찍한 사건을 경험하지 않아도 될 것이었다.

죽은 혜정에게는 최선을 다해 왔다. 그녀가 병석에 거의 눕다시피 한 시기부터 죽어 시체로 발견되기까지 외도라고는 은경과의 정사가 처음이며 마지막이었다.

그 고통을 한 번도 귀찮아하지 않고 참고 견뎌 온 것이다.

'그렇다. 혜정이는 이제 이 세상을 떠나 버렸다. 지금은 은경이만을 위하고 사랑해 주어야 할 차례다. 나는 부끄러울 게 없어. 그녀가 나를 학대하고 질투하고 시기하며 10년 가까이 괴롭혀 왔지만, 나는 한 번도 그녀를 미워하지 않았어. 이제부터 나는 은경이를 위해 희생해야 한다. 지금 고통받고 있는 것은 내가 아니고 은경이다.'

다음날 아침이 밝았다.

어느새 잠이 들었는지 아침 10시가 다 되어 가고 있었다. 성구는 소스라쳐 놀라며 잠을 깼다. 그리고 밖으로 튀어나갔다. 은경은 몸을 웅크린 채 소파에서 잠이 들어 있었다.

새벽 4시나 5시쯤 잠이 든 것 같았다. 피곤한 모습이었지만, 얼굴은 몹시 평화스럽게 보였다.

빨리 건강을 회복하고 마음이 평정되면 다시 사업을 시작하고 사회 활동을 벌이면서 은경이와 함께 행복한 가정을 꾸려 나가겠다고 맹세했다. 그러면서도 한 가지 그의 뇌리를 움켜쥐고 놓지 않는 것은 혜정의 살인범이 누구냐 하는 것이었다.

그 문제는 아직 단 한 건도 연락 온 것이 없었다.

경찰이나 검찰 측에서 반드시 이 사건을 해결하겠지만, 그 자신도 도무지 알 수 없는 의문에 휩싸인 채 또 일주일이 흘렀다.

성구는 서울에 나가고 싶었다. 종로며 명동, 충무로, 그보다도 지금까지 10년이 넘게 살아온 집이 제일 궁금했다. 집은 강관선 선배가 가정부 하나를 두어 관리하게 했다. 서울에 오면 언제라도 깨끗하게 정돈된 집에서 쉴 수 있도록 세심한 배려를 베풀어 준 것이다.

성구는 아내와 함께 서울을 떠난 지 달포만에 집으로 돌아왔다. 미리 연락이 되어 있어선지 가정부는 집을 깨끗이 정리해 놓았고, 옛날과 다름없이 정원도 잘 다듬어져 있었다.

집에 도착하자마자 은경은 잠깐 외출을 하겠다고 했다.

전에 처분한 아틀리에의 대금과 살고 있던 독신자 아파트를 정리하겠다고 했다.

"돈이 필요하면 언제든지 내게 이야기해, 이야기하기가 싫다면 통장과 도장을 줄 테니 마음대로 갖다 써."

이미 은경에게 일부의 경제권을 넘겨주었다. 독신자 아파트나 아틀리에 처분 대금, 그리고 본인이 소유하고 있는 현금이나 재산은 마음대로 사용해도 좋다고 했다. 그러나 은경은 돈이 문제가 아니라고 했다. 여자 혼자서 벌어 놓은 돈만 해도 7천만 원 정도는 되었으며, 아파트까지 소유하고 있어 경제적으로 어려움은 전혀 없지만 정리할 건 해야겠다며 나갔다.

그녀가 돌아온 것은 밤 10시가 가까운 시각이었다.

"아파트는 그냥 두었어요, 갈 데가 없는 친구 하나가 있어서요. 나머지는 현찰과 약간의 패물로 바꿨어요, 보시겠어요?"

은경은 자랑스럽다는 듯 4천만 원의 정기 적금 통장과 몇 점의 패물을 꺼내 성구에게 보여주며 즐거워했다.

죽은 혜정이가 가지고 있던 것에 비하면 코묻은 돈도 되지 않았지만 아이들 그림을 지도하면서 모은 돈인 것을 생각하니 기특하기 이를 데 없었다. 그녀는 그것을 성구에게 보관시켜 달라고 했다.

"아무 것도 없이 빈손으로 온 여자예요, 이건 우리 살림에 보태기로 해요, 까짓 티가 나는 돈은 아니지만 제 힘껏 번 돈이거든요. 받아 두세요."

성구는 웃으며 통장과 패물을 받았다. 그리고 아내가 늘 사용하던 패물함에 함께 넣었다.

"이제부터 이건 전부 은경이 거야, 필요할 때는 마음대로 사용해. 내 것이 아니니까."

사실 성구도 아내의 살림이 어떻게 되어 있는지, 또 무슨 옷이 어디에 있는지도 확실히 파악하지 못하고 있었다. 불쌍한 아내를 생각해 어쩌다 귀금속이라도 사주면 장롱 속에서 이 패물함을 꺼내 넣어 두는 것을 본 기억이 있었을 뿐이었다.

"아무튼 내 몸이 빨리 정상으로 돌아오고 이 집에서 살림을 시작하게 되면 이건 모두 은경이가 관리해야 할 것들이야. 시간 나거든 살림 파악을 좀 해 봐."

"하지만, 아직도 옷이며 장롱에서 사모님 냄새가 나는 것 같아요. 죄송스럽기도 하고 또 낯설고……"

"전 산장으로 가고 싶어요. 아직 선생님과도 서먹서먹한 형편 인데."

그것은 사실이었다. 지금은 성구와 함께 살고 있는 것만도 어색한 형편이었다. 게다가 지금까지 김혜정 그 여인이 다스리던 살림에 손을 댄다는 것이 선뜻 마음 내키지는 않았던 것이다.

살림도 엄청나게 많아 어디서부터 손을 대야 할지 알 수가 없었다. 그러나 그보다도 은경을 난처하게 만든 것은 그 많은 혜정의 옷가지들이었다. 태워 없애 버릴 수도, 내다 버릴 수도, 그렇다고 또 그것을 꺼내 입을 형편도 안 되었다.

옷장에 그냥 넣어 놓고 있기에는 더더욱 불편하고 힘들었다. 마치 그녀가 살아 숨쉬는 듯한 기분이어서 옷장을 열기조차 두려웠다.

"떠나기 전에 여성 단체 같은 곳에 기증이나 하겠어요."

하는 은경에게 성구는 좋다고 허락했다. 이제 모든 것은 은경이 마음대로 처분해도 좋다는 이야기를 세 번이나 거듭해 주었다.

성구는 병원에 들러 진찰을 받고 돌아왔다. 집으로 들어서던 그는 깜짝 놀라 발걸음을 우뚝 멈추었다.

너무나 코에 익숙한 음식 냄새가 풍겨 나왔기 때문이었다.

죽은 아내는 성구가 입맛이 없어 투덜거릴 때마다 바로 지금 콧속으로 파고드는 미더덕 된장찌개를 끓여 주었었다. 성구는 냄새를 맡으며 머리를 갸우뚱했다.

'우연의 일치겠지.'

그는 잠시 선 채로 된장찌개의 향기로운 냄새를 맡은 후 천천히 소파에 앉았다. 잠시 후 가정부가 앞치마에 손을 씻으며 들어왔다.

"집사람은 어디 갔어요?"

"과일 좀 사가지고 오시겠다며 시장엘 가셨어요. 그런데……
참, 저기……."

가정부는 우물쭈물하며 서 있었다.

"뭐 하실 말씀이라도 있으세요?"

"저 사실은 사모님이 나가시기 직전에…… 이상한…… 전화가
걸려 왔었어요."

"이상한 전화?"

"사실, 오늘 사장님이 오시는 날인데 어떤 음식을 장만해야 좋
을지 몰라 걱정하고 있었어요. 사모님께 여쭤 봐도 잘 모르시겠
다고 하시구요. 어쩌나 하고 있는데 전화가 왔어요."

"……."

"그런데…… 그게……."

"그래서요. 빨리 말씀하세요."

"사모님이 받으시다가는 깜짝 놀라시더니 절 바꾸어 주셨어요.
어떤 부인 목소리 같았는데, 하시는 말씀이…… '사장님은 미더
덕 된장찌개나 게장 같은 짭짤한 음식을 좋아해, 그러니 그걸 준
비해 드려. 그리고 안채 자개 장롱 맨 밑 작은 서랍에 보면 내복,
양말, 손수건 같은 자주 쓰시는 용품들이 있으니 새로 살 필요
없이 그걸 꺼내 드리도록 해.' 하면서 일방적으로 전화를 끊었어
요."

"뭐, 뭐라구…… 그래 집사람은……."

"사모님은 전화를 받더니 얼굴이 창백해 지시더라구요. 그리곤
나갔어요."

성구는 한걸음에 아내 혜정이가 사용하던 방으로 뛰어들어갔

다. 그리고 장롱 문을 열고 제일 작은 아래 서랍을 벌컥 잡아당겼다.

거기에는 성구 자신의 런닝, 팬티, 그리고 양말과 손수건 등이 가지런히 놓여 있었다.

성구는 그 자리에 털썩 주저앉았다. 평소에는 아무도 손대지 못하게 하던 장롱이었다. 어쩌다 가정부가 손이라도 대면 그렇게 화를 내곤 하던 그 장롱 속에 자신의 내복이 가지런히 정돈되어 있었다.

'어떻게 된 거야, 도대체 어떻게 된 거야.'

그는 머리를 두 손으로 움켜 쥔 채 그대로 바닥에 쓰러졌다. 다시 전화벨 소리가 들려 왔다. 성구는 벌떡 일어나 응접실로 달려가 수화기를 집어들었다.

"누구야, 누가 장난하는 거야?"

"저예요, 은경이…… 조금 전에……."

"알고 있어. 누구 목소리였어?"

"확실히는 모르지만 아무리 생각해도… 돌아가신… 사모님 목소리 같았어요……. 저 무서워요. 무서워서 호텔에 와 있어요. 거기 들어가기 싫어요."

"알았어. 거기 어디지?"

"너무 무서워서 택시를 타고 오다 보니까 워커힐까지 오게 되었어요. 로비에서 전화하는 거예요."

"알았어, 커피숍에서 기다려, 내 곧 갈게."

영문을 모르는 가정부가 밥상을 차린다는 말을 하는 동안 성구는 차고로 달려가 차를 꺼냈다. 그리고 속력을 내어 워커힐로 달려갔다.

은경은 구석에 혼자 쪼그리고 앉아 있다가 성구를 보자 벌떡 일어나 달려왔다.

"무서워요, 무서워서 견딜 수가 없어요."

"장난치는 거야, 누가 장난하는 게 틀림없어. 그래 목소리는?"

"사모님 목소리가 틀림없었어요, 처음 산에서 만났을 때…… 그리고 스키장엘 가면서 들은 그대로예요. 그 목소리가 맞아요. <u>흐흐흐……</u>"

그녀는 손수건을 꺼내 얼굴을 파묻고 숨죽여 울기 시작했다.

성구는 커피를 마시면서도 정신을 차릴 수가 없었다. 산장으로 걸려 온 전화도 분명히 아내의 목소리였다. 그것을 모를 리 없다. 많은 세월을 주고받은 목소리였다. 짧은 시간이기는 하지만 은경이도 혜정이와 이야기를 나누었다.

그 목소리가 들려 온 것이다. 더구나 살림의 내용까지도 속속들이 알고 있었다.

'혜정이는 죽지 않았는가? 그렇다면 누군가 목소리를 흉내내어 거짓말하는 것이 아닐까? 아니야, 단순한 장난이라면 집안 구석구석의 내용까지 알 수는 없어.'

"무서워요, 집에 들어가기 싫어요."

은경은 눈물을 닦으며 성구를 바라보았다.

"그래 집에 들어가지 말자. 여기서 오늘 밤 지내고 내일 속초로 떠나가자. 누군가 분명히 우리 뒤를 미행하고 있는 것이 틀림없어."

"도와 달라고 할까요, 경찰이나…… 너무 무서워요…… 산장에서 죽은 사모님이…… 속초 별장에서 선생님이 전화를 받았다고 했을 때 저는 선생님이 잘못 들이신 거라고 생각했었죠. 저는 똑

바로 들었어요. 사모님…… 목소리였어요."

"좋아, 들어가서 생각하자, 잠깐만 앉아 있어. 가서 객실 얻어
놓고 올 테니까."

성구가 객실을 예약하는 동안 은경은 꼼짝도 못하고 의자에
앉아 있었다. 그리고 겁에 질린 듯 주위를 두리번거리기 시작했
다. 마치 누군가가 자신의 뒤를 계속 밟는 듯한 그런 기분이었다.

은경은 불안한 얼굴로 일어나 성구의 뒤를 따라갔다.

"불안해 할 것 없어. 틀림없이 누군가가 장난치고 있는 거야,
죽은 사람이 어떻게 전화를 걸어! 문제는 어떤 놈이 왜 혜정이를
죽이고 우리까지 뒤쫓고 있느냐 하는 거지. 지금 우리 머리는 산
란해. 그래서 정리를 못하고 있는 것뿐이야. 조금 전에 전화했어.
아무래도 우리를 도와주어야 할 사람이 필요해."

"도, 도와 주다뇨. 누가……."

"처음에는 경찰 측에 의뢰할 까도 생각했지만 경찰 측에서 수
사를 해줄 만큼의 여유도 없을 테고 더구나 그들은 너무 고정 관
념을 가지고 있어. 좀더 객관적으로 판단할 사람이 필요해. 그래
서 선택한 것이 김민성 기자야, 조금 전에 전화했어. 이상한 사건
이 자꾸 발생해서 공포에 질려 있다고. 마침 여름 휴가가 시작된
다고 하더군. 휴가를 잡아먹는 건 미안하지만 꼭 좀 도와 달라고
했어."

"그랬더니요?"

"무조건 승낙이야, 그렇지 않아도 빚을 꼭 갚고 싶다고 하더
군."

두 사람은 호텔 객실의 의자에 앉아 잠시 생각에 잠기고 있었다.

성구는 죽은 아내가 살아 돌아올 리는 절대 없다고 생각했지

만, 그러나 목소리는 분명히 아내의 것이었다. 혹 누가 목소리를 흉내내어 협박하는 것이 아닌가 하는 생각도 해 보았지만 그러기에는 지금의 상황들을 너무나 잘 알고 있었다.

도무지 상상할 수도 없는 일이었다. 무엇인가가 압박해 가며 조여 오고 있다는 막연한 불안감이 그의 머리를 짓누르고 있을 뿐이었다.

잠시 후 구내 전화벨 소리가 들려 왔다.

"1706호 맞죠? 이성구 사장님."

"아, 김 기자님, 접니다. 갑자기 오시라고 해서 죄송합니다. 어서 올라오십시오. 기다리고 있었습니다."

"알겠습니다. 바로 올라가겠습니다."

김 기자는 엘리베이터에 몸을 실었다.

이 사장으로부터 온 전화는 뜻밖의 내용이었다. 그렇지 않아도 머리를 식힐 겸 별장을 간다는 말을 듣고 한 번 만나고는 싶었지만, 엄청난 격전을 치르고 난 후의 휴가 같은 기분이어서 참아 왔던 것이다. 그런 이 사장이 불쑥 전화를 걸어 만나자고 한 것이다.

"저 이성구입니다. 김 기자님. 제게 어려운 일이 생기고 있습니다. 좀 도와 주셨으면 해서요."

"이 사장님. 네, 그렇지 않아도 무척 뵙고 싶었는데…… 무슨 일이십니까?"

"이런 말씀 드리면 믿으실 지 모르겠습니다만, 죽은 아내 혜정 으로부터 끊임없이 전화가 걸려 오고 있습니다."

"네? 뭐라구요?"

정말 믿을 수 없는 말이었다. 김혜정의 시체는 병원에 안치되어 있다가 양쪽의 가족들 대표(대표라야 김혜정의 집에서는 그의 동생인 상무가 참석한 것뿐이지만)가 모인 자리에서 화장터로 옮겨갔고 거기서 한줌의 재로 변한 것뿐이었다. 그런데 이 사장은 죽은 혜정으로부터 전화가 걸려 오고 있다고 하는 것이다.

김민성이 객실의 문을 두드리자 문이 조심스럽게 열리며 이성구의 얼굴이 나타났다. 김민성의 얼굴이 보이자 그는 반갑게 맞아 주었다.

"아니, 얼굴이……"

"왜요, 제 얼굴이……"

생각보다도 무척 여위어 있었다. 얼굴은 창백해졌고, 무엇에 놀란 듯 초조하고 불안한 모습이 뚜렷이 나타나 있었다. 김민성은 의자에 앉으며 채은경을 바라보았다. 그녀 역시 창백하기는 마찬가지였다.

김민성은 담배를 꺼내 이성구에게 권하며 자신도 불을 붙여 길게 빨아들였다. 그동안 채은경은 룸 서비스에 부탁해 커피를 주문했다.

"상식적으로 있을 수 없는 일이죠?"

성구가 김민성 기자를 바라보며 어이가 없다는 듯 되물었다.

"전화 온 게 전부 몇 번이었습니까?"

"두 번이었습니다. 속초에서 한 번, 그리고 서울에 도착하자마자 한 번. 아, 한 번 더 있군요."

"전부 세 번이라는 말입니까?"

"네. 가정부에게도 왔었답니다. 제가 좋아하는 음식을 일러 주며 준비하라구요."

"……"

도무지 이해할 수 없는 상황이었다. 성구는 분명히 아내의 목소리라고 했다.

죽은 아내로부터 걸려 온 전화! 그것도 세 번씩이나, 이성구 사장의 말대로 상식적으로 있을 수 없는 일이었다.

"혹 범인들이 뒤따르며 장난하는 게 아닐까요? 가령 목소리 흉내를 낸다든가."

"하지만 그렇지는 않을 겁니다. 죽은 아내는 다른 것은 몰라도 내 옷만큼은 본인이 직접 관리했거든요. 어느 서랍에 무엇무엇이 있다는 것까지 정확히 일러 주었습니다. 그런 것은 흉내만으로는 불가능하죠."

"아무튼 어떤 변수가 있을 것이 분명합니다. 사장님!"

"네?"

"죽은 새가 노래하는 것을 들어 보셨습니까?"

"죽은, 새가 노래를……."

"네, 죽은 사모님이 전화할 수는 없다는 거죠. 다행히 제가 서둘러 휴가서를 제출했습니다. 제게 며칠만 여유를 주십시오. 그리고 서울을 아무도 모르게 떠나 속초로 가 계십시오. 반드시 이번 사건의 윤곽을 잡고야 말겠습니다."

위로의 말이 아니었다. 그는 정말 이번 사건을 끝까지 파헤쳐 보겠다는 결심을 보여주었다. 거기에는 두 가지 의미가 있다고 했다.

하나는 한때 이성구 사장을 궁지에 몰아넣고 매스컴을 이용하여 신랄한 비판을 가했던 일에 대한 사죄의 표현이며, 또 하나는 사건 자체가 너무나 신비로워 반드시 밝혀 보고 싶다는 호기심 때문이었다. 그리고 전화에 대해서는 너무 신경쓰지 말라는 충고까지 일러놓고 떠났다.

그러나 김민성 기자가 떠난 뒤에도 두 사람은 공포의 구덩이에 빠진 채 좀처럼 헤어나지 못하고 있었다.

성구에게나 은경의 귀에는 너무나 생생한 김혜정의 목소리 여운이 남아 있었기 때문이다. 유령일 가능성은 전혀 없었다. 애당초 그 따위 미신 같은 것은 믿어 본 일이 없는 김민성이었다. 누군가가 치밀하고 계획적인 접근을 시도하며 이성구와 채은경에게 접근하고 있다고 믿고 있었다.

다음날 아침. 이성구와 채은경은 김민성의 충고대로 아무도 모르게 살짝 호텔에서 나와 중부 고속도로를 이용해 서울을 빠져나와 속초로 돌아왔다.

그동안 몇 번에 걸쳐 미행자 유무를 확인해 보았으나 뒤따르는 사람은 없었다. 휴게소에서도 잠깐 들르는 척하다가 그대로 빠져 나오기도 했다.

더구나 새벽길이었기 때문에 쉽게 파악할 수 있었다.

"됐어. 우리가 속초에 도착한 것을 아는 사람은 김 기자밖에 없어."

현관에서 리모콘으로 차고 문을 열어 자동차를 집어 넣은 후 현관으로 들어갔다.

이때 먼저 들어간 은경이가 비명을 지르며 달려나왔다.

"이, 이것 좀…… 봐요. 누가 어느 틈에……."

그녀는 한 장의 메모지를 들고 있었다. 메모지는 항공 봉투에 들어 있었는지 은경은 종이와 봉투를 각각 한 손에 든 채 새파랗게 질려 있었다.

성구는 들고 있는 종이를 빼앗다시피 나꿔챘다.

성구 씨, 당신의 마흔 한 번째 생일을 진심으로 축하합니다.

혜정 올림.

생일! 그렇다, 어제가 바로 생일이었다. 그가 놀란 것은 생일 축하 편지 때문만이 아니었다.

1949년 4월 7일생. 이것은 호적은 물론 사회 생활에 필요한 모든 기록에 있는 출생 연월일이었다. 그러나 그것은 잘못 등재되었던 생일이었다. 실제 생일은 1948년 7월 20일로 집에서도 그날에 맞춰 가족 파티를 열었던 것이다.

'회사에서조차 내 생일을 4월 7일로 알고 있다. 또 학교도 친구들도 그렇게 알고 있다. 내 생일을 아는 것은 부모님과 혜정뿐이었다.'

놀라 떨고 있던 채은경은 한참 후에야 머리를 갸우뚱거리며 성구를 바라보았다.

"저…… 생신이, 봄이라고 하지 않았어요? 그런데 어제가…… 그리고 나이도 지금 마흔이시구요?"

정작 이성구의 실제 나이와 생일을 모르고 있는 것은 은경이였다. 성구는 굳이 그 사실을 밝히고 싶지는 않았다.

"어떤 놈이 장난친 게 분명해. 자 봐."

성구는 은경에게 주민등록증을 보여 주었다. 틀림없이 49년 4월 7일로 되어 있었다.

"우리가 별장에 도착하면 이걸 보고 놀랄 줄 알겠지만 미안하지만 이건 실수였어, 역시 전화를 한 놈은 누구인가를 시킨 게 분명해. 자, 걱정 말고 들어가."

그러나 성구의 마음은 도무지 안정되지가 않았다. 혜정이는 분명히 어제가 자신의 생일이며 현재 마흔한 살이란 것도 알고 있었던 것이다.

그는 불안하지 않을 수가 없었다. 여러 가지 상황이 어제가 생일인 것까지를 잊어버리게 할 만큼 그를 압박하고 있었다. 생일 축하 글까지 보낸 김혜정! 그녀는 정말 죽었는가 살았는가?

성구의 머리는 다시 혼란에 빠지기 시작했다.

김민성 기자와 박영웅 변호사, 아니 최찬일 형사까지도 모두가 김혜정이 사망했다고 자신에게 거짓말하는 것은 아닐까? 아직 죽지 않은 김혜정을 입원시켜 완치시킨 후 자신에게 정신적인 압박을 가하게 함으로써 자신이 스스로 살인범이라는 백기를 들고 나오게 만들려는 것은 아닌가?

이상한 일은 그것만이 아니었다. 놀란 마음을 진정시키며 서재에 들어온 성구는 책상 위에 있는 한 통의 우편물을 발견할 수 있었다.

우편물 속에는 마치 여권처럼 딱딱하고 두터운 것이 포장되어 있었고 그 속에는 한 장의 메모가 적혀 있었다. 내용은 성구를 또 한 번 놀라게 만들고 있었다.

'제 정기 적금 통장이에요. 그동안 계속 납입시켜왔는데 이 달부터는 돈이 모자라요. 당신이 대신 넣어 주세요. 두 번만 더 납입하면 적금이 끝나요. 계약액은 2천만 원이에요. 제 건강이 회복되면 유럽 여행이라도 할까 해서 시작한 것인데 제 체력으로는 틀린 것 같아요.'

성구는 정신없이 나머지 봉투를 뜯었다. 국민은행의 가계 종합 적금이었고, 총계약 금액은 2천만 원, 매달 110만 원씩 납입되어 있었다.

편지의 내용대로 만기가 두 달 남아 있었다.

성구는 통장과 편지를 든 채 밖으로 뛰어나왔다.

"은경이…… 이 우편물…… 어디서 났지?"

"마당에 떨어져 있어서 갔다 놓은 거예요."

"알았어!"

"무슨 일이 있으세요?"

그러나 성구는 대꾸하지 않았다. 혜정이가 시체로 발견된 것은 지난 1월. 그때부터 6월까지 적금은 매월 30일에 꼬박꼬박 납입되어 있었다.

성구는 은행 통장의 천호동 국민은행 지점으로 전화를 걸었다.

"네, 042-21-0428-829 계좌 번호입니다. 이름은 이성구. 주민등록번호 490407-1047532. 네, 제가 본인입니다. 제 아내가 저 모르게 적금을 부은 모양인데……"

"알겠습니다. 잠깐만 기다리십시오."

약 2분 정도의 시간이 흘렀다. 전화는 담당에서 지점장으로 바뀌었다.

"아, 네, 알고 있습니다. 두 달 남았군요. 혹 대출이 필요한 건 아니십니까?"

"그런 게 아니구요……"

누가 은행에 가서 적금을 부었느냐가 알고 싶었던 것이다. 그러나 오래 전부터 돈은 온라인을 통해 입금시킨 것으로 밝혀졌다.

"적금이 끝나는 날로부터 1개월 후에 지급해 드립니다. 돈에 여유가 있으시다면 정기 적금으로……"

"알겠습니다. 두 달 후에 찾으러 가겠습니다. 제가 직접 찾으러 가죠."

성구는 수화기를 내려놓았다. 갑자기 머리가 텅 비는 것만 같았다. 그는 다시 편지를 꺼내 읽어 보았다. 글씨도 아내의 글씨가 틀림없었다. 그리고 다시 생각하기 시작했다.

'죽은 것은 아내가 아니었는지도 몰라! 그 당시 너무 당황해서 비슷한 얼굴을 아내로 착각했는지도 모르지…… 아니야, 처남도 확인했고 죽은 뒤에도 내가 직접 보았어. 그렇다면 혜정에게 쌍둥이가 있었나?'

설혹 그렇다 하더라도 죽은 아내는 나타나야 원칙이고 죽은 쌍둥이를 누군가가 찾아 나서는 게 순서일 것 같았다. 그러나 지금까지 한 번도 쌍둥이 동생이나 언니가 있다는 말은 들어본 적은 없었다.

성구는 이 적금 통장에 관한 이야기를 은경에게 이야기하지 않았다. 그녀에게 더 이상 두려움과 공포를 주기는 싫었기 때문이었다.

그러나 문제는 그것으로 끝나지 않았다. 은경이가 속초에 도착한 지 하루만에 덜컥 병석에 누운 것이다. 속초에서 의사가 왔다 갔다. 여름 감기 증상이 조금 있기는 하지만 전혀 이상은 없다고 했다.

"글쎄요, 약간의 미열이 있기는 하지만, 그리 걱정할 만한 병은 없습니다. 시골 의사라고 얕보지는 마십시오, 서울 세브란스 병원에 있다가 고향에 찾아와 새로 개업했으니까요. 정 제가 못 미더우시면 서울로 가서 진찰하셔도 좋습니다. 아는 의사에게 의뢰해 드릴 수도 있으니까요."

그러나 의사를 의심하는 것은 아니었다. 그녀의 증상은 어쩌면 그렇게도 혜정과 닮았는지 알 수가 없었다.

멍하니 앉아 창 밖을 바라보기도 하고, 또 밥도 먹는 둥 마는 둥 그냥 물리치기가 일쑤였다. 시내에서 고용한 시간제 파출부가 있는 정성을 다해 음식을 차리지만 세 수저 뜨는 것을 볼 수가 없었다. 그뿐 아니라 성구가 그녀의 침실을 찾는 것도 아주 질색을 했다.

"죄송해요, 정말이에요. 전혀 생각이 없어요. 한 며칠만 피해 주세요."

혜정이가 본격적으로 병석에 누울 때처럼 그녀는 밥과 섹스를 철저히 기피하기 시작했다. 성구는 초조하고 불안해서 견딜 수가 없었다. 자칫 은경이마저 아주 병석에서 죽어 버리면 성구에 대한 의혹의 시선은 갈수록 따가워질 것이며, 두 사람의 죽음에 대해 강력한 의문을 제기하게 될 것이다.

성구는 그것이 견딜 수 없을 만큼 극심한 고통으로 다가오고 있었다. 이제는 가만히 앉아만 있어도 죽은 혜정의 목소리가 들리는 것만 같았고, 방금이라도 불쑥 나타나 은경의 목을 졸라 숨통을 끊어 놓을 것만 같았다. 천호동 집으로 다시 돌아가고 싶었으나 은경이가 결사 반대로 거절하고 있었다.

"아무래도 악령이 깃든 거야."

밤이 깊었다. 별장은 정적 속에 묻힌 채 한여름 밤의 시원한 바람을 맞고 있었다. 지칠 대로 지친 성구는 깊이 잠들어 있는 은경을 한 번 돌아본 후 다시 서재로 올라왔다. 올라오면서 복도에 있는 스위치를 눌러 불을 켰다.

수영장 공사장 근처 정원수 사이에서 야간등이 켜졌다. 수영장은 이제 한 달만 지나면 완공된다.

이때 어둠 저쪽으로 훌쩍 담을 넘어오는 그림자가 보였다. 성구는 깜짝 놀라 실내의 불을 끄고 조용히 베란다로 기어나갔다. 검은 그림자는 정원수를 몇 번이나 돌더니 천천히 집을 향해 기어오기 시작했다.

성구의 온몸이 갑자기 뻣뻣하게 굳어졌다. 너무나 긴장한 탓이었다.

'안 돼. 이러면 안 돼. 혜정이를 살해하고 은경과 나를 노리는 놈이야.'

성구는 집안의 모든 등을 끄고 밖으로 뛰어나와 공사장의 연장을 들고 고함을 지르며 정원 쪽으로 달려나왔다.

"어떤 놈이야, 나와! 죽여 버리겠다."

손에 들고 있는 괭이를 휘두르며 정원 사이를 헤매고 다녔지만, 숨었는지 사람은 그림자도 보이지 않았다.

이때 갑자기 온 집안의 전깃불이 일시에 켜졌고, 숨어 있던 그림자는 다시 벽돌담을 뛰어넘어 어둠 속으로 사라졌다.

고함 소리에 놀라 은경이가 불을 켜고 마당으로 달려나오고 있었다.

"이 개같은 년, 죽여 버릴 테다. 그냥 두지 않겠어."

아프다고 누워 있던 은경은 어디서 그런 힘이 솟구치는지 마치 성난 표범처럼 성구에게 덤벼들고 있었다. 하얀 잠옷에 머리까지 풀어헤쳐 마치 마귀 같은 몰골이었다. 그리고 그녀는 사정없이 성구에게 대들어 칼을 휘둘러댔다.

"은경아, 나야, 정신차려!"

칼날을 피하면서 같이 소리질렀으나 입에 거품까지 문 채로 그녀는 점점 더 거칠게 성구에게 돌진해 왔다. 그녀가 움켜 쥔 칼날이 목젖을 파고들자 성구는 옆으로 비켜서면서 괭이 자루로 은경이 뒤통수를 갈겨 쓰러뜨렸다.

그리고 성구도 그 자리에 털썩 주저물러 앉았다. 숨이 가빠 가슴이 터질 것만 같았으나 쓰러진 은경을 들쳐업고 힘들게 침실로 들어왔다. 얼마나 세게 때렸는지 뒤통수에서 피까지 흐르고 있었다.

성구의 마음이 진정될 때가 되어서야 겨우 은경은 정신을 차렸다.

그녀는 머리를 휘감고 있는 붕대를 만지며 성구를 바라보았다.

그 순간 그녀의 눈이 크게 팽창되면서 비명을 질렀다. 그리고 다시 털썩 쓰러졌다.

"어떻게 된 거예요."

눈을 뜬 은경은 방안을 둘러보며 물었다. 전혀 낯선 방이었다. 팔뚝에는 반쯤 남아 있는 링거 병으로 이어진 주사 바늘이 꽂혀 있었다.

"은경아! 어젯밤 도대체 무얼 본 거야!"

그녀는 아직도 뒷머리가 아픈지 손을 뒤로 먼저 올려갔다.

"어디에 계셨어요? 아무리 소리질러도 잠을 깰 수가 없었어요. 잠을 자다가 기(氣)가 죽었나봐요. 사모님이 보였어요, 정원에서 웃으면서 내게 달려들었어요. 저는 너무나 두려워…… 그리고…… 어떻게 됐는지 전혀…… 그런데 여긴…… 어디예요."

"헛것을 본 거야. 진정해, 이젠 괜찮을 테니 아무 걱정하지 마, 여기는 병원이야, 링거 다 맞으면 돌아가자."

"서울로?"

"아냐, 어젯밤 누군가 집으로 침입해 들어왔어. 불행히 놓치긴 했지만 그때 은경이가 칼을 들고 내게 덤빈 거야. 어쨌거나 도망친 놈이 우리를 노리고 있는 게 분명해."

"누가 우리를 노리고……"

"침입자가 어제 나를 노린 건지 은경을 노린 건지는 분명치가 않지만 아무튼 목표물은 우리 둘이 틀림없어! 도대체 어떤 놈이 무슨 원한을 가졌는지 알 수가 있어야지."

계속되는 전화와 편지. 그리고 다가오는 보이지 않는 침입자. 이제는 성구도 지칠 대로 지쳐 버렸다. 불과 몇 개월 사이에 살인범으로 몰려 법정에 섰고, 사형 직전에 구출되기도 했다. 그 사이 아내가 죽고 새로운 여인을 얻었고, 죽은 아내로부터 끊임없이 전화가 걸려 오고 있었다. 병원 의자에 앉아 성구도 쓰러져가는 몸을 겨우겨우 지탱해 나가고 있었다. 그의 정신이 서서히 몽롱해지기 시작했고, 눈의 망막에 죽은 아내가 보이기도 했다.

'아이, 당신도 절 떼어놓고 혼자 집엘 가시면 어떡해요, 지금 당장 절 데리러 스키장으로 오세요, 추워 죽겠어요!'

성구의 귀에 누군가 속삭이듯 혜정의 목소리가 들려 왔다. 마침내 성구는 두 손으로 귀를 틀어막으며 그 자리에 쓰러졌다.

다음날 오후가 훨씬 지난 뒤에 두 사람은 겨우 원기를 회복하고 퇴원할 수 있었다. 병원에서 별장까지 오는 동안 두 사람은 한마디도 하지 못했다.

그들의 머리 속에는 이제 두려움과 공포밖에 남은 것이 없다. 그뿐 아니라 한마디라도 말을 나누고 싶을 만큼의 여유가 없었다.

집에 이르러서야 은경은 성구를 바라보며 말을 건넨다.

"앞으로 어떡하면 좋겠어요, 너무 두렵고 또 지쳤어요. 집에도 별장에도 가고 싶지 않아요."

"알아! 알고 있어. 하지만 참아야 돼. 이를 악물고서라도 별장을 지켜야 돼. 우리 생명을 노리고 있는 놈들은 반드시 또 습격해 올 거야, 그때는 반드시 잡아내고야 말겠어. 그리고 우리를 습격하는 이유부터 알아보겠어. 절대 포기하지 않아."

성구는 이를 악물며 은경을 집으로 끌어들였다.

"걱정할 것 없어. 어떤 일이 있더라도 내가 지켜 줄 거야."

신음처럼 내뱉으며 나무토막 쓰러지듯 침대에 털썩 쓰러졌다. 그날 밤 성구는 39도를 넘는 신열과 헛소리로 밤을 지새웠다. 성구의 발열과 고통으로 은경은 아픈 몸을 무릅쓰고 밤새워 간호했고, 다음날 새벽에야 조금씩 회복되어 갔다.

성구는 참으로 견디기 어려웠다. 부서질 듯 아파 오는 머리와 가슴을 뒤흔드는 공포 때문에 잠시도 편안한 시간이 없었다. 그는 병원에서 지어 준 진통제를 꺼내 몇 알 털어 넣었다. 이를 악물고 통증을 참아 내고 있었다. 약을 먹었으니 잠시만 참고 있으면 가라앉을 것이다. 어느 정도 지나자 통증이 조금씩 가라앉기 시작했다. 그는 누운 채 천장을 바라보고 있었다.

천장에는 고급 샹들리에가 붉고 흐린 빛으로 조명되고 있었다. 누워 있던 성구가 벌떡 일어났다. 그리고 두리번거리기 시작했다.

똑같은 아내 목소리였다. 어디서 들려 오는지 방향은 알 수 없지만 분명 어느 구석에선가 아내의 목소리가 연속적으로 들려오고 있었다. 그리고 그 목소리는 분명히 아내의 목소리였으나 지난번과는 다른 내용이었다.

"여보, 저 죽지 않았어요, 왜 날 버리고 가는 거예요. 절 놔두고 혼자 가서 어쩌자는 거예요, 제발 절 데려가 주세요."

그는 귀를 틀어막고 밖으로 뛰쳐나왔다. 그리고 있는 힘을 다해 고함을 질러 댔다.

"으아-악, 아-악."

비명을 지르며 눈을 떴다. 두 손은 허공을 맴돌고 있었다. 몸은 땀으로 흠뻑 젖어 있었다.

이틀 동안이나 혼수 상태에 빠져 있었다고 했다. 천천히 아주 천천히 의식이 회복되고 있었다.

"여, 여기는……."

그의 눈에 강관선 선배와 김민성 기자 그리고 은경의 얼굴이 보였다. 입술이 하얗게 부르튼 은경이가 성구의 손을 잡아 주었다.

"김혜정 씨의 죽음이 지나치게 정신을 압박하고 있는 것 같아요."

김민성이 성구와 하얀 가운을 입은 의사를 바라보며 말했다.

"충격이 컸던 모양입니다. 한 달쯤 요양을 하시는 게 어떨까요?"

의사가 은경에게 의사를 타진했다.

그 상황에서는 어쩔 수 없는 노릇이었다. 은경은 잠시 고개를 숙이고 생각에 잠기는 듯했다.

"좋아요, 우선 일주일만 입원을 했으면 좋겠어요, 그리고 미국에서 치료를 받도록 했으면 좋겠어요, 멀리 가면 서울이나 진부령에서의 악몽을 잊지 않겠어요?"

발병의 원인이 심리적인 것이라고 판단해 정신과 병원으로 후송시킨 것이다.

심리적인 불안, 정신적인 갈등, 그리고 엄청난 사건을 치르고 난 뒤의 경악이 모두 한꺼번에 몰려온 것 같다고 의사는 설명했다.

"신경이 예민해지면 환청도 듣게 되고 심하면 환상까지 보게 되지요. 그리고 자신은 언제나 누군가와 이야기를 나누고 있다는 착각에 빠집니다. 아무리 해도 죽은 사람이 옆에 찾아와 속삭일 리는 없죠. 사모님께서 꼭 미국으로 건너가시겠다면 그쪽 병원을 소개해 드릴 수는 있습니다. 환경이 바뀌면 자연 치유되는 법도 있으니까요."

그러나 강 선배는 선뜻 승낙하지 않았다. 그는 채은경과 의사를 번갈아 보며 조심스럽게 의견을 꺼냈다.

"미국으로 건너가는 것은 좋다고 생각합니다. 그렇지만 일단 본인의 의사를 확인해야 하지 않을까요? 지금은 정신 상태가 너무 불안합니다. 어느 정도 회복되면 본인의 의사를 물어 본 뒤 결정해도 늦지는 않을 겁니다."

말의 내용은 의사(意思) 개진이었지만 표정은 단호한 결정이었다. 실질적인 성구의 후견인이라고도 할 강관선 회장의 말을 가로막고 나설 사람은 아무도 없었다. 그는 일주일 후에 다시 만나자며 돌아갔다.

'월권 행위야, 성구 씨는 반드시 미국으로 건너가야 돼. 아무리 반대해도 나는 꼭 보낼 거야, 아내의 자격으로, 나도 권리가 있어.'

강관선 회장과 김민성 기자가 돌아가자마자 은경은 아직도 제대로 정신을 차리지 못하고 있는 성구를 설득하기 시작했다.

"미국으로 건너가야 해요. 이게 어디 사람 사는 거예요. 무섭고 두려워서 아무 것도 못하겠어요. 그 동안 제 몸무게만 해도 8킬로그램이 줄었어요. 도무지 이해할 수 없어요. 왜 강 회장님은 제 의견에 번번이 반대인지 모르겠어요."

"……"

"정말 견딜 수가 없어요. 밤마다 악몽에 시달리고 환청에 몸서리치고, 이렇게 살다가는 제풀에 말라죽을 거예요. 떠나요. 환경이 바뀌면 모든 것은 좋아질 거예요."

"알았어, 알았다니까. 당신 마음대로 해."

"공연히 투정을 했나봐요. 병이 이대로 더 악화되다가 정말 미쳐 버리고 말 거예요. 제가 먼저 죽어 버릴 것 같아요. 미치겠어요. 해만 지면 두렵고 떨려서 견딜 수가 없어요."

은경은 누워 있는 성구의 품에 얼굴을 파묻고 마침내 참고 참아 왔던 오열을 터트리기 시작했다. 성구는 이전보다 훨씬 여윈 그녀의 어깨를 조심스럽게 감싸 안았다.

"알았어. 너무 걱정할 것 없어. 퇴원하고 강 선배님한테 말씀드려. 공장과 집들을 정리하겠어. 그리고 한국을 떠나는 거야. 힘들어. 나도 정말 힘들어."

성구는 가냘픈 목소리로 은경의 귀에 대고 속삭였다.

입원한 지 일주일도 못 되어 성구는 퇴원했다. 퇴원하면서 곧바로 속초 별장으로 옮겼다.

집이 편하기는 하겠지만 혜정의 냄새가 너무 짙게 배어 있어 정신적으로 좋지 않을 것이라는 은경의 배려에서였다. 다만 며칠 약을 먹고 주사를 맞아서인지 성구는 조금씩 평정을 회복하기 시작했다.

속초로 떠나오기 전 은경은 강관선 회장을 만났다. 이제는 결판을 내야겠다는 생각을 한 것이다.

"강 회장님, 여러 가지로 보살펴 주셔서 무어라고 감사의 말씀을 드려야 할지 모르겠습니다. 우리 그 분은 오늘 퇴원합니다."

갑자기 나타나 퇴원시킨다는 말에 강 회장은 깜짝 놀랐다. 아직 퇴원할 시기가 아니기 때문이었다.

"퇴원이라뇨?"

"서울에서의 치료는 아무 보람이 없습니다. 미국으로 떠나야겠어요."

"미국?"

"왜 이리 놀라세요? 치료차 가려는 게 아니고 아주 이민 가기로 결정했어요."

"이민?"

한마디 한마디가 놀라운 선언뿐이었다. 이민이라는 생각은 꿈에도 해보지 않은 일이었다. 더구나 그것이 성구의 뜻인지 은경의 일방적인 생각인지는 파악조차 할 수 없는 형편이었다.

"누구 생각이죠?"

"우리 둘이 합의한 거예요. 그래서 미리 부탁드리러 온 겁니다. 사실은……"

성구가 일구어 놓은 재산은 전부 되돌려 달라는 이야기였다. 이제는 법이 바뀌어 해외에서 투자해도 어느 정도의 재산을 취득해도 괜찮게 되어 있었다.

강 회장은 선뜻 마음이 내키지 않았다.

"좋습니다. 그렇다면 법적 절차가 있어 어느 정도의 시일을 요합니다."

"그건 저희들도 마찬가지예요. 수속이니 뭐니 해서 시간이 필요하거든요. 하지만 한 달 내로 전부 옮겨 주세요."

"이 사장 재산이 제게 있다는 걸 이 사장이 얘기하던가요?"

"그럼 제가 모르리라고 생각하셨나요? 가상하군요. 마치 남편의 재산이 회장님께 있는 것조차 제가 모르기를 원하고 있는 것 같네요. 그러다 정작 남편이 죽고 나면 재산은 그냥, 그래서 미국에 치료차 가는 것까지 반대하셨나요? 알겠어요, 저도 좀 알아봐야겠어요. 회장님이 갖고 있는 진실이 무엇인지."

"허…… 부인, 그게 아니라니까요, 제 말씀 잘 들어……."

"들어보긴 뭘 들어봐요. 알겠어요. 선배입네, 회사 키워 주겠네, 하면서 이제 자랄 만큼 자랐으니 순을 자르겠다 이거죠. 전 남편이 죽기를 바라는 사람이 하나밖에 없는 줄 알았어요. 성구 씨 첫 부인을 살해한 범인. 그런데 알고 보니 회장님도 우리 그이가 죽기를 학수고대하셨군요. 오늘 일 절대 잊지 않겠어요."

은경은 강 회장이 채 대답도 하기 전에 홀쩍 돌아가 버렸다.

그러나 강 회장은 그녀의 그런 말을 듣고도 전혀 움직일 생각을 하지 않았다. 그리고 곧장 다이얼을 돌렸다.

"아, 김 기자님, 어떻게 되었습니까?"

김민성 기자였다. 강 회장의 전화를 받으며 그는 회심의 미소를 지었다.

"일단 실마리를 풀었습니다. 조금만 기다려 주십시오."

"사실은 방금 채은경 씨가 다녀갔습니다. 이 사장 돈을 모두 내놓으라는 거예요."

"허허…… 예상했던 것 아닙니까? 설마 다 넘겨줄 테니 기다려라 하시진 않으셨을 테죠? 하하하."

"허허, 알아주시니 고맙군요. 두고 보자며 그냥 돌아가더군요. 아무튼 김 기자님이 빨리 손을 써야겠어요. 혹 경비가 필요하면 내게 청구하시오. 서슴지 마시고, 쥐꼬리만한 월급 내가 모르는 줄 압니까? 일단 잘 끝나면 내 보너스로 깜짝 놀랄 만큼 드리리다."

"아무튼 감사합니다."

의미를 알 수 없는 두 사람의 통화가 끝났다.

한편 별장에서의 은경은 성구를 설득시키는 데 일단 성공한 셈이었다. 매일매일 시달리는 악몽으로부터의 탈출은 이 땅을 떠나는 것뿐이었고, 새로운 나라에서 새롭게 삶을 시작하자고 한 그녀의 말에 성구는 동의하지 않을 이유가 없었던 것이다.

강 회장에게 한 달간의 여유를 주었다. 그 안에 성구의 재산을 하나 빠짐없이 돌려 줄 것을 강력히 요구했다.

그러나 재산은 강 회장에게 가 있는 것만이 전부가 아니었다. 우선 천호동의 1억 5천만 원을 받을 수 있는 저택과 이 별장이 있었다.

은행에 들어가 있는 저금은 찾으면 그만이고 김혜정이 소유하고 있던 귀금속 등 패물만도 1억 원 이상은 되었다. 그러나 그 정도는 강회장에게서 회수할 돈에 비하면 아무 것도 아니었다.

강 회장이 손에 움켜쥐고 내놓지 않으려는 공장 처분 가격이 은행 융자를 제한다고 해도 10억 원은 충분히 될 것이다.

'만약 강 회장이 내놓지 않는다면?'

재산을 회수하기 위해서는 어떤 투쟁도 불사하겠다는 의지뿐이었다.

'만일 재산을 가로채겠다는 의사가 조금이라도 보인다면 법적 투쟁은 물론 언론에도 호소해 한푼 빼앗기지 않고 찾으리라. 단 1원 한 장도……'

"뭘 그리 골똘히 생각하고 있어?"

"모르세요? 당신 선배라는 사람!"

"강 회장님, 그 선배님이 왜?"

"당신은 너무 착해서 탈이에요."

언제부터인가 은경은 성구를 당신이라고 부르기 시작했다.

"무슨 말이야?"

"강 회장이 당신 재산에 욕심 내는 거 알아요? 그냥 쉽게 돌려주지 않을 눈치예요. 제 말이 맞아요."

"뭐라고? 오늘날 내가 이만큼이라도 성장하게 된 은인이 누구인데? 단돈 3천만 원으로 시작한 사업이 이 만큼 큰 거야. 강 선배님 아니었으면 어림도 없었어."

"당신은 속고 있어요. 있잖아요, 키워서 잡아먹는 거, 지금 꼭그 짝이라고요."

아무리 설명해도 소용없었다. 성구는 그만큼 강 선배를 믿고 있었으며 은경은 그럴수록 불안하기만 했다.

'강관선 그 사람, 정말로 남편을 없애려고 준비할지도 몰라. 아무튼 재산은 절대로 빼앗기지 않아!'

미로를 찾아서

날이 어두워지기 시작했다. 장마철 끄트머리인데도 빗줄기는 좀처럼 멈출 기세를 보이지 않고 있었다. 성구가 퇴원한 지도 벌써 나흘이 지났다.

마음의 안정을 찾기만 하면 언제 입원했느냐는 듯 성구는 정상의 컨디션을 찾았다. 사고력도 체력도 입원하기 전과 다를 바가 없었다.

불안과 고통의 나날을 보내던 성구로서는 마치 오랜 항해에서 모처럼 귀국한 외항선이 부두에 정박하듯 은경의 따뜻한 체온 속에서 안온한 행복감과 정신적인 평정을 회복하기 시작했다.

완공된 옥외 소형 수영장으로 빗줄기가 꽂히는 것을 바라보고 앉아 있는 성구에게 은경이가 다가왔다.

"오늘 컨디션이 좋으신 것 같아요."

"음, 속에서 힘이 솟구치는 것 같아. 며칠째 환청도 들리지 않고."

은경은 의자 뒤에서 성구를 조심스럽게 감싸 안았다. 그리고 잠옷 속으로 보드라운 손을 집어넣었다.

"후후, 후후……."

은경이가 키득대며 웃었다.

"왜 남자들에게는 이런 불필요한 게 붙어 있는지 몰라요. 도대체 이거 무슨 소용이 있죠?"

가슴 털이 엉켜 있는 속으로 두 개의 조그만 젖꼭지가 붙어 있었고, 은경은 손가락으로 그것을 매만지고 있었다.

"흐음…… 이거, 필요하지, 은경이가 그렇게 만져 주니깐 좋은 걸."

"흐흐, 우습네요, 우리 것은 크고 아름답고 부드럽잖아요. 그래서 남자들이 한 번 만져 보기라도 하려고 별 수단을 다 쓰는데…… 이건 도무지 건포도 붙은 건지 폼으로 있는 건지 볼품없고 딱딱하고 효용성도 없고……."

고개를 숙여 성구의 목덜미에 은경의 볼이 닿았다. 길고 치렁치렁한 머릿결이 그의 얼굴을 간지럽혔다.

성구는 손을 뒤로 돌려 은경의 목덜미를 당겨 입술을 찾았다. 얼굴을 젖힌 채 두 사람은 한참 동안이나 뜨거운 키스를 나누었다. 뒤에 있는 은경을 앞으로 끌어당겨 무릎에 올려놓았다. 그리고 손으로 그녀의 잠옷 단추를 풀어 헤쳤다.

언제 보아도 가슴을 울렁이게 만드는 것은 방금 은경이가 말한 그 부드럽고 아름다운, 그리고 우윳빛처럼 눈부신 두 개의 유방이었지만, 성구는 그녀의 어깨에 걸려 있는 두 개의 브래지어 끈에 더 큰 매력을 느끼고 있었다.

그녀의 가슴에 안겨 그 끈을 매만지고 있노라면 어느 틈엔가 그의 가슴속에서는 활화산 같은 불꽃이 타오르고 마침내 참을 수 없는 욕정에 몸을 떨었다.

지금이 그랬다. 그는 입술로 브래지어의 끈을 핥아 가며 점점 더 깊은 젖무덤의 계곡으로 파고들기 시작했다.

그는 황홀했다. 실크 원피스 위로 부풀어오른 두 개의 유방도 브래지어만 벗어버리면 절벽처럼 아무 것도 없는 혜정이의 가슴에 번번히 좌절과 실망만 느껴오던 성구는 마치 새로운 엄청난 세계라도 발견한 듯 은경의 가슴속에 묻혀 어쩔 줄 모르는 환희의 기쁨을 탐닉하곤 했다. 성구를 더욱 기쁘게 만드는 것은 얇은 입술 사이로 새어나오는 감미로운 그녀의 신음과 춤을 추듯 입 속에서 율동하는 촉촉한 그녀의 혀. 그리고 마치 온몸을 하늘로 띄우듯 경련을 일으키게 하는 다섯 손가락의 절묘한 애무였다.

아늑한 솜 이불에 싸인 채 깊고 깊은 계곡으로 떨어지듯 그는 신비로운 전율과 온 육체의 구석구석을 매만지는 그 신비로운 손가락의 마술에 마침내 온몸을 떨며 신음을 뱉어내곤 한다.

이때쯤이면 은경의 손가락은 춤추는 요정처럼 너울거린다. 마지막 절정의 순간을 재촉하듯 숨가쁘게 은경의 손은 자신의 팬티 속으로 기어들어간다. 행복의 절정에서 기묘한 쾌락과 참을 수 없는 즐거운 고통에까지 이르면 은경은 언제나처럼 스스로 자신의 마지막 잎새를 던져 버리고 저 먼 태고적부터 이어온 신비의 몸을 벌린다. 그리고 깊은 곳으로 성구의 체온을 받아들인다.

신음과 교성이 어울리면서 아늑한 절정의 순간에 이르면 처음 문을 열어 준 이브가 왜 죄인인가를 생각하게 한다. 이 엄청난 기쁨과 쾌락을 위해 하나님은 서로 다른 두 개의 성기(性器)를 만들어 놓고 왜 그것을 자제하라 했는지 알 수가 없다.

두 사람은 땀으로 범벅이 된 채 소파 위에 뒹글고 있었다.

"여보, 행복해요."

"음, 견딜 수 없어."

"오랫동안 이 행복을 즐길 거예요. 절대 당신을 놓치지 않겠어요. 우리 빨리 미국이나 유럽이나 어디로든 떠나요. 이 땅은 싫어요. 악령이 따라다니는 것만 같아요."

"가지, 강 선배한테서 모든 걸 찾아오겠어. 그건 내 거야."

"좀더…… 더, 나에게서 떨어져 나가지 말아요. 행복해요."

두 사람의 몸은 한 시간이 넘도록 떨어질 줄 몰랐다. 질펀한 땀과 애욕의 끝은 남들처럼 결코 허무하지 않았다.

위기로 몰린 두 사람은 이 뜨거운 정사로 더욱 결속을 다짐했고, 일체감 형성에 큰 공이 되어 주었다.

은경에게서 떨어져나간 성구는 의자에 앉아 몸을 젖혔다. 그리고 눈을 감았다.

죽은 아내도, 그리고 함께 고통의 동반자로 나선 은경도, 자신마저도 잊은 채 그는 아늑한 곳에서 다가오는 잠의 심연으로 깊이 빠져들기 시작했고, 은경은 잠자는 성구의 얼굴을 표정 없이 바라보고 있었다.

맞은편 숲속에서 비를 맞아가며 쌍안경으로 이들의 정사를 하나도 남김없이 훔쳐보던 김민성은 문득 어디선가 들려 오는 인기척에 놀라 몸을 숨겼다.

성구의 토로대로 누군가가 이 별장에 습격해 들어왔다면 그는 반드시 또 한 번 찾아올 것이라고 확신하고 있었다.

회사의 일들을 대강 마무리짓고 3일간의 휴가를 얻어 별장을 지키기로 한 것이다. 동대문 시장에서 구입한 군용 판초 우의를 머리부터 뒤집어 쓰고 밤마다 담 넘어 보이는 별장의 안채를 훔쳐보며 사흘을 보냈던 것이다.

이날 밤, 뜻하지 않게도 뜨거운 두 사람의 정사에 넋을 잃고 있었다. 그 때문에 뒤늦게야 부스럭거리는 인기척을 느낀 것이다. 그는 풀숲에 잔뜩 구부린 채 어둠 속을 응시하기 시작했다.

문제의 인물은 불과 7, 8미터도 떨어져 있지 않은 곳에서 역시 이들의 정사가 끝나기를 기다리고 있기라도 한 듯 움직이기 시작했다.

그도 김민성의 인기척에 놀랐는지 잠시 주저하다가는 그대로 번개처럼 튀어 달아나기 시작했다.

'맞다. 저놈이 틀림없다. 이 사장의 집을 습격한 놈이야.'

그는 이제 막 숲과 빗줄기를 뚫고 사라지는 사내의 뒤를 따르기 시작했다.

이렇게 숲속에 숨어서 침입자를 잡아 보겠다고 나선 것도 꾸준히 단련해 온 체력과 호신술을 믿었기 때문이었다. 언제 어떤 일이 닥칠지 알 수 없는 사회부 기자에게는 기사 작성 능력과 취재 재능 못지않게 강력한 체력이 요구되고 있었다.

도망치는 놈이 범인의 하수인이거나, 아니면 범인 당사자일지도 모른다. 아니, 어쩌면 그는 성구나 은경의 지휘를 받은 엉뚱한 인물인지도 모른다.

익숙하지 않은 산길이었지만 사력을 다해 달려갔다. 그림자는 이제 불과 1, 2미터 앞으로 압축되어 왔다.

"움직이면 쏜다!"

김민성은 두주먹을 불끈 쥐고 있는 힘을 다해 고함을 질렀다. 그림자가 주춤하는 사이 그는 그림자 뒤로 바짝 달라붙어 두 다리를 움켜쥐고 그대로 나뒹굴었다. 그 통에 두 사람은 한데 엉켜 5, 6미터나 되는 고랑으로 굴러떨어졌다.

떨어지면서 민성은 주먹을 녀석의 얼굴을 향해 힘껏 내리꽂았다.

"퍽!"

소리와 함께 녀석은 비명을 지르며 나가 떨어졌다. 보기보다 약하다는 판단이 들자 이번에는 운동화 발로 턱을 강타했다.

"아이쿠!"

두 손으로 얼굴을 감싸는 녀석의 멱살을 잡고 큰길로 내려왔다.

힘으로는 도저히 당할 수 없다고 판단했는지 그저 때리지나 말라는 듯 순순히 말을 들었다.

자동차의 라이트를 켜고 녀석의 얼굴을 들여다보았다. 코피가 터져 얼굴이 핏덩이로 범벅이 되었다. 나이는 이제 겨우 스물 대여섯밖에 되어 보이지 않았고 짧은 머리를 하고 있었다.

"너 누구야? 말하지 않으면 여기서 죽여 버리겠어. 아무도 본 사람이 없어. 죽여 버리고 숲속에 버리면 그만이야."

"저…… 저, 용서하세요. 돌려보내 주세요."

"분명히 말해 두겠는데, 너 여기 온 거 처음이 아니지."

"네? 처, 처음이에요. 우연히…… 두 사람이 섹스하는 걸 보고 호기심에."

잔뜩 겁을 먹고 떨고 있는 그에게 김민성은 숨을 가쁘게 몰아쉬며 말했다.

"거짓말하지 마. 난 너를 알고 있어. 어때 마음이 좀 풀렸나?"

"네, 너무 놀라서……."

"좋아, 너 술하니?"

"네."

"가자. 한잔 마시면서 이야기하자!"

김민성은 사내를 차에 태우고 속초 시내를 향해 달리기 시작
했다.

"너 이름이 뭐지?"

"오승택이라고 해요."

"이성구 사장과는 어떤 관계야."

"네?"

"이성구 사장 말야."

"……."

"좋아."

더 이상 묻지 않았다. 저만큼 물줄기 속으로 속초의 불빛이 보
이기 시작했다. 김민성은 사내를 끌고 대폿집으로 들어갔다. 런닝
셔츠 바람에 소주를 마시고 있는 어부들 틈을 비집고 자리를 잡
았다. 얼마나 세게 얻어맞았는지 코가 주먹 만큼이나 크게 부풀
어 있었다.

그러나 얼굴 골격이나 윤곽은 제법 잘 잡혀 있어 한눈에 미남
이라는 인상을 주게 했다.

"도대체 자넨 누구야, 무엇 때문에 비를 맞으며 거기 서 있었
지?"

"……."

"괜찮아, 자네가 잘못을 저지른 건 없잖아? 두려워할 것 하나
도 없어."

"저, 실례지만, 아저씨는…… 형사이신가요?"

"임마, 아저씨가 뭐야! 너보다 8, 9세밖에 더 안 먹었을 텐데,
형이라고 불러. 필요하면 네 편이 되어 줄 수도 있어."

"뭐, 하시는 분인지…… 그래야, 저도."

"알았어, 네가 굳이 알고 싶다면 말하지. 나 형사야, 됐어?"

김민성은 기자증을 잠깐 보여주고 다시 주머니에 넣었다.

그 짧은 시간에 그것을 알아 볼 리는 없었지만 공직에 있는 사람처럼 보이기에는 무리가 없었다.

"너, 내 뒤를 미행한 건 아니겠지?"

"그, 그건 절대 아닙니다."

"좋아, 자 한잔 쭉 하고……"

될수록 사내의 마음을 편하게 만들려고 노력했다. 한밤중, 억수같이 쏟아지는 빗줄기를 뚫고 여기까지 찾아온 데는 분명 이유가 있을 것이다. 그 이유가 몹시 궁금했던 것이다.

"목표가 누구야, 그렇지 않아도 아까 그 부부, 문제가 있어 내가 조사중이었어. 자네, 할 얘기 있으면 나한테 서슴없이 해. 도움이 될 거야."

"죽여 버릴려고요, 그까짓 거 없어져야 한다구요."

사내는 소주잔을 들어 한입에 털어넣었다. 그리고 다시 얼굴을 들었다.

"이성구?"

"아뇨."

그는 고개를 크게 가로저었다.

"이성구에 대해서는 알고 있나?"

"그럼요, 신문에 났었는데요."

"그럼 목표물은 채은경이라는 거지?"

"네."

"군에서 언제 제대했어, 머리가 짧은 걸 보니 갓 제대한 모양이군."

"한 달요."

"은경은 옛날 애인이었군."

"맞아요, 제가 입대하기 전만 해도 저와 결혼하자고 졸라댔었죠."

그는 또다시 소주잔을 들이켰다. 그리고 김치 조각을 우악스럽게 씹어댔다.

"은경이 그년이 날 배신했어요."

오승택, 스물다섯 살의 아직 때묻지 않은 이 청년은 눈물을 흘리며 비로소 지난 이야기를 들려주기 시작했다.

은경은 예술 대학에서 응용 미술을 전공하고 있었다. 그러나 회화에도 뛰어난 재주를 가지고 있어 늘 아틀리에 하나 갖는 것이 소원이었다. 은경과 오승택이 만난 것은 학교 축제 때였고, 우연히 파트너가 되었을 때가 처음이었다.

유난히 뛰어난 미모의 은경과 비교적 괜찮은 집안의 외아들 오승택은 자연스럽게 교제가 시작되었지만 속도는 상상할 수도 없이 빠르게 진행되었다.

교제를 시작한 지 보름만에 두 사람은 제주도로 여행을 가게 되었고 거기서 처음 서로의 육체를 열어 주었다.

"떼쓰자는 건 아니야, 나와 결혼해 주는 거지?"

은경은 승택의 품에서 꿈처럼 중얼거렸고, 승택은 그때마다 걱정할 것 하나도 없다고 다짐했다.

"남자란 말이야, 특히 대한민국 남자는 꼭 치뤄야 할 의무가 하나 있지. 군대야. 병역 의무를 끝내야만 사람 구실을 할 수 있거든, 빨리 그걸 마쳐야겠어."

"지원해서라도 입대하게?"

"음, 빨리 그걸 끝내야 나도 사회 생활을 하든 공부를 하든 은경이와 함께 있을 수 있어."

그러나 이들의 속사정과는 아랑곳없이 오승택의 집에서는 결사적으로 결혼을 반대하고 나섰다.

첫째 아버지가 없다는 것. 그 다음 어머니도 어디서 무엇을 하는 지, 뿌리가 없다는 것이다.

그것은 사실이었다. 오승택 자신도 아직 한 번도 그녀의 부모를 만난 일이 없었다. 어머니가 무엇을 하는지 학비만 대 주었을 뿐 은경 자신이 엄청난 미술 대학의 비용을 자급 자족하지 않으면 안 될 형편이었다. 그 돈을 어떻게 충당하는지는 오승택은 잘 모른다고 했다. 그러나 은경은 승택이를 몹시 사랑했고 군에 있는 동안에도 면회도 자주 오고 잠도 같이 잤다고 했다.

"그런데 어느 날 갑자기 소식이 뚝 끊어졌습니다. 한 1년 가까이 될 겁니다. 저는 월말이면 어김없이 찾아오는 은경을 기다리기 위해 월말 토요일은 외출도 하지 않고 초소에서 하루 종일 기다렸습니다. 한 달, 두 달, 봄이 가고 여름이 지나고 가을이 오도록 은경의 소식은 전혀 들을 수가 없었습니다. 마치 망부석이라도 된 듯 은경이 생각 때문에 토요일이면 초소에서 마주보이는 좁은 도로를 바라보는 것이 일과가 되었습니다. 물론 우리집에서는 은경과 교제가 제 입대로 끝난 줄만 알았죠."

오승택은 허공을 바라보며 그 후에 일어난 엄청난 상황을 설명하기 시작했다.

"저는 거의 미쳐 버리다시피 했습니다. 밤마다 은경의 이름을 부르며 잠에서 깨어났고, 같은 전우들의 애인이 면회올 때마다 차라리 자살하고 싶은 마음뿐이었습니다. 사랑의 열병을 앓아본 사람들만이 저를 이해할 겁니다. 그러나 저는 참았습니다. 제대 일자가 가까웠기 때문이었습니다. 그동안 제가 제일 걱정했던 것은 은경의 변심이 아니었습니다. 은경이는 절대 나를 배신할 여자가 아니었기 때문이었습니다. 혹시 병이 든 것은 아닐까, 교통사고로 죽었거나 아니면 뇌를 다쳐 식물 인간이 되지는 않았나 그런 걱정뿐이었습니다. 그렇지 않고서야 제게 단 한 번의 연락도 없을 리가 없기 때문이었습니다."

그러던 어느 날 오승택에게 불쑥 그의 친구가 찾아왔다. 물론 은경과의 관계를 잘 아는 가까운 친구였다.

"몇 번이나 망설였는지 몰라."

PX 구석에 앉은 친구는 막걸리를 받아놓고도 한동안 입을 열지 못하고 있었다.

"내가 꼭 할 얘기가 있어서 찾아왔어. 하지만 먼저 나와 약속을 해 줘."

"도대체 무슨 이야기야? 말을 해야 알지!"

"승택이가 들으면 충격받을 일이야, 마음 단단히 먹어. 제대가 며칠 남지 않았기 때문에 이야기하는 것이라는 것도 이해해 주고."

무슨 말인지 친구는 몹시 뜸을 들이고 있었다. 그러나 충격받을 일이라면 무엇인지 알고도 남음이 있었다.

'은경이가 결혼을 하는 게 틀림없어.'

"빨리 말해, 은경이 얘기만 빼놓고……."

"승택이, 끝까지 들어, 은경이가 타락했어, 잊어버려 그녀는 살롱의 밤여인이 되었단 말야!"

믿을 수 없는 얘기였지만 그것은 사실이었다. 은경은 오승택이 입대한 이후 엄청난 경제적 타격을 받게 되었다. 아르바이트하고 생활비를 쪼개고 그러고도 생긴 구멍을 오승택이 메워 주었던 것이다. 그녀는 돈이 필요했다. 어머니가 보내 주는 돈으로는 학비 충당하기도 숨이 가빴던 것이다.

결국 은경은 젊은 여자들이 손쉽게 돈을 벌 수 있는 방법을 택한 것이다.

가까스로 제대를 하고 나와 은경을 찾아 헤매던 중 신문을 보고 소식을 듣게 되었지만, 그것은 차라리 그녀를 찾아 헤매던 순수한 안타까움만도 못한 소식이었다.

이성구라는 모 기업가인 중년의 남자와 불륜의 관계를 맺게 되었고, 급기야는 살인 사건에까지 휘말리게 되었다는 보도 기사를 본 것이다.

"저는 이 사실조차도 믿지 않으려 했습니다. 찾아서 본인의 입으로 듣기 전에는 믿지 않기로 했던 거죠. 결국 수소문 끝에 여기까지 오게 된 겁니다."

"이번이 처음인가?"

"아닙니다. 제가 이 별장을 찾았을 때 그녀는 그 중년 남자와 너무도 행복한 모습으로 앉아 있었습니다. 그때 나는 결심했습니다. 저 년을 반드시 죽여 없애버리겠다고요. 그리고 한밤중에 뛰어 들어갔지만 남자 때문에 실패했습니다."

김민성은 그의 제대 사실을 신분증을 통해 확인했다.

"어때, 한잔 더 하겠나? 이번엔 내 얘기를 들어야지."

"형사님이시라고 했죠? 전 조금 전 그 말을 듣는 순간 아직도 문제의 살인 사건이 해결되지 않았다는 것을 느꼈습니다."

"나는 형사가 아니야, 기자야. K일보."

우선 김민성은 오승택의 아픈 마음을 위로해 주지 않을 수 없었다. 그리고 신분을 밝히고 여기까지 오게 된 동기를 말해 주었다.

"그러니까 기자님도 결국은 두 사람을 조사하고 있었던 셈이군요?"

"그렇다고 보아야지."

"묘한 인연이군요. 이건 함께 풀어가야 할 문제 같습니다."

오승택의 말에는 진실이 깔려 있었다. 처음에는 이성구의 죽은 부인, 즉 김혜정 살인 사건과 관계된 인물로만 알았다. 그러나 김혜정이 피살되던 당시 오승택은 제대를 5일 앞둔 날이었다.

'오승택과 김혜정과는 관계가 없다. 그러나…… 그렇다면 그녀가 거짓말을 한 것이 분명하다.'

김민성은 채은경에 대한 의혹을 떨쳐 버릴 수가 없었다. 그녀는 분명히 유럽 유학 직전이며, 또 아틀리에를 포함, 몇 천만 원의 돈은 있는 것으로 말하고 있었다.

"그럼 채은경 씨가 유럽에 유학 간다는 말은 거짓말 아닌가? 첫째 돈이 없을 테니 말이야."

"유학요? 터무니없는 거짓말입니다. 은경은 학교도 중퇴한 상태입니다. 그뿐 아니라 밤에 나가서 모은 돈으로 학생들 미술 학원 차린다고 화실을 얻어 놓았다가 그것도 최근에 처분했습니다. 모르긴 해도 가진 돈이라고는 고작해야 몇 백밖에 되지 않을 겁니다."

그는 단서를 붙였다.

"은경이가 유학 간다면 방법이 하나가 있기는 있습니다."

"방법?"

"네. 바로 그 자식이 도와 주는 겁니다."

"그 자식이라니?"

"자기 마누라 죽여서 눈 구덩이에 파묻고 또 트렁크에 싣고 다니던 이성구 그 자 말입니다. 보나마나 돈으로 유혹했을 거예요. 돈으로 유혹하지 않고는 절대 넘어갈 은경이가 아니에요. 은경이에게는 꿈이 두 가지밖에 없어요. 그 하나가 나와 결혼하는 것이고 또 하나는 그림을 계속 그리는 거죠. 그것밖에는 아는 것이 없는 여자예요."

김민성은 고개를 끄덕였다. 그는 이미 말을 하고 있는 것이 아니라 피를 토하듯 울부짖고 있었다.

두 손으로 머리를 쥐어뜯으며 얼굴을 처박은 그에게 세상을 먼저 살아온 선배로서 조용히 달래 주고 있었다.

"잊어버리게. 여자란 남자처럼 그렇게 단순하지가 않아. 은경은 이미 자네의 가슴 어디에도 담아 둘 장소가 없는 여자야, 그 여자의 가슴에 자네가 없는 것처럼. 무슨 말인지 알겠나? 몸이 있는 곳에 마음이 있게 마련이야. 그러니 잊고 새출발하는 거야. 좋은 여자는 얼마든지 있어. 자, 일어나세. 자네 연락처를 알았으니 일이 없더라도 종종 만나세. 여기서 여관 얻어 자고 내일 일찍 서울로 내려가도록 해."

생각보다 훨씬 순수한 사내였다. 그는 김민성의 팔에 매달려 한동안 흐느껴 울었고, 김민성은 넓적한 그의 등을 두드리며 용기와 위로가 섞인 충고밖에는 해줄 것이 없었다.

도무지 실마리가 풀어지지 않았다.

책상에 앉아 애꿎은 담배만 피워대던 최찬일 형사는 진부령 스키장 살인 사건을 미제(未濟) 사건으로 덮어 버리고 싶은 심정이었다. 그러나 그의 가슴에 타오르는 한 가닥 의문만은 도무지 지워버릴 수가 없었다.

검찰에서는 이미 이성구에게 혐의 사실이 없다고 결론을 내렸지만, 최찬일은 새로운 각도에서 조명하고 있었던 것이다.

'김혜정을 살해한 것은 이성구의 치밀한 연극으로 이루어진 것인지도 모른다. 그리고 그 연극에 새로운 연출자가 있었다. 채은경, 어쩌면 채은경과 이성구의 합작 살인인지도 모른다. 이성구와 채은경은 산속에서 우연히 만났다고 하지만 이것을 증명할 사람은 아무도 없다. 물론 떠날 때는 두 사람이 떠났을 것이지만 이것도 분명히 알 수는 없다. 그렇다. 이것을 확인하려면 지금은 어디론가 떠나고 없는 옛날 가정부를 찾아봐야 한다. 그녀는 혹 채은경의 얼굴을 알고 있을지도 모른다. 그 다음, 이들의 진술 그대로 채은경과 산 중턱에서 차가 고장나 서 있었다면 이것은 채은경을 모르는 김혜정을 눈속임한 것인지도 모른다. 채은경과 이성구는 진부령으로 떠나기 전에 이미 연락이 되어 있었을 것이다. 우리가 몇 시에 떠난다. 그러니 도중에 자동차의 본네트를 열어 놓고 기다리라고 한다면, 자연스럽게 합석하게 될 것이다. 밤중에 아내를 살해해서 트렁크에 넣었다가 적당한 장소에서 버려버리자. 그리고 실종 신고를 내고 함께 찾기 시작하면 의심할 사람은 없을 것이다. 그것도 아니면 정말 이성구가 채은경을 보는 순간, 그리고 차에 태워 진부령으로 오면서 어쩌면 채은경을 손에 넣을 수도 있다는 계산을 하게 되었고, 채은경에게 막대한 재산이 있음을 시사, 함께 살해한 후 위증한 것인지도 모른다. 확실한 것은 김혜정은 살해되었고, 용의자는 전혀 나타나지 않는 대신 채은경이나 이성구는 사업까지 선배에게 맡긴 후 지금 이 시간 한지붕 밑에 살고 있다는 것이다.

최찬일은 벌떡 일어났다. 그리고 이성구의 사업체를 경영하고 있는 강관선 회장에게 달려갔다.

"아무래도 끝장을 내야 할 것 같습니다."

"저도 그 생각입니다. 그래 어떤 각도로 생각하고 계셨습니까?"

"이성구 씨와 채은경 씨와의 합작이 아니냐 하는 데로 초점이 모아지는데요."

"최 형사님 담배 한 대 더 태우셔야겠습니다. 무슨 말인지 아시겠습니까?"

"담배?"

그는 강 회장이 내미는 담배를 받아들며 의아한 눈으로 바라보았다.

"좀더 차분히 생각하셔야겠다 이겁니다. 제 말씀 들어 보십시오."

강 회장은 라이터로 불까지 붙여 주었다.

"제가 알고 있는 바로는 이 사장과 채은경의 별장에 누군가가 침입한 사실이 있었습니다. 전 단순한 절도범이나 침입자로 보지 않습니다. 누군가가 두 사람 중 한 사람을 목표로 했었겠죠, 두 사람 다 놀랐다고 합니다. 그럼 그 침입자는 누굴까요. 그뿐 아니라 이 사장이나 채은경에게 똑같은 증상이 나타나고 있습니다. 특히 이 사장이 더 심하긴 합니다만, 그는 죽은 아내의 목소리를 듣고 있습니다. 그것도 여러 번. 분명히 전화로…… 전화를 통해서 몇 번이나 죽은 부인의 목소리를 들었다면 이것은 단순한 환청이 아닙니다. 누군가가 두 사람의 신경을 긁어대는 장난입니다.

죽은 김혜정이 전화를 할 수가 있나요? 더구나 이렇게 극도로 신경을 피로하게 만든 다음 별장을 침입했다는 사실입니다. 채은경마저도 이 사장에게 욕설을 퍼부으며 덤볐다니 얼마나 신경이예민해져 있었는가는 충분히 짐작이 갑니다. 때문에 나는 그런각도에서 볼 수 없다고 생각합니다."

"딴은…… 그렇군요. 그런데 한 가지, 이 사장님은 분명히 죽은부인 김혜정의 목소리라고 했거든요. 십 년을 넘게 살아 온 아내의 목소리조차 구분하지 못한다는 것은 말도 안 되는 소리입니다. 이건 어떻게 설명하죠, 그것 때문에 저는 합작 살인 가능성을시사했던 겁니다. 제 가정으로는 이성구 씨는 아내의 전화를 받지 않았습니다. 그리고 죽은 아내가 전화를 걸어오는 것 같다고위장하며 마치 정신적으로 시달려 쓰러질 것 같은 사람으로 변신하는 거죠. 스키장 살인 사건 수사 때와 같은 연극을 하는 거죠. 언젠가도 말씀하신 대로 죽은 새가 노래할 수는 없지 않습니까?"

"죽은 새가 노래할 수 있는 가능성은 두 가지가 있죠."

"그럼, 김혜정 씨가 죽지 않았거나 혹, 쌍둥이……."

죽은 것은 김혜정이 아니라 쌍둥이거나 언니가 아니냐는 뜻이었다. 그러나 강 회장은 고개를 가로저었다.

"아닙니다. 저도 이번 사건에 적극 가담하여 나름대로 조사하고 있지만, 김혜정에게 쌍둥이가 있다는 정보는 얻어내지 못했습니다. 한 가지 말씀 드릴 수 있는 것은 사람은 죽어도 목소리는남길 수 있다는 겁니다. 물론 제 추리는 언제나 여기서 끝이 납니다만."

"누군가 미리 녹음을 해두었다는 말씀 아닙니까?"

"그렇습니다."

"하지만…… 그건 불가능하지 않습니까?"

"왜요?"

"전화로 말하는 내용은 언제나 같았다는 거죠. 물론 틀린 말이 있기는 하지만 '왜 혼자 갔느냐, 추우니 빨리 데려가라' 는 것이 대부분 아니었습니까? 자신이 죽을 줄 알고 미리 녹음한 것도 아닐테고 또 설혹 녹음을 해두었다 하더라도 그것을 유효 적절하게 들려줄 사람이 있어야 할 게 아닙니까?"

"제 추리가 단절되는 부분이 바로 그 점입니다. 분명히 죽기 전에 해둔 녹음이 틀림없는데 왜 그런 녹음을 해두었을까 하는 점입니다. 또 그 녹음된 테이프를 현재 누가 보관하고 있느냐, 그게 관건이 될 테구요."

그야말로 완벽한 미스터리였다. 김혜정은 자신의 죽음을 예견하고 있었던 것일까? 그리고 어떻게 자신의 시체를 놓아두고 떠나리라 생각해서 그런 말을 남겼을까?

두 사람은 아무 말없이 한동안 그렇게 앉아 있었다. 그렇게 침묵하는 동안에도 두 사람의 머리는 계속 사건을 찾아 헤매고 있었다.

"이 사장이 미국행을 원한다죠?"

"워낙 시달리니까 부인 채은경이 이민을 종용하는 모양입니다."

"두 사람마저 떠나 버리면 사건은 영원히 묻힙니다. 그래, 재산은 돌려 주기로 했습니까?"

"채은경 씨가 특히 강력하게 요구하고 나서더군요. 한 달의 여유를 줍디다. 이 상태로 더 있다가는 남편 죽이겠다구요."

"어쩔 셈입니까?"

"지금으로선 돌려 주고 싶은 생각이 전혀 없습니다."

"뭐라고요? 그건 이 사장, 그 사람 재산 아닙니까? 돌려달라고 하면 줘야 하는 게 당연한 게 아닙니까?"

"그 얘기는 나중에 합시다. 자, 저도 약속이 있어 일어나야겠습니다. 좋은 정보 있으면 연락합시다."

손을 내미는 강 회장의 손을 잡으며 최 형사는 어색한 표정으로 나올 수밖에 없었다. 그리고 그는 혼자 중얼거렸다.

"이성구 재산, 강관선이 다 먹어치우는 것 아냐? 그렇담 문제가 있지."

다음 스케줄은 이미 허락을 받아 놓은 이성구 자택의 가택 수색이었다. 집안을 뒤져보는 데는 한 가지 이유가 있었다.

집 어느 구석에서든 채은경에 대한 자료가 나타나지 않을까 하는 기대에서였다. 만일 작은 단서라도 발견된다면 채은경과 이성구가 강원도 산 중턱에서 만나 처음 알게 되었다는 것은 위증이 되며, 사건 해결에 큰 도움이 될 것 같기 때문이었다.

이성구의 집에는 강관선 회장이 추천해서 들어가 있는 50대 후반의 주부가 있었다. 최 형사는 거기서 동료와 합류하여 케케묵은 편지에서부터 먼지 쌓인 앨범, 평소 사용하던 노트까지 모두 뒤져 보았지만 다섯 시간이 넘는 오랜 조사에도 불구하고 채은경의 흔적은 전혀 볼 수가 없었다.

물론 두 사람의 나이 차이도 있겠지만 지난 과거 속에서 두 사람의 관계를 찾는다는 것이 무모한 행동이라는 것을 깨닫게 되었다.

그래도 소득이 있었다면 사건 현장에서 발견한 입센로랑의 넥타이가 두 개가 있다는 것이었다. 하나는 인편으로 누군가가 보내준 것이고, 또 하나는 원래부터 이성구가 사용하던 것이었다.

수사를 끝낸 후 최찬일 형사는 허탈감에 빠져 우두커니 서 있었다.

이성구와 채은경은 정말 진부령으로 가는 산 중턱에서 처음 만난 사이일지도 모른다는 생각을 하고 있었다.

오승택. 채은경의 옛날 애인의 출현으로 김민성의 조사는 단연 활기를 띠기 시작했다. 김혜정의 갑작스러운 피살, 그리고 이성구의 승용차에서 발견된 김혜정의 시체, 때문에 이성구에게로만 모아지던 관심이 갑자기 채은경에게로 쏠리기 시작했다. 그러나 그것은 어디까지나 관심에 불과했다. 이미 알려진 대로 채은경, 이성구 부부는 정말 우연히 만난 사이이기 때문이었다.

그럼에도 불구하고 채은경의 주변을 끈질기게 뒤지는 것은 복잡한 그녀의 사생활과 그 주변을 둘러싸고 있는 삶들을 찾기 위해서였다.

그리고 유학을 꿈꿀 수 없는 환경임에도 불구하고 성구에게 거짓말한 이유도 알고 싶었던 것이다.

'이성구 사장에게만 초점을 맞춘다면 끝이 없을지도 모른다. 채은경에게 초점을 맞춰 보는 게 어떻겠는가?'

이것은 김민성만이 아니라 강관선 회장의 뜻이기도 했다. 그리고 시작한 것이다.

'서울 1-머 164X' 이 자동차 번호를 찾는데 그리 오래 시간이 걸리지는 않았다. 같은 번호의 차량을 찾아보니 1641부터 9까지 있었는데, 그 중 르망이 두 대가 있었다. 그것은 컴퓨터가 신속히 찾아 주었다.

더구나 이 중 한 대는 공무원의 공무 차량으로 사용되고 있었다.

나머지 한 대!

그것은 '서울 1-머 1647', 바로 채은경이 진부령 스키장으로 가다가 고장을 일으킨 그 자동차였다. 자동차 소유주는 마포구 용강동 한신 아파트 1동 405호, 채화정으로 되어 있었다.

문제의 차량을 찾아내긴 했지만 채은경과는 너무나 엉뚱한 사람이었다. 그러나 그날 하루 빌려 썼다고 하더라도 채화정이라는 여인은 채은경에 대해서 잘 알고 있을 것이다.

'찾아보자.'

이제 확실한 채은경의 주변 인물 두 명이 나타난 셈이다. 하나는 우이동에 살고 있는, 이제 갓 제대한 채은경의 옛날 애인 오승택이며, 또 하나는 채은경에게 승용차를 빌려 준 채화정이라는 여자였다.

벌써 시계는 오후 여섯 시를 가리키고 있었다. 여섯 시라고는 하지만 여름의 이 시간은 아직도 한낮이나 다름없었다.

신문사에 들러 몇 가지 기사를 넘기고 나니 일곱 시가 다 되었다. 김민성은 차를 몰고 광화문을 지나 마포로 달려갔다.

회사에 다니는 여자이거나 가정 주부라고 해도 이 시간에는 집에 있을 것이 분명하기 때문이었다.

한신 아파트는 마포의 새로운 빌딩가의 뒷쪽, 그러니까 서울 가든 호텔 맞은편에 위치하고 있었다.

새롭게 단장했는지 10층 건물은 베이지색 페인트로 산뜻하게 단장되어 있었고 전부 다섯 채의 건물이 서 있었다.

자동차를 주차장에 파킹시켜 놓고 현관 경비실로 다가갔다. 40대 후반으로 보이는 경비가 코끝의 안경을 매만지며 김민성을 바라보았다.

"어디서 오셨습니까?"

"아, 네. 1동 405호 채화정 씨를 찾아왔는데요."

"어디서 오셨다고 전해 드릴까요?"

"저, 지금 계시는지……."

"어디서 오셨는지를 알아야 연락을 드리죠."

무척 까다롭다. 아무나 쉽사리 들여 보낼 것 같지는 않았다.

"채은경이라는 분이 보내서 왔다고 하면 알 겁니다."

경비원은 인터폰을 들고 405호를 불러냈다. 그러나 신호만 울릴 뿐 대답하는 사람이 없었다.

"지금 안 계시는 모양인데요."

인터폰을 내려놓고 막 배달된 신문을 집어든 그에게 담배를 한 대 권했다.

경비는 마지못해 담배를 받아들고 찾아온 용건을 말하면 전해 주겠다고 했다.

"아닙니다. 직접 만나야 할 일입니다. 돈을 좀 전해줄 게 있는데."

"돈요?"

"네, 채은경 씨와 채화정 씨와는 친구 사이입니다. 그런데 채화정 씨가 돈이 급해 빌려 쓰는 모양입니다. 여기로 찾아 주라고 해서 심부름왔는데……."

"제가 전해드리면 안 될까요?"

"아닙니다. 경비 아저씨를 못 믿어서가 아니라 액수도 좀 많고, 또 차용증도 받아야 하고 언제 갚을 건지 날짜도 확실히 알아 오라고 하셔서요."

"채은경 씨 기사되십니까?"

"네. 한 팔십만원 정도 되는데. 이거, 어쩐다……"

김민성은 난처한 표정을 지으며 계속 담배를 피워댔다. 보기에도 안됐는지 경비는 그녀가 있을 만한 곳을 가르쳐 주었다.

"이거 특별한 일이니 가르쳐 드립니다만, 여기 사시는 분들 사생활 문제라 잘 안 가르쳐 드리는데…… 저 서초동에 있는 마이아미 살롱이라고 있습니다. 거기 가면 만날 수 있을 겁니다."

"마이아미?"

"네. 집에 없는 것으로 보아 벌써 출근한 모양입니다."

"그럼 여기 혼자 살고 있군요. 채화정 씨 자동차가 빨간 르망 맞죠?"

"네. 그 차를 구입한 지 두어 달밖에 안 되었죠. 전에 프레스토를 가지고 있었는데 마음에 안 든다고 바꾸는 것 같았는데……"

두어 달 전에 구입했다면 이 르망은 채은경과의 연결이 또 끊어질지도 모른다는 우려를 하지 않을 수 없다. 이 전 주인에게서 빌렸을 가능성도 있기 때문이다.

그러나 어렵게 찾아낸 채화정을 만나보는 것이 순서였다.

아파트를 빠져나와 서초동 유흥가 적당한 곳에 자동차를 파킹시켜 놓고 마이아미 살롱을 찾았다. 생각보다 유명한 곳이어서 쉽사리 찾을 수 있었다. 그러나 아직 출근한 여자는 없었다. 9시경 다시 들리라는 사내의 말을 듣고 김민성은 가까운 사우나탕으로 들어갔다.

짧은 시간이라도 휴식이 필요했다.

그는 뜨거운 물 속에 들어가 쌓인 피로를 풀며 곰곰이 생각하기 시작했다.

지금까지의 사건을 생각해 오던 김민성은 도대체 김혜정의 죽음으로 누가 가장 큰 이익을 보게 되는가를 생각하기 시작했다.

'그렇다. 이번 사건에는 치정에 얽힌 원한의 살인 사건이 아니라면 반드시 이익을 보는 사람이 있게 마련이다. 그리고 가장 큰 이익을 보는 사람이 가장 유력한 용의자이기 마련이다. 이번 사건으로 얻는 것이 있는 사람은 두 명뿐이다. 그 하나는 바로 이성구 자신이다. 김혜정의 죽음으로 그는 병들어 시든 아내 대신 젊고 아름다운 채은경을 얻을 수 있었다. 그 다음은 물론 채은경 그녀 자신이다. 그녀는 무엇보다도 20억이 넘는 공장의 사장 부인 자리로 들어가게 된 것이다. 소규모이기는 하지만 어엿한 기업체를 움켜 잡는 것은 호스티스 출신으로서는 엄청난 소득이 아닐 수 없다. 만일 성구의 재산을 노린 계획적인 접근이라면 이들의 만남은 결코 우연이 될 수 없다. 문제는 오늘 밤 만나는 채화정과 그녀의 소유 빨간 르망, 그리고 그것이 어떻게 진부령 스키장 길목에서 고장이 나서 성구와 합류하게 되었느냐를 찾는 것이다.'

그것은 상당한 의미를 포함하고 있었다. 은경은 유학을 떠나기 전 서울에서의 마지막 겨울 파티라고 했지만 거짓말이라는 것이 들통났다.

사우나를 마치고 아예 거기서 설렁탕으로 저녁식사를 때운 다음 서초동 뉴욕제과 뒷편에 있는 마이아미로 갔다.

현란한 네온사인 간판이 유난히 돋보이는 입구에서 지하로 길게 층계가 이어져 내려갔다.

"어서옵쇼—."

하얀 와이셔츠에 빨간 넥타이를 맨 웨이터가 허리를 90도로

깍아내렸다.

"조용한 곳으로 안내해."

주머니에는 1백만 원 이상의 수표가 들어 있었다. 모든 취재비를 강 회장이 밀어 주고 있었고 돈은 아낌없이 써도 좋다고 했다. 필요하면 얼마라도 더 가져가라는 부탁이 있었다.

"네, 네. 이리 오십쇼. 그런데 사장님 혼자 오셨나요?"

"혼자 오면 안 되나?"

"헤헤, 그런 건 아닙니다만……."

김민성은 웨이터의 와이셔츠 주머니에 1만 원권 지폐 한 장을 찔러넣었다.

"여기 채화정 있지!"

"아— 채 마담님요, 네."

"너 여기 잠깐 앉아."

웨이터가 싱글거리며 맞은편 소파에 앉았다.

"사장님, 근사한 여자 불러 드릴게요. 자리 끝나고 따라갈 수 있는 아이로요. 채 마담한테 얘기하면 돼요."

"임마, 그게 아니고 채 마담 여기서 일한 지 얼마나 돼."

"한 2년? 아무튼 제가 오기 전부터 있었으니까요. 저보다 1개월 앞서 왔어요."

"너 채은경이라고 들은 기억 나?"

"채은경요? 글쎄요. 한 번 들은 이름은 대강 기억하는 편인데 채은경이라고는 전혀 모르겠네요."

"알았어. 양주 한 병하고 마른 안주, 그리고 채 마담 불러와."

채 마담은 이 살롱에 돈을 투자한 마담이 아니라 십여 명의 호스티스를 거느리고 있는 소위 멤버 마담이라고 했다. 한 달 수입만도 4백여만 원이 넘는다고 했다. 민성의 월급보다도 자그만치 세 배이상이나 많은 편이었다.

"제기랄, 눈 먼 돈이 굴러다니는군."

혼자 투덜거리며 앉아 있을 때 웨이터가 국산 양주 한 병과 두어 접시의 안주를 가져왔다.

"채 마담님 곧 오실 거예요. 즐겁게 드세요. 필요하시면 언제든지 이 버튼을 누르세요."

녀석이 나가고 곧바로 노크 소리가 들려왔다. 그러나 노크는 대답할 사이도 없이 끝나 버리고 살그머니 문이 열렸다.

165, 6센티는 족히 되어 보이는 늘씬한 미모의 여인이었다. 오렌지빛 원피스 속으로 속살이 훤히 들여다보였다.

"어머, 젊은 사장님이시네, 채 마담이라고 합니다."

그녀는 소파에 앉자마자 익숙한 솜씨로 술을 따라부었다.

"처음이신가봐요?"

"분위기가 좋구만, 마담도 미인이고."

"놀리시면 못 써요. 그런데, 사장님 바람둥이인가봐? 혼자 오시는 손님 다 그렇더라, 호호호…… 아이 불러 드릴까요?"

"아냐, 마담만 있으면 돼."

"사장님도, 전 바빠요. 애들 시중 들어야지요."

"나도 애들인데……."

"호호…… 재미있으셔."

분위기는 삽시간에 무르익어갔다. 아직은 이른 시간이어서인지 채 마담도 그리 바빠 보이지는 않았다.

"사실은 말야, 옛날에…… 아니 불과 몇 개월 전이지. 지난 겨울이었으니까, 우연히 한 여자를 알게 되었는데 굉장한 미인이었어. 꽤 깊이 사귀었는데 알고 보니 이 마이아미에서 일하던 여자였어. 언젠가 한 번 찾아왔더니 그만두었다더군. 그리고는 전혀 소식이 없지 뭐야."

"어머! 사장님, 보기보다 낭만파이셔. 옛 애인 찾아 살롱을 뒤지러 다니고…… 그래 이름이 뭐래요."

"채은경!"

"채은경?"

그녀는 잘 모르겠다는 듯 고개를 갸웃거리며 한참이나 생각하고 앉아 있었다.

"모르겠는데요."

"모를 리가 없는데, 분명히 여기 있었다고 했거든."

꼭 헛다리 긁은 기분이었다. 채은경을 모른다면 이 여자가 가지고 있는 자동차의 전 소유주를 찾아야 했다.

김민성은 정색하며 본론으로 들어갔다.

"사실은 나 K일보 기잡니다. 누굴 좀 찾으려는데 손이 닿지 않아서!"

"쳇! 이거 뭐 이래, 초저녁부터."

그녀는 기분이 나쁜지 그대로 벌떡 일어났다. 그러나 많은 시간과 돈을 투자해서 여기까지 찾아온 그가 섣불리 돌려보낼 턱이 없었다.

"채 마담, 일어서면 안 됩니다. 지난 1월 사건이 생겼는데 현재 당신이 소유하고 있는 '서울 1-머 1647' 빨간 르망과 관련이 있습니다."

"뭐라구요? 사건?"

"네, 그것도 살인 사건입니다."

"살인 사건이라뇨?"

금방이라도 뛰쳐나갈 것 같던 채 마담의 기세는 살인 사건 한 마디로 손쉽게 꺾을 수 있었다.

안색까지 하얗게 질려 버린 그녀가 다시 소파에 주저앉았다.

"도대체 무슨 말이에요?"

"전 차주가 누굽니까? 구입한 지 얼마 안 되는 것 같던데……"

"언니한테서 샀어요."

"친…… 언니?"

"쳇! 우리한테 언니라면 누가 있겠어요? 이 마이아미 여사장이에요. 얼마 전까지만 해도 술 취한 손님을 집까지 데려다 주던 승용차였죠. 사실 공장에서 나온 지는 얼마 안 되는데 워낙 대형 차들이 많이 나오니까 로얄로 바꾸고 그 차를 제가 인수한 거죠."

생각보다 문제는 쉽사리 풀려갔지만 그러나 이 문제의 르망이 이곳에서만 굴러다니던 차라면 채 마담이 채은경을 모른다는 것이 이해되지 않았다.

'아니 어쩌면 채은경은 이곳 여사장과 개인적인 친분을 갖고 있는지도 모른다.'

김민성은 마지막 카드를 꺼내지 않을 수 없었다.

"생각보다 사건이 심각합니다. 경찰에서도 손을 대고 있고요. 물러설 생각은 하지 마십시오. 채 마담 차의 전 주인이었던 여사장! 만나야겠습니다."

"어렵지 않아요……. 재수가 없으려니 별놈의 차가 다 걸려……"

그녀는 투덜거리며 나갔다. 이제 사건의 실마리는 풀리게 된 셈이었다. 처음 생각대로 채은경에게 초점을 맞추기를 잘한 것 같았다.

잠시 후 똑같은 노크 소리가 들려왔고, 40대로 보이는 뚱뚱하고 기름진 여인이 들어왔다. 그녀는 무슨 일인가 두 눈이 둥그래져서 들어왔다. 채 마담이 어느 정도 귀띔을 한 모양이었다.

"이렇게 불쑥 찾아와 죄송합니다. K일보 김민성 기잡니다."

그는 신분증을 꺼내 허 마담이라는 여인에게 보여주었다.

"네, 방금 말씀을 들어서 알고는 있는데요. 제 차에 무슨……."

"죄송합니다. 길게 이야기할 형편은 못되고, 혹 채은경이라는 여자 모릅니까? 채은경!"

"채은경?"

그도 채 마담처럼 기억을 짚어나가듯 머리를 갸웃거리며 생각에 잠겨 있었다.

"모르겠어요. 여기를 거쳐간 아이들은 많았지만……."

"자동차를 빌려 준 일 없습니까? 지난 1월 휴무 기간 동안."

"네? 휴무 기간이라 정초……. 차, 네. 빌려 주었죠, 사흘……."

"그 차 빌려 간 게 채은경 아닙니까?"

"아니에요."

그녀는 갑자기 벌떡 일어나 벽에 부착된 버튼을 눌렀다. 이어서 웨이터가 문을 두드리고서 들어왔다.

"사장님이 와 계시네요."

"너 말야, 사무실에 가서 정 씨 아저씨 불러, 내가 보잔다고 해."

웨이터가 물러가자 여인이 팔짱을 낀 채 시근덕이며 앉아 있었다.

"그렇게 사정을 해서 빌려 주었더니 사고를 내?"

"정 씨가 누굽니까?"

"우리 살롱의 기사예요. 술 취한 손님을 집에 데려다 주는, 잠시만 기다리세요. 곧 올 테니……."

말이 채 끝나기도 전에 나이 많은 중년 후반의 남자가 허리를 굽신거리며 들어왔다.

"저 왔습니다요."

"앉아 봐요. 정 씨. 이 분이 찾아요."

그는 김민성을 흘끔 바라보고는 어리둥절한 표정으로 들어왔다.

"정초에 저한테서 차 빌려간 사람이에요, 물어 볼 것 있으면 물어 보세요. 그리고 정 씨, 차 사고가 났으면 나한테 얘기는 해야 할 게 아니에요."

"사고라뇨, 사고난 일 없어요."

"그럼 어떻게 알고 이 사람이 찾아왔어요? 정 씨가 정초 휴무 때 차 빌려간 것까지 알고 있는데. 고향 간다고 해서 사흘간 빌려 주었잖아요?"

"됐습니다. 둘이서 이야기 좀 하면 안 될까요? 사장님께 폐가 갈 일은 아니니까요."

"정 씨, 나중에 나한테 들려요!"

하고는 휙 나가 버렸다.

"도대체 무슨 일입니까? 사고라뇨? 전 사고를 낸 일 없어요."

"자, 대강은 알고 왔습니다. 정초에 어디 갔다 왔습니까?"

"제 고향에 갔다 왔지요, 경기도 이천, 사흘간이나 쉬는 데다 정초라 손님도 없고 차는 놀고해서 사장님께 부탁을 했죠. 휘발유는 제가 넣을 테니 그동안 시골이나 다녀오게 차를 좀 빌려 달라고 말입니다요."

"거짓말 말아요, 당신 어떤 여자 태우고 강원도 가지 않았어
요?"

김민성이 소리를 지르자, 정 씨라는 사람은 주춤하며 뒤로 물
러앉았다.

"당신 채은경 알죠?"

"채…… 은경? 모르겠는데요."

"몰라요? 그럼 지난 연초 같이 갔던 그 여자는 누굽니까?"

"아, 추영미. 저와 같이 갔던 여자는 영미에요. 추영미…… 난
또 무슨 일이라고, 깜짝 놀랬잖아요."

"좋습니다. 그럼 그 아가씨 무엇하는 여자였는지, 또 왜 그곳에
가게 되었는지, 차는 고장난 후 어떻게 되었는지 차근차근 들려
주세요."

그는 곤란하다는 듯 담배를 피우며 한동안 눈만 껌벅거리고
있었다.

"말하지 않으면 곤란한 일이 생깁니다. 공연히 경찰에 끌려다
니기 전에 저에게 솔직히 털어놓으세요."

"사실은, 미스 추하고 약속을 단단히 해두었는데……"

사실 고향은 경기도 이천이었지만 사흘간의 휴무라고 해서 딱
히 갈 곳도 없는 처지였다. 왕십리에 작은 방을 하나 얻어 놓고
혼자 살아온 홀아비라고 했다.

연초라고 모두들 기쁨과 행복에 들떠 있을 때 정 노인은 방구
석에서 텔레비전이나 켜놓고 뒹굴고 있었다.

미스 추가 찾아온 것은 그때였다.

"정 씨, 뭐하세요?"

"아니, 아가씨는 이런 때 애인하고 온천에라도 놀러가지, 이 늙은이한테 뭐하러 왔어요?"

그녀의 손에는 양주가 한 병 들려 있었다. 그리고 급한 일이 있어 왔노라고 했다.

"사실은요……. 정말이지 어려운 부탁이 하나 있어요. 가게(마이아미)에 노는 차 있잖아요? 수단껏 그거 한 이틀 빌려 오세요. 강원도에 급하게 갈 일이 있거든요, 다른 건 나중에 말씀 드릴게요."

미스 추는 선뜻 30만 원을 내주었다. 정 씨로서는 근래 없는 큰 수입이었다. 사흘 동안 들어앉아 있기도 답답한 형편에 고작 하루 이틀 정도 뛰어 주고 30만 원이면 지옥이라도 따라갈 마음이었다.

겨우겨우 사장에게 허락을 받아 차를 꺼내 오는데 성공했다. 그리고 눈발이 날리고 기온이 영하 10도로 떨어지는 강원도 산길을 달리기 시작했다.

"정 씨!"

"네?"

"이거 받아요, 20만 원."

"아니, 웬 이리 큰 돈을 두 번씩이나."

"길이 너무 나쁘지 않아요? 그리고 한 가지 부탁이 있어요."

"네 말씀만 하세요."

"이 차 내가 빌렸다는 말 아무한테도 해서는 안 돼요. 그러구요, 또 하나."

그녀는 이상한 주문을 정 씨에게 부탁했다. 신호를 하면 자동차 본네트를 열고 차가 고장났다고 엄살을 피우라는 것이었다.

요행히 차를 얻어타면 그냥 돌아가도 좋다는 것이었다.

"좀 이상하기는 했지만, 하루 일당 오십만 원이 어딥니까? 시키는 대로 했죠."

"그래, 그때 산 아래에서 승용차가 올라왔다 이거죠, 점잖게 생긴 부부가?"

"네, 맞아요. 미스 추는 그 차에 올라타고 나는 서울로 내려왔죠. 그런데 도대체 선생께서는 어떻게?"

"됐습니다."

김민성은 소파를 박차고 일어났다. 마침내 해결의 실마리를 붙든 셈이었다.

'계획적이었어. 이성구와 채은경은 전부터 알고 있는 사이가 틀림없어. 어디 다시 한 번 확인해야지. 보여, 보이기 시작한다.'

"정 씨 나가면서 사장님 한 번 더 뵙자고 해요."

기다리기라도 한 듯 여사장이 뛰어들어왔다. 아무래도 자동차 사고가 마음에 걸린 것이 분명했다.

"아닙니다. 정 씨는 관계가 없습니다. 그때 차를 빌려간 건 정 씨가 아니라 미스 추였습니다."

"추영미? 걔가…… 그 앤 운전도 할 줄 모르는데."

"그래서 정 씨가 동원된 겁니다. 그 여자는 추영미가 아니라 채은경입니다."

"아까 말씀하시던 그 채은경……."

"네, 추영미…… 그녀는 바로 채은경이었습니다. 지금은 모 회사 사장의 후처로 들어가 있죠."

"흥, 성공했군요. 매일 돈타령이더니."

"문제는 그게 아닙니다. 그 전 부인이 피살되었던 겁니다. 범인은 아직 못 잡았구요. 혹 추영미에 대해서 아는 게 있나요? 좀더 사생활을 알아 봐야겠습니다."

"사생활요? 여기 애들 사생활을 일일이 알 수야 있나요? 그렇죠. 참, 추영미 걔 그림을 좋아했어요. 제 말로는 미대 출신이라고 했지만 믿을 수 있나요? 또 하나는 가족들이 없었다는 거죠. 어머니 한 분이 늙어 여기저기 떠돌아 다닌다는 말은 들었지만. 아무튼 걔 혼자서 독신자 아파트에 살았어요. 물론 지금이야 뭐, 사장 부인……."

그밖에 가장 중요한 남자 관계에 대해 물어 보았지만 그것만은 알 수도 알 필요도 없다고 했다.

밤 늦게야 살롱 마이아미를 나왔다. 늦은 시간인데도 거리는 더욱 화려하게 변하고 있었다. 술이며 안주며 거의가 그대로 남아 있었다. 술을 마시지 않았기 때문이다.

김민성은 차를 몰고 한강 고수부지로 장소를 옮겼다.

자동차의 시트에 기댄 채 뜻밖에 낚아올린 오늘의 취재와 사건을 접목시키기 위해 무던히도 고심하고 있었다.

채은경과 이성구는 조금씩 불안해지기 시작했다. 예상 외로 강회장이 재산 반환에 선뜻 응해 주지 않기 때문이었다. 뿐만 아니라 성구는 또다시 환청 증세가 재발되기 시작했고, 밤마다 고통에 시달려야 했다. 그러한 고통 속에서도 은경은 성구에게 하루 두 번 이상은 빼놓지 않고 침실을 요구했다.

정신이 집중되지 않아 환청이 들리는 것이라며 그것을 섹스로 해결하려고 한 것이다. 힘에 겨운 은경과의 섹스 행위, 그리고 밤잠을 설쳐대게 만드는 아내의 목소리. 하루 두 번 먹기도 힘겨운 음식. 불과 며칠 사이 성구는 몰라볼만큼 수척해졌다.

그리고 밤마다 놀라 잠에서 깨는 횟수도 늘어났다. 이 상태로 몇 달을 버티다가는 생명에까지 위협을 느낄 형편이었다.

강 회장으로부터 연락이 온 것은 그때였다. 재산 반환 문제로 상의할 것이 있으니 성구든 은경이든 좀 내려오라는 것이었다.

"어쩔 거예요, 당신이 내려가겠어요?"

"내가 이 몸을 하고 어떻게 내려가. 모든 것은 은경이가 책임지고 처리해. 만약 재산을 넘겨 주겠다고 하거든 강 회장에게 넘길 용의도 있다고 해. 사업은 잘 되니까."

"만약 또 미루면 어떡해요?"

"그럴 리야 없겠지, 이렇게 전화까지 했는데……"

"당신, 참 문제예요. 이건 우릴 얕보고 하는 짓이에요. 이번에도 우물쭈물하면 정식으로 고소하겠다고 으름장을 놓겠어요."

"……"

성구도 이제는 완전히 지쳐 있었다. 강 선배고 뭐고 그저 하루빨리 한국을 떠나고 싶은 마음밖에 없었다.

사회에 나가 본들 이제는 아내를 살해하고 젊은 여자와 놀아나는 탕자 취급밖에 받지 못할 것이다. 게다가 건강은 하루가 다르게 악화되어가고 있었고, 밤이 오는 것이 두려울 만큼 혜정의 환청에 시달리고 있었다.

은경은 화사한 투피스를 입고 서울로 가기 위해 나섰다.

"늦어도 내일까지는 돌아올께요, 이번에는 정말 결판을 내고야 말 테니……"

은경은 성구를 남겨두고 별장을 빠져나갔다.

그로부터 채 삼십 분도 못 되어 현관에서 벨이 울려왔다. 성구는 의아해 하면서 버튼을 눌렀다.

"실례합니다. 이성구 사장님 좀 뵈러왔는데요."

스피커를 통해 귀에 익은 목소리가 들려왔다.

"누구십니까?"

"K일보 김민성 기자입니다."

"아, 기자님. 알았습니다."

대답이 나오고서야 현관문이 자동으로 활짝 열렸다. 검붉은 장미들이 다투기라도 하듯 활짝 피어 있는 정원을 지나 현관으로 들어서자 가볍게 차려입은 성구가 마중을 나왔다.

"아니, 김 기자님…… 갑자기 여기는?"

채은경이 서울을 향해 떠나는 것을 확인한 뒤에 들어온 김민성이었지만 그는 전혀 표정을 바꾸지 않았다.

"사모님은……."

"아, 우리 은경이, 이제 방금 서울 내려갔습니다. 강 회장님이 만나자고 해서……."

"그래요? 무슨 일로?"

이성구의 얼굴은 며칠 사이 못 알아볼 만큼 여위어 있었다. 얼굴도 촛대처럼 창백하게 탈색되어 있고 힘이 없어 방금이라도 무너질 것만 같았다.

"건강이 매우 안 좋아 보이십니다."

"네, 건강이 나빠지니까 또 그놈의 소리가 밤마다 환청이 들리더군요. 미치겠어요, 빨리 떠나고 싶어요."

"도대체 환청이 어떻게 들립니까? 그리고 그 전화의 목소리는 언제쯤……."

"전화 목소리는 들리지 않은 지 오래 되었습니다만……. 새벽

2, 3시만 되면 어디서 울려오는지 아내 목소리가 여기 저기서 왕왕대고 울려옵니다. 의사는 환청이라고 하지만 절대로 환청이 아닙니다. 혜정이가 여기까지 따라온 것이 분명해요. 도무지 무서워서 미칠 것만 같아요……."

"서울로 가실 생각은?"

"마찬가진걸요. 어디가나 혜정이 목소리가 귀에서 떨어지질 않아요. 두 번이나 정신을 잃었죠."

냉장고에서 음료수를 꺼내온 이성구는 그때서야 비로소 김 기자의 방문 이유를 물었다.

"그런데 참, 갑자기 이곳엔……."

"진실을 알고 싶습니다. 되풀이되는 질문이지만 채은경 씨와는 정말 스키장 가는 도중에 처음 알게 된 사이입니까?"

"그렇습니다. 분명히 말씀드립니다. 이제 이와 같은 질문에는 더 이상 대답하지 않겠습니다. 질문이 되풀이된다고 해서 사실이 바뀌는 건 아니니까요."

"채은경 씨가 이성구 씨에 대해 계획적인 접근을 시도했다면 어떻게 생각하시겠습니까?"

"뭐라구요? 그럴 수는 없죠. 우리 부부는 스키장으로 갈까 온천으로 갈까 하고 망설였고, 끝내 스키장을 선택한 후 바로 다음 날 출발했으니까요. 또 저는 떠날 날짜를 혜정이에게 외에는 얘기한 곳이 없습니다. 은경에게 초능력이 있어서 우리의 계획을 알았다면 몰라도, 더구나 은경이의 자동차는 고장까지 나서……."

"좋습니다. 채은경 씨는 그 차를 어떻게 했답니까?"

"자동차는 본인의 것이 아니라더군요. 마치 자기가 고장을 내게 한 것 같아서 미안하게 생각하고 있다더군요. 됐습니까?"

"하필 이성구 씨가 가는 스키장 길목에서 고장을 일으킨 것에 대해 어떻게 생각하십니까?"

"허허, 김 기자님, 노이로제 걸린 건 저 하나가 아니군요. 때맞춰 제가 지나간 것뿐이죠. 그것이 나일 수도 있고 다른 사람일 수도 있죠. 그건 우연이죠"

"전 우연으로 보지 않습니다. 은경 씨가 이성구 씨를 기다렸다면 두 사람의 만남은 필연으로 보아야죠"

"우연, 필연. 하하, 따지고 보면 그게 그거죠. 하필 제가 지나는 시간에 차가 고장이 났다. 그러니 안 만날 수 없죠. 그야말로 필연적인 만남이죠. 어떤 사람들은 운명적인 만남이라고도 할 테고요. 김 기자님, 분명히 말씀 드리지만 전 이제 은경이를 누구보다도 사랑하게 되었습니다. 혜정이가 죽은 후 은경이와 나는 내적인 고통과 사회적인 고립 때문에 얼마나 많은 고통을 받았는지 모릅니다. 그러나 우리는 혜정이의 죽음과 아무 관계가 없기 때문에 사랑으로 그것을 극복하고 있는 중입니다. 저희들 고통에 김 기자님이 크게 한몫 거들기는 했지만 한 번도 김 기자님을 비난하거나 기피하지 않았습니다. 왜냐구요? 당신은 기자로서의 권리를 최대한으로 활용한 만용에 지나지 않으니까요. 사회의 마지막 양심이다, 현대 사회를 이끌어가는 최고의 지성인이다, 문명 시대의 마지막 자존심을 가진 비판가다 하며 추켜 세우지만, 그러나 당신네들처럼 무책임한 사람들도 드물 겁니다. 자신의 잘못은 하나도 기록하지 못하는 비겁자이기도 하구요. 김 기자님, 제가 혜정의 살인범이 아니라는 것으로 판결났을 때 떳떳이 당신의 잘못을 발표했나요? 못했죠? 그러니까 되도록 김 기자님의 기사를 합리화시키기 위해 이렇게 죽어라 하고 물고 늘어지는 게 아닙니까? 그러나 난 당신을 용서하고 있습니다. 왜냐구요? 알량한 인간애가 아닙니다. 당신은 아직 피흘리는 처절한 상황을 겪지 못했기 때문입니다. 온실에서 그 안온하고 튼튼한 신문사라는 방패 속에서 남의 이야기나 쓰면서 이러쿵저러쿵 비판하는 보잘것없는 사람이기 때문입니다. 내가 당신을 얼마나 경멸하고 있는지 아십니까?"

"……"

"제가 너무 심했군요, 이해하십시오. 저는 지금 너무 피로하고 예민해져 있습니다. 그러니 그만 돌아가십시오."

이성구의 눈은 마치 아귀처럼 빛나고 있었다. 그리고 그의 말은 어느 정도 사실이었다. 이 갑작스러운 공격에 김민성은 잠시 주춤하고 있었다.

이미 이성구에게는 엄청난 실수를 저지른 과오가 있었다. 그러나 한 번도 용기 있게 그 과오를 시인하지 않았다. 성구의 말대로 자신을 합리화시키기 위해 이렇게 뛰어다니는 것도 어느 정도는 사실이었다. 그러나 그 뒤에 있는 진심은 그것이 아니었다. 이 사건의 진실을 규명하고 싶은, 아니 규명해야 할 언론인의 의무를 느낀 것이기 때문이었다.

"맞습니다. 이 사장님의 말씀에 절대 동감합니다. 그러나 이번 사건만큼은 제 손으로 끝장을 보고 싶습니다. 왜냐하면 너무나 기묘한 미스터리가 깔려 있기 때문입니다. 그것은 호기심 때문만도 아니고 알량한 기자라는 직업 의식 때문만도 아닙니다. 이제 방금 말씀하신 나의 과오에 대한 뚜렷한 정정이 필요하기 때문입니다. 내가 내 과오를 사과하는 것보다 더 급한 일은 진실을 규명하는 겁니다. 무책임하게 끝내고 싶지는 않습니다. 미스터리

란 불가항력같이 보이지만 단서만 잡히면 또 일사천리로 풀어지
게 마련입니다. 저는 어느 정도의 가능성을 예견하고 있습니다.
한 가지만 더 여쭤 보겠습니다."

"……."

"채은경 씨가 미대 졸업반 학생이 아니라 호스티스 출신이라
는 거 알고 계십니까?"

"뭐라구요, 호스티스? 당신이 그것을 어떻게 압니까?"

"취재했죠."

"고생하셨군요. 제게 직접 물어 보았으면 진작 아셨을 텐데. 공
부하기 위해, 돈을 벌기 위해 그런 데 나가는 게 잘못입니까? 은
경이가 호스티스 출신이어서 김 기자님께 피해 끼친 일 있습니
까? 은경은 제게 아무 것도 속이지 않았습니다. 미국으로 떠나기
전에 어디 있는지 모르는 어머니만 찾으면 된다구요. 제가 앞으
로 은경이에게 해줄 일은 그녀를 다시 공부시키는 것, 그리고 그
녀의 불행에 종지부를 찍어 주는 것뿐입니다."

"좋습니다. 이왕에 나온 얘기니 끝까지 합시다. 돌아가신 부인,
김혜정 씨의 전화가 걸려온 것에 대해서는 어떻게 생각하십니
까?"

"분명히 말씀드리지만 혜정은 피살되었습니다. 나도 은경이도
범인은 아닙니다. 그 전화가 증명합니다. 놈들은 아내를 잘 아는
사람들입니다. 아내의 목소리를 평소 녹음해 두었다가 누군가를
시켜 다시 녹음할 수도 있지 않겠습니까? 가령 전직 성우라든가
배우 출신…… 처음에는 저도 놀라고 무서웠습니다. 그러나 이성
을 찾으면서 그것이 누군가가 내 신경을 긁어 놓기 위한 트릭
이란 걸 알았죠. 이젠 두려워하지 않습니다. 다만 밤마다 귀를 울

리는 환청이 문제죠."

"이 사장님, 스키장으로 떠나는 사실을 돌아가신 혜정 씨와 사장님 두 분만이 아신다고 했죠? 그런데 마침 거기서 은경 씨의 차가 고장이 났고, 만일 은경 씨가 두 분의 여행을 미리 알았다면 혜정씨를 통해서는 알 수 있지 않을까요? 어쩌면 은경 씨와 혜정 씨는 평소부터 잘 알고 지내온 사이일지도 도른다는 생각은 안 해보셨습니까?"

"허허허……. 그래 은경이와 혜정이가 서로 약속을 하고 나를 기다렸다 이거죠? 김 기자님, 누가 피해자고 누가 가해자라는 말입니까? 두 사람이 뭔가 음모를 꾸몄다면 내가 피허자가 되어야죠. 그런데 피해 당사자는 내가 아니고 혜정이였습니다. 피해자가 음모를 꾸며 자기의 목숨까지 버리는 일도 있습니까?"

김민성의 추리가 빗나간 바로 그 지점을 이성구는 파고 들었다. 김민성은 턱을 매만지며 생각에 잠겼다. 그리고 그의 말을 인정하지 않을 수 없었다.

'그럼 채은경은 도대체 왜 그런 장난 같은 행동을 했을까.'

이상한 여인의 죽음

그 여인이 이곳으로 이사왔을 때 사람들은 모두 그녀를 보며 의아하게 생각하고 있었다. 나이는 약 58, 9세 정도 돼 보였고, 가족은 하나도 딸려 있지 않았다. 그뿐 아니라 그녀가 가지고 온 짐이라고는 너덜한 옷보따리와 볼품없는 초라한 살림 몇 점이 전부였다. 물론 그녀의 행색 또한 살림과 큰 차이가 나는 것이 아니었다.

처음에는 이곳으로 이사올 주인의 가정부 정도로 생각했지만 하루가 지나고 이틀이 지나고, 또 한 달이 넘어 두 달이 지나도 20평 아파트에 걸맞는 살림을 차려오는 사람이 없었다.

그 여인은 하루 고작해야 한 번 정도 외출하는 데 지나지 않았고, 그나마 늦은 밤이 되어야 잠깐 시장엘 다녀오곤 했다.

남의 일에 관심 많은 이웃 주부들은 그 여인의 정체가 몹시도 궁금해서, 상가에서 그녀를 만날 때마다 이상한 눈으로 쏘아보곤 했지만 도무지 무엇을 어떻게 해 먹고 사는지 왜 혼자 이렇게 살아가는지 아는 사람은 하나도 없었다.

벌써 석 달이 가까워 오지만 공공 요금을 받으러 오는 사람 외에는 문 앞에서 얼씬대는 사람도 없었다.

그녀의 행색은 조금도 변함이 없었고, 집안 살림도 전혀 늘어난 것이 없었다. 온수 검침을 위해 그 아파트로 들어갔다 나온 사람들은 모두 혀를 내둘렀다. 앉으면 고생했다는 빈말 인사도 심지어는 얼마나 썼느냐는 흔한 질문 한 번 하는 법이 없었고 관리실 검침원이 나가기가 무섭게 '쾅' 하고 문을 닫아 버렸다.

자식들로부터 버림받았다고 보기에는 이 큰 아파트를 혼자 쓴다는 것이 부자연스러웠고, 돈만 아는 수전노 과부로 보기에는 행색이 너무나 초라했다. 보통 사람들 같았으면 답답해서라도 밖에 나와 거닐겠지만, 이 여인은 전혀 그런 법도 없었다.

어쩌다 아파트 자치 부녀회 같은 데서 행사를 벌여 떡이나 고기같은 음식을 돌려도 이 여인은 번번히 거절할 뿐 아니라 가능하면 안 찾아와 주기를 바라고 있었다.

이런 이상한 노인에 대한 관심도 시간이 흐를수록 아파트 사람들의 관심에서 멀어지기 시작했고, 그녀에 대한 호기심도 사라지게 되었다.

그랬기 때문에 그녀가 일주일째 전혀 얼굴을 내밀지 않은 사실을 기억하고 있는 사람들은 아무도 없었다. 다만 언제나 저녁 7시경이면 반찬거리를 사기 위해 야채 가게에 잠깐 들렀다가 조용히 물러가는 이 여인이 최근엔 단 한 번도 나타나지 않은 것에 대해 어디가 아프거나 아니면 자식들 집엘 갔겠지 하고 생각한 것이 고작이었다.

그녀가 사체로 발견된 것은 아주 우연한 동기에서였다.

단 한 번도 밀린 일이 없는 아파트 관리비를 한 달째 납부하지 않고 있었고, 늘 마시는 우유가 산더미처럼 쌓였던 것이다.

이 노인에게 이상이 생겼다고 생각한 것은 우유를 배달하는 한 어린 중학생이었다. 수금 일자가 되었는데도 돈을 받을 수 없는 데다가 단 한 개도 소모되지 않고 그냥 쌓여 있기만 했기 때문에 부득이 관리실을 찾아갔던 것이다.

"저 아저씨, 3동 708호 할머니 있죠."

"그래, 왜?"

"제 육감으로는 아무래도 이상해요. 뭐 꼭 돈을 받으려는 생각에서만은 아니거든요. 그 할머니 아무래도 죽은 거 같아요. 한 번 확인해 보세요."

"야, 임마 할 일 없으면 집에 가서 공부나 해."

관리실 사람들은 이 어린 학생의 말에 퉁명스레 대답했다. 쓸데없는 소문을 내서 아파트 값 떨어지면 우유 배달도 못하게 하겠다고 위협했다. 그러나 실은 관리실 사람들도 한 번쯤은 찾아가 보아야겠다고 벼르고 있던 참이었다.

"이봐, 장 계장 자네가 좀 갔다오지."

경비실 책임자인 장 계장에게 관리소장이 지시를 내렸고, 장 계장은 아예 열쇠공까지 데리고 올라갔다.

역시 문은 굳게 닫혀 있었고, 아무리 벨을 눌러도 안에서는 아무런 응답이 없었다. 열쇠공이 열쇠를 만들어 오는 데 또 한 시간이 걸렸다.

'철컥' 하는 금속성 소리가 난 뒤 문이 열린 것이다.

집 안은 쥐죽은 듯 조용했다. 단 한 켤레밖에 없는 여인의 낡은 신이 보였고, 방문도 굳게 닫혀 있었다. 장 계장은 신발을 벗고 안으로 들어가 안방의 문을 조심스럽게 열었다.

"으—으악—."

장 계장의 얼굴이 새파랗게 질렸고, 그는 말도 못하고 아파트를 뛰쳐나왔다. 그리고 한걸음에 관리실로 달려갔다.

"주, 죽어 있어요. 옷을 입은 채 방 구석에 잔뜩 구부리고 엎어져서, 빨리, 경찰에……."

"뭐? 그 여자가 죽었어?"

관리소장이 깜짝 놀라 벌떡 일어났다. 그리고 3동으로 달려갔다.

"아무래도 이상합니다."

김민성 기자는 최찬일 형사를 바라보며 지금까지 취재한 내용을 놓고 의견을 교환하고 있었다.

김민성 기자가 취재하고 있는 동안 최찬일 형사도 나름대로 수사에 열을 올리고 있었다. 이들은 모두 다른 방향에서 방증 수사를 전개하고 있었던 것이다.

"채은경이 어떻게 바로 그 자리에서 차가 고장났다고 거짓말하고 이성구를 기다리고 있었을까요?"

"그 얘기를 듣고 보니 또다시 조사할 건수가 생긴 것 같습니다."

"……?"

"저는 그동안 강 회장님에 대해 계속 지켜보고 있었습니다. 처음부터 강 회장이 이성구 사장의 공장에 눈독을 들인 게 아닌가 하구요. 이 사장의 기업체가 지금 강 회장 휘하에 들어가 있고, 독립 채산제를 채택해서 경영하고 있거든요. 더구나 강 회장은 3년 위탁 경영 공증까지 해 놓은 셈입니다. 이 3년 동안 계속 적자 경영으로 맞춰 놓은 것입니다. 제 조사로는 이성구 사장이 강 회장에게 갚아야 할 빚이 약 5억 정도 있습니다. 그것과 누적된 적자를 합쳐 대충 먹으려는 게 아닌가, 그렇다면 이성구 사장 모르게 채은경과 강 회장이 결탁할 수도 있다 이겁니다."

"그렇다면 채은경은 왜 이성구 사장에게 계속 미국행을 고집을 하고 있을까요?"

"제스처인지도 모르죠, 이성구 사장의 지금 건강 상태나 정신 상태로는 절대 외국에 갈 수 없습니다."

"전 그렇게 생각지 않습니다. 만약 그런 경우라면 즉, 강 회장과 채은경의 결탁으로 본다면 지금 채은경이 미국으로 급히 이민 가려는 이유를 설명하죠."

김 기자는 최 형사에게 자신있게 말했다.

"즉 처음에는 둘 사이에 충분한 보상을 조건으로 이성구 사장의 정신 상태를 혼란에 빠뜨리게 하고, 그 방법은 아내를 살해하고 채은경이 그 자리에 수단껏 들어간다. 그 다음 이 사장의 재산을 위탁 경영 형식으로 강 회장에게 돌려 놓는다. 그 다음 강 회장이 채은경에게 충분한 보상을 한다. 이렇게 약속했지만, 막상 아내 자리에 들어가고 보니 이 사장의 재산이 모두 자기 것이 될 가능성이 있거든요. 그러니 어떻게 본다면 채은경이 강 회장과의 약속을 깨고 독점하려는 게 아닐까요? 그래서 재산 반환에 난색을 표한 것 같습니다. 그리고 채은경이 이 사장 부인, 즉 김혜정을 살해한 증거를 내 손에 쥐어 주기 위해 제게 적지 않은 취재비를 지급하고 있는 것 같습니다."

두 사람의 추리는 상당히 논리적이었다. 그러나 이들을 한결같이 절망케 하는 것은 채은경이 김혜정을 살해했다는 정확한 증거가 없다는 것이었다.

김 기자는 계속 취재하고 이를 강 회장에게 내색하지 않고 보고하기로 했고, 최 형사와 김 기자는 경쟁이 아닌 동반자로서 이 사건을 풀어가기로 합의했다.

"최 형사님 잠깐만 계십시오. 제가 한 시간 정도 갔다 올 곳이 있습니다."

이때 최 형사 옆자리에 앉은 다른 형사가 전화를 받으며 소리 지르고 있었다.

"뭐라구요? 노파 하나가 우리 관내에서 죽었는데…… 네, 자살 인지 타살인지는 모르나 아무튼 죽은 채로 발견되었다 이거죠? 네, 무슨 아파트요? 해바라기 아파트 3동 708호, 알겠습니다."

그의 목소리는 수사실이 시끄러울 정도였다.

"최 형사님, 저 먼저 갑니다. 내일 한 번 더 들리겠습니다."

인사를 하며 김 기자는 허둥지둥 밖으로 나갔다.

그는 밖으로 나오자마자 차를 몰고 해바라기 아파트를 향해 전력질주했다.

이성구 사건으로 최근에는 기사 한 줄 제대로 쓰지 못했다. 아파트에서 원인 모르게 노파가 죽어 있다면 이것은 분명히 좋은 취재거리라고 판단했던 것이다.

생각했던 것처럼 해바라기 아파트 3동 708호 밖에는 수많은 사람들이 모여 웅성거리며 서 있었고, 파출소에서 나온 듯한 순경 두 명이 아파트를 지키며 출입을 통제하고 있었다.

김 기자는 신분증을 보여 주고 아파트 안으로 들어갔다. 우선 급한 대로 몇 컷 사진을 찍었다. 이상하리만큼 방 안에는 살림이 없었다. 여인은 방구석에서 쪼그리고 앉은 채 죽어 있었고, 옆에는 커다란 약봉지가 놓여 있었다.

분명한 자살이었으나 이 여인이 누군지, 왜 여기서 죽었는지, 이 아파트는 왜 이렇게 썰렁한 채 살림하나 없는지 모든 것이 궁금하기만 했다.

형사들은 '이 나이 많은 여인이 자살했다' 는 것으로 그들이 임무가 끝나지만 김민성에게는 그것만으로는 끝낼 수가 없었다. 이 여인의 신분이야 아파트 계약서로 밝혀지겠지만 그런 외형적인 사실이 아니라 '이 여자는 어떤 여자이며 왜 자살을 했을까' 라는 원인 규명이 필요했던 것이다.

김혜정을 누가 살해했느냐도 중요하지만 누가 어떤 방법으로 왜 살해했을까가 김 기자에게는 가장 큰 문제였다. 주민들의 말에 의하면 이 나이 많은 여인은 연고자가 없는 것 같다고 했다.

형사들도 대충 방을 훑어보았지만 도무지 찾아보고 어쩌고 할 살림이 없었다. 흔한 조립식 옷장 속에 낡은 스웨터와 내복 몇 벌 약간의 식기가 있을 뿐 20여 평의 아파트는 새 주인을 맞으려는 빈 아파트처럼 썰렁하게 비어 있었다.

관리소장의 말에 의하면 1년 계약으로 2천만 원에 전세 들어 있는 것이라고 했다. 의문은 여기서부터 시작되었다. 2천만 원의 전세금을 남기고 왜 죽었을까, 그리고 이 여인은 도대체 그동안 어떤 수입원으로 삶을 지탱해 왔을까 하는 것이었다.

이 아파트를 세놓은 전 주인을 찾아 전화해 보았지만 전 주인은 기분도 나쁘고 겁도 났던지 만족할 만한 답변을 해주지 않았다. 그저 이 노인이 복덕방을 통해 들어왔고, 또 들어온 지도 얼마 안 돼 한 번 들여다보지도 않았다는 것이었다.

형사들과 파출소 순경들이 철수를 위한 마지막 점검에 들어갔다. 여인이 자살로 판명되었기 때문에 김민성의 취재에도 큰 제재가 가해지지는 않았다.

대충 둘러본 뒤 떠나려는 형사들을 불러세운 것은 김민성이었다.

"잠깐, 이것 좀 보십시오."

김 기자는 형사들과는 다른 각도에서 방을 수색했다. 틀림없이 생활비가 감춰진 곳이 있을 것이라고 판단해 여러 곳을 뒤져 보았다.

마침내 그는 간이용 캐비닛 바닥의 2층 비닐 바닥 밑에서 2백만 원의 현금과 저금 통장과 도장 한 개를 찾아낸 것이다.

"아니, 이 많은 돈이!"

저금 통장의 이름은 아파트 계약 당시의 이름인 최돌숙으로 되어 있고 거래 은행은 국민은행으로 되어 있었다.

온라인 번호가 012 - 21 - 0492 - 229로 되어 있었으며, 최초 저금 5백만 원과 매월 1백만 원씩 6개월 동안 꼬박꼬박 입금되어 있었다. 입금 일자는 일정치 않았다. 어느 때는 월초가 되기도 했고, 어느 때는 월말이 되기도 했다.

누군가가 온라인으로 보내 주는 것이 확실해진 것이다.

'반드시 연고자가 있다, 그 연고자를 찾아야 한다.'

그러나 송금자의 신원을 확인하지 않는 온라인 제도이고 보면 송금자를 찾는다는 것은 그리 쉬운 일이 아니었다.

김민성은 신문사로 돌아와 죽은 최돌숙 여인의 사진 인화를 부탁했고, 광고국에 연락하여 연고자를 찾는다는 광고를 내기로 했다.

이름 : 최돌숙
주민등록번호 : 290209 - 2001718
주소 : 강동구 둔촌동 해바라기 아파트 3동 708호
본적 : 경기도 의정부시 가능 2동 719번지

비용은 그녀가 남긴 돈으로 충당하기로 경찰측과 합의했다.

연락처는 경찰서와 김민성이 일하고 있는 편집국 사회부로 해 두었다.

그러나 걱정스러운 것은 연고자가 이 신문을 때맞춰 보겠느냐 하는 것과 죽은 여인의 사진이 실물과 전혀 다르게 일그러져 나온 점이었다.

그 무렵 강 회장과 채은경은 이틀째나 팽팽한 접전을 벌이고 있었다.

채은경은 조용히 재산을 환수해 달라고 했고, 강 회장은 이성구 사장이 완전히 건강이 회복되어 사회 활동을 하는 데 문제가 없어야 돌려주겠다는 조건이었다. 채은경은 그것이 강 회장이 이 사장의 재산을 송두리째 말아먹겠다는 수작이 아니냐며 항변하고 나섰다. 이제는 말투까지 거칠어졌다.

"알잖아요, 성구 씨 건강이 날로 악화되고 있는 거. 성구 씨가 건강을 회복하려면 한국을 떠나는 방법밖에 없어요. 그런데 왜 당신이 그걸 방해하죠? 전 처음부터 성구 씨 재산을 당신이 관리하면서 그렇게 나올 줄은 정말 몰랐어요. 물에 빠진 사람 발로 머리 밟긴가요? 처음에 그저 20억에 회장님이 그냥 인수하시는 것으로 알았어요. 재투자, 위탁 경영 얘기를 들었을 때 곧바로 회장 당신을 파악했어야 되는 건데……"

"정, 재산을 환수하겠다면 법적 절차를 밟으세요, 저도 준비 할 테니까."

언제나 그것이 마지막 무기였다. 은경이로서는 법적 절차를 밟을 만한 능력도 없거니와, 더 이상 법정을 오르내리고 싶지 않았다.

은경은 초조하고 불안한 마음으로 서울 천호동 집으로 돌아오고 있었다.

뜻밖에도 집 현관 앞에서 김민성 기자와 맞부딪히게 되었다.

"어머, 김 기자님, 어쩐 일이세요?"

"아이구, 사모님 아니십니까? 저쪽에 어떤 여자가 자살을 했어요. 취재중인데 좀 재미있는 일이 있어서…… 그건 그렇고 시간 있으면 차나 한잔했으면 하는데요?"

"바라던 바입니다. 저야말로 드릴 말씀이 있으니까요."

두 사람은 집에서 조금 떨어진 조용한 카페로 들어갔다.

주스를 마시면서 채은경이 먼저 입을 열었다. 그녀는 아직도 흥분이 채 가라앉지 않은 것 같았다.

"강 회장님이 아주 그이 재산을 송두리째 말아먹을 작정인가 봐요. 회사 매각한 것 재투자하고 위탁 경영한답시고 공증까지 해서 계약해 놓고 이 다급한 상황에도 내놓을 생각을 안해요."

"몇 년간이죠, 계약 기간이?"

"3년이에요."

"그럼 뭘 그리 걱정하세요, 제가 보기에는 채은경 씨가 답답해 할 게 하나 없을 것 같은데?"

"네? 무슨 말씀이세요?"

"지금 재산만으로도 충분히 치료받을 수 있지 않겠습니까? 치료가 끝날 때쯤이면 강 회장님이 재산을 돌려드릴 테고요. 안 그렇습니까?"

"떠날 때 한꺼번에 끝내야지 언제 또 들어가고 자시고 하겠습니까?"

"추영미 씨!"

"네? 추, 영미. 당신은, 그동안……."

"뭘 그리 놀라십니까? 마이아미의 추영미 하면 모르는 사람이 없을 텐데!"

"그래서 어쨌다는 거죠?"

"이성구 사장님에 대해 어떻게 생각하십니까? 채은경 씨는 진심으로 이성구 씨를 사랑하고 계십니까?"

"그걸 말씀이라고 하세요?"

"사랑이 아니라 재산이겠죠. 엄청난 재산, 보통 사람은 꿈도 꾸지 못할 돈, 당신이 사랑한 것은 이성구가 아니라 그의 주머니가 아닙니까?"

채은경을 추적하고 그녀의 발자국을 더듬는 동안 이번 살인 사건에 채은경이 직접 개입되어 있다는 확신을 얻게 되었다.

미국으로 건너가자는 의도에 대해서는 아직 선명하게 알 수 없지만 마이아미의 정 씨의 증언이 그것을 뒷받침하고 있었다.

그러나 증거가 없었다. 또 이성구에 대한 추리 때문에 크게 실패한 경험도 있다. 이렇게 사람을 앞에 놓고 정곡을 찔러 보는 것도 큰 모험이었다.

김민성은 채은경이 테이블 위의 엽차 잔이라도 들어 얼굴에 끼얹을 것으로만 생각하고 있었다. 그러나 그녀는 웃고 있었다.

"지난번엔 남편을 몰아세우더니 이번에는 나를 코너에 몰아넣으려구요? 도대체 당신 누구한테 부탁받고 이런 쓰잘데없는 일에 간섭이죠? 그렇지만 기자 선생님 웃기지 않았으면 좋겠어요. 나를 뒤쫓을 시간 있으면 강 회장을 뒤져 보라구요. 왜 우리 돈 안 주는지. 처음부터 무슨 목적으로 사업 자금 도와주며 회사 도와주었는지. 엉뚱한 데 헤매지 말아요, 기자 양반이 이렇게 머리가 안 돌아가서 어쩌죠?"

"허허, 이 김민성이 돌대가리라는 것 세상이 다 알죠. 그런데 채은경 씨, 왜 고장나지도 않은 차를 길에 세워 놓고 있었으며, 운전 기사 정 씨에게는 왜 그리 많은 돈을 주었습니까? 이미 조사는 다 해 놓았습니다. 채은경 씨가 정직하게 이야기하는 것만 남은 셈이죠."

"정말 철저히도 조사했군요? 그래 무엇이 어쨌다는 거죠? 내가 그래서 김혜정 씨를 살해한 범인이라도 된다는 거예요? 하나만 알고 둘도 모르는 외곬수. 왜! 먼저번처럼 이번에는 이 채은경이 살인범이다 하고 소설 하나 쓰시지 그래요?"

"요점만 듣고 싶습니다."

"솔직히 말해 김 기자님한테 이러쿵저러쿵 다 털어놓고 얘기해야 할 의무는 없어요. 마치 심문하는 태도군요, 기분 나쁘게. 그렇지만 그 사정을 들려 달라면 들려드리죠. 그날 친구들과 만나기로 한 건 사실이에요. 불란서 가는 건 내가 아니고 내 친구였어요, 제가 술집에 나가 추영미라는 이름으로 먹고 살고 있는 거 아는 아이가 없어요. 소위 폼 좀 잡고 싶었던 거예요. 그래서 정 씨한테 부탁했죠. 여러 가지 사정이 있으니 도와 달라, 자동차 하루 이틀만 부탁하자…… 오랜만에 친구들 만나 기죽기 싫어 돈 좀 쓴 거예요. 그런데 스키장이 가까워 오면서 마음이 달라졌죠.

혼자 무척 많은 생각을 했어요. 꼭 이래야 되나? 이렇게 폼 잡는 다고 내게 남는 게 뭐냐? 제 마음 이해하시겠어요? 결국 저는 제 자신이 부끄러워졌을 뿐이에요. 술집에 나가는 거, 뭐 까발리고 돌아다닐 일은 아니지만 이렇게까지 내 자신을 위장하고 싶지는 않았죠. 그래서 그랬던 겁니다."

그러나 그것은 스키장행 도중에 있었던 행동이 아니라 처음부 터 약속이 그렇게 되어 있었다.

'이 여자는 분명히 나에게 무언가를 속이고 있다.'

확실한 판단이 서기 시작했다. 그렇다면, 처음부터 이성구 – 채 은경 – 김혜정간에는 삼각 관계에 있었고, 김혜정만이 이 관계를 눈치 채지 못하고 있었는지도 모른다.

"좋습니다. 내가 오해를 풀죠, 없던 것으로 하겠습니다."

그러나 이번만은 분명히 잡아 놓은 꼬리를 놓치지 않겠다고 맹세하고 있었다. 채은경, 이번 사건의 핵심은 그녀에게서 비롯되 었다는 확신을 갖게 되었다.

다만 그녀의 라인이 이성구냐 김혜정이냐 강관선이냐 하는 것 이 남아 있고, 어떻게 확실한 증거를 잡느냐가 숙제로 남아 있을 뿐이었다.

그날 밤 김민성 기자는 또다시 마이아미를 찾아갔다. 별로 반 가워하지도 않는 마담을 또 물고 늘어졌다.

"참! 기자님도 어지간히 끈질기군요. 이번엔 또 뭡니까?"

"헤헤. 마담, 미안합니다. 오죽하면 이렇게 거머리처럼 달라붙겠 습니까? 아시죠, 이성구 사장의 부인 김혜정 피살 사건. 그것이 추영미와 관계되어 있으니 어쩝니까? 좀 도와 주셔야죠."

"도대체 제가 뭘 도와 드려야 하죠? 제가 사람 죽이는 꼴을 보았습니까, 시키기를 했습니까?"

"그게 아니라 이 두 남자! 혹시 여기 자주 오지 않았나요?"

김민성은 마담에게 이성구와 강관선의 사진을 보여 주었다.

혹 채은경과 접촉한 사실이 있는지의 여부를 알고 싶었던 것이다. 그녀는 고개를 갸우뚱했다.

"모르겠는데요, 적어도 단골 손님이라면 제가 모를 리 없죠, 전혀 기억이 없어요."

이상한 일이었다. 채은경과 연결 가능성이 있는 사람이라면 이성구나 강관선이어야 했다.

나머지 한 사람은 김혜정인데 김혜정은 피해자가 아닌가?

더구나 이성구의 고백에 따르면 승용차에서 김혜정은 채은경에게 질투를 느끼는 것 같다고도 했다. 그렇다면 도대체 채은경은 누구와 연결되어 이성구의 집에 뛰어들 수 있었을까?

아무리 생각해도 이해할 수가 없었다.

"아참! 김 기자님."

갑자기 마담이 무엇인가를 생각하듯 눈을 지그시 감으며 김민성의 옷소매를 잡아당겼다.

"네, 뭐 생각 나는 거라도 있습니까?"

"오늘 기자님이 있는 K일보에 연고자를 찾는 노인 하나 있었죠?"

"네? 그 여자를 압니까?"

"어디선가 많이 본 기억이 나요. 어디서 보았더라…… 사진이 좀 일그러지긴 했는데 그래도 분명히 낯익은……."

"아, 그래요? 그건 이 사건과는 관계가 없지만 제게는 특종 기사감이거든요. 아무튼 생각 나시면 제게 연락해 주십시오. 그리고 기자라고 너무 괄세하지 마세요. 술집에 와서 돈 쓸 형편은 되니까요."

크게 기대를 걸지는 않았다. 자신이 보아도 실물과는 많은 차이가 있는 사진이었다. 노인이란 누구든 어디선가 한 번쯤은 본 기억을 나게 만드는 얼굴이기 때문이다.

요즘 며칠은 실망의 연속이었다. 채은경은 모든 것을 조리 있게 빠져 나가고 있었고, 채은경에게 초점을 맞춰 보라는 강 회장의 태도도 이제는 다른 목적이 있는 게 아닌가 할 정도로 의심이 가기 시작했다.

그러나 마이아미의 여사장 말처럼 김민성은 질기고 끈기가 있었다. 지난번의 실수만 아니었어도 이렇게 많은 수고를 해 가며 뛰지는 않았을 것이다.

그에게는 남다른 자존심이 있었다. 그 무참한 실패를 꼭 회복하겠다는 자존심이 그를 이 사건에서 손 떼지 못하게 했다.

그리고 절망으로 이어지는 좌절의 조사였지만 납득할 수 없는 채은경의 움직임이 그를 선뜻 손 떼지 못하게 만들고 있었다.

축 늘어져 집에 돌아왔을 때 어머니는 깜짝 놀랄 만한 소식을 가지고 기다리셨다. 어머니는 10시가 넘어서 들어오는 자식이 측은하기도 했지만 말하지 않을 수 없었다.

"민성아, 힘들지. 저녁은 먹었니?"

"허허, 뭐가 힘들어요. 직업인데……."

"너도 빨리 장가 보내야겠구나, 네 색시가 해주는 밥이라야 일찍 들어오겠니?"

"참 어머니도……."

'제길, 이성구 꼴 날 바에야 독신으로 혼자 사는 게 낫지. 누가 썼던가? 독신 생활이라는 책, 결혼해도 안 해도 외롭고 고독하긴 마찬가지고……'

"참, 민성아."

"네?"

"네게 누가 찾아왔어. 오십은 돼 보이는 여잔데 신문을 봤다더구나. 집으로 찾아오겠다기에 내가 연락처를 알려 달라고 했지."

"신문을 보고요? 그럼 그 최돌숙 노인 문젠데, 웬일일까?"

김민성을 찾아왔다는 여자는 집에서 조금 떨어진 여관에 묵고 있다고 했다. 늦어도 좋으니 꼭 찾아와 달라는 것이었다.

잠시도 쉴 틈이 없었다. 그렇다고 이상한 여인의 미스터리 같은 자살 사건의 연고자가 나타났는데 그냥 눌러앉을 수도 없었다.

'특종감을 놓칠 수는 없지.'

김민성이 특종감이라고 생각한 것은 단순한 노파 한 명의 죽음이 문제가 아니라 이 시대 이 사회가 안고 있는 병리(病理)의 환부를 들춰내기로 결심했기 때문이었다. 많은 돈을 가지고도 한 푼 제대로 쓰지 않았고, 또 어이없게도 그 돈을 남겨두고 자살했다는 것은 어느 누군가가 분명히 그 노파를 외롭게 만들었기 때문이었다.

한 노인을 자살하게 만든 그 원인을 규명하고 싶었던 것이다. 김민성의 집 뒤에 있는 여관은 외부에서 보기에도 케케묵은 냄새가 나는 싸구려 여관이었다. 아무리 김민성의 집을 찾아와 숙박하는 것이지만 그 사람도 고생쯤하며 지내는 여자가 틀림없을 것이다.

김민성이 주인의 안내를 받아 문을 두드리자 새카맣게 절은 한 오십쯤 돼 보이는 아주머니가 문을 열며 내다보았다. 얼굴은 주름살 투성이었고, 손등은 나뭇결 같은 굵직한 주름이 잔뜩 끼어 있었다.

사우나로도 모자라 사람을 사서 마사지까지 하는 부유층의 기름진 50대 유부녀들과는 너무나 엄청난 격차를 보여 주고 있었다.

"댁이 신문에 낸 총각이슈?"

"네. 그렇습니다만."

"좀 들어오슈."

투박한 말투로 김민성을 불러들였다.

"도대체 총각은 뉘슈?"

"네, 저 신문 기잡니다. 그런데……"

그녀는 갑자기 치마를 번쩍 쳐들었다. 그 속에 낡은 고쟁이가 보였고 마치 자루처럼 생긴 커다란 주머니가 있었다. 주머니를 뒤적이던 아주머니는 꼬깃꼬깃한 신문 조각을 꺼내 보였다.

"이것 맞수?"

바로 죽은 노파의 광고였다.

"네, 맞습니다만…… 혹 아시는……"

"이것 좀 보슈."

그녀는 이번에는 손바닥만한 사진을 한 장 꺼냈다. 10년은 족히 지났을 흑백 사진이었는데, 거기에는 두 여자가 나란히 서서 느티나무를 배경으로 찍은 모습이 보였다. 워낙 사진이 커서 얼굴의 윤곽이 뚜렷이 보였다.

신문에 게재된 작은 증명 사진만한 크기로는 구분하기 힘들었던 최돌숙 노파의 윤곽이 뚜렷이 보였다.

"네, 맞습니다. 옆에는…… 아주머니시군요. 그럼……"

"최돌숙 맞죠? 연고자를 찾는다고 해서 찾아왔는데, 지금 어디 있죠?"

"이 분과는 어떤 사이신지."

"내 사촌이죠. 말이 사촌 언니지, 이 언니 오갈 데 없는 외톨이라 우리 집에서 주욱 같이 살아왔어요. 한 십 년 전부터 연락이 딱 끊기더니…… 참 좋은……."

"놀라지 마십시오. 얼마 전 자살했습니다."

"네—에? 언니가…… 아이구, 내 그럴 줄 알았지. 아이구 불쌍해라……. 엉—엉—."

장소가 여관이란 것도 아랑곳하지 않았다. 그냥 흐느껴 우는 것도 아니었다. 그녀는 최돌숙의 사망 소식을 듣는 순간 통곡을 하며 울었다.

여관 주인이 뛰쳐나오고 김민성이 위로하고서야 겨우 울음을 멈추었다.

그녀가 진정되는 데는 상당한 시간이 걸렸다. 김민성은 그녀가 남긴 아파트 전세금 2천만 원과 통장의 1천 1백만 원, 그리고 현찰 2백만 원에 대해서는 일체 말하지 않았다.

궁색을 떨며 돈을 모으는 것은 오히려 권장할 만한 일이지만, 나이 많은 여자로서는 3천 3백만 원이 결코 적은 돈이 아니었고, 또 그것을 한푼 쓰지 않고 죽어 버린 것에 대한 의문을 풀어 보자는 생각이었다.

"그래, 시체는 어떻게 되었나요?"

"네. 여름이라 부패하기도 쉽고 해서 절차를 걸쳐 화장을 했죠."

"아이구, 불쌍한 사람!"

그녀의 눈에서 또 눈물이 왈칵 쏟아지고 있었다.

김민성은 그녀의 시체가 발견되기까지의 과정을 비교적 자세히 들려 주었고, 그녀는 최돌숙의 과거를 하나하나씩 기억에서 끄집어내었다.

원래 최돌숙이 태어난 곳은 경기도 화성이었다. 그 당시만 해도 그녀의 집은 제법 많은 농토를 소유하고 있어 지주의 딸로 유복하게 자랐다.

다만 무남독녀 외톨이라는 것이 흠이었지만, 주변에 친척들이 몇 있어 외롭게 자라오지만은 않았다. 6 · 25 이후 집안에 우환이 끊이지 않고 농토도 점차 줄어들기 시작했다.

최돌숙은 집안의 권유로 결혼해 의정부에 자리잡고 살았다.

그녀의 불행은 친정에서부터 터지기 시작했다. 지병과 가난과 빚에 몰린 아버지가 끝내 농약을 마시고 자살했고, 어머니까지 시름시름 앓다가 죽어버렸다. 그 불행은 친정에서 그치지 않고 그녀에게까지 옮아왔다. 미군 부대에서 그래도 작은 책임을 맡고 있던 남편이 노무자들과 시비가 붙어 싸우다가 재수없게 뇌진탕으로 죽어버렸다.

오갈 데 없이 최돌숙은 한동안 자신의 집에 와서 얹혀 살았지만 막벌이라도 하겠다고 이번에는 동두천으로 건너갔다.

"처음 몇 년 동안은 그래도 연락이 왔었지요, 손톱 여물을 썰어 가면서도 죽지 않으려고 발버둥쳤지요, 정말 억척같이 살아왔지만 그렇다고 돈을 모은 것도 아니고 자식이 있는 것도 아니고, 정말 불행하게 살았습니다. 그런데 언니한테도 기쁜 일이 하나 생겼어요. 누가 버린 아이를 주워다 키우기 시작한 거죠. 깜찍하고 예쁜 계집아이인데 이번에는 그 아이가 삶의 희망이었어요.

그 아이가 생기고 나서부터 연락이 끊어졌습니다. 그러니까 아주 소식이 끊어진 게 똑순이 열 세 살 때니까 지금부터 14~5년쯤 됐군요. 우리는 그 깜찍하게 생긴 계집아이를 똑순이라고 불렀어요. 걔도 다 컸을 텐데……."

"그럼 그 똑순이는 어떻게 됐는지 모르십니까?"

"아 주워다 키운 자식 크면 떠나가는 거 예사 아닙니까? 언니가 자살한 것도 그 문제가 제일 컸을 겝니다."

"사실은 그럼 지금……."

"그보다두요, 총각."

"네, 말씀하세요."

"언니 선친 묘가 고향에 아직도 있거든요. 언니 유골이라도 얻을 수 있으면 거기다가 뿌려 주고 싶은데……."

"알겠습니다. 지금 그 최돌숙 씨의 제일 가까운 친척은 누굽니까?"

"없어요, 저밖에. 원래가 외톨이 집안이 되어서요."

"알겠습니다. 제가 그 문제 알아 보죠."

김민성은 이 착한 여인이 어쩌면 최돌숙 노파가 남긴 유산을 얻게 될지도 모른다고 생각했다. 또 당연히 그래야 할 것 같았다. 그녀의 유골을 선친 묘에 합장하겠다는 마음씨에 감동을 받기까지 했다.

그렇다면 이 모든 것이 사실이라면 최돌숙에게 매월 1백만 원씩 보내 준 사람은 누구일까? 또 3천만 원이 넘는 돈은 어떻게 얻은 것이며 그녀의 분위기에 걸맞지 않게 커다란 아파트를 전세를 내 살고 있다는 것도 이상했다.

김 기자는 최돌숙의 동생이라는 여인과 헤어져 집으로 돌아왔다. 집으로 돌아온 그는 깜짝 놀라지 않을 수 없었다.

"웬 전화가 그리 많이 오냐. 수화기를 내려놓기가 무섭더라, 에
따."

어머니는 백지에 가득히 적힌 종이 쪽지를 건네 주었다.

"그 할머니를 보았다거나 알 만한 사람들이라는 거야."

메모지를 받아든 김민성은 그에게 전화를 걸어 준, 일종의 제보
자들을 살펴보기 시작했다. 그리고 그 내용에서 한 가지 공통점
을 발견하게 되었다. 그 공통점을 다시 옮겨 기록하기 시작했다.

"이건 우연이 아니군. 이 여인이 최근까지 기거했던 위치를 알
수 있게 되었어."

이미 친척 동생의 출현으로 일단락되었지만, 김민성이 풀지 못
한 미스터리가 몇 가지 더 있었기 때문에 호기심은 좀처럼 누그
러지지 않았다.

자살한 이유, 돈의 출처, 왜 돈을 그토록 모아 놓고 있으면서도
전혀 살림이 없느냐 하는 데로 초점을 모으기 시작했다. 전화 제
보자들은 한결같이 자신들의 연락처를 알려 주었다. 그리고 90퍼
센트 이상이 한곳에 집중되어 있었다.

강동구와 지금은 둘로 나뉘어져 있었지만 옛날에는 강동구 지
역이었던 송파구 일부분 사람들이 대부분이었다.

이상한 것은 그것뿐이 아니었다. 이상하리만큼 높은 제보 열기
였다. 그런 광고가 나와도 대부분의 사람들은 대개 남의 일로 돌
려 버리는 것이 예사인데 많은 사람들이 자진해서 전화를 걸어
준 것이었다. 매스컴이란 것이 그만큼 무서웠다.

30여 명의 제보자 중 90퍼센트 이상이 강동구 지역의 전화인
것으로 보아 최돌숙 여인은 그 지역을 중심으로 해서 살아온 것

이 분명했다. 김민성은 그 중 한 전화 번호에 맞춰 다이얼을 돌렸다.

전화를 받는 사람은 목소리로 보아 30대쯤의 주부로 보였다. 그녀는 마치 죄라도 지은 듯 떨리는 목소리로 황급히 말하고 있었다.

"저희 동네 가정부로 일하고 있던 여자 같아요. 이름은 모르지만 최 씨라고 불렀구요. 얼굴이 비슷해요."

"감사합니다. 도대체 뭐하던 여잡니까?"

"그런데 왜 연고자를 찾는 광고가 나왔죠?"

"자살했습니다. 약을 먹고요."

"아! 정말 흉가집이군요."

"흉가집이라뇨?"

"그 여자, 세상에 둘도 없는 외톨이 할멈이었죠. 요새야 뭐 그 나이에 할멈이라고 부르기도 뭐하지만…… 어떤 가정집에 가정부로 한 십 년 있었거든요. 그런데 글쎄…… 주인 아주머니가 비명 횡사하더니 남편은 젊은 년 끼고 들어앉았다가 머리가 돌아 버렸지 뭐예요. 그 젊은 년이 할멈을 내쫓더니 그새 자살을 했군요. 오갈 데 없는 할멈 길가에서 죽은 게 분명하죠? 아이구…… 내 정신좀 봐, 나 전화 끊어요……."

그 여인은 무엇이 바쁜지 일방적으로 전화를 끊어 버렸다.

그밖에도 두 사람 모두 비슷한 내용이었고, 또 한두 명은 서로가 아는 사이기도 했다.

"위치요? 글쎄 그런 거 알려 줘도 되는지 모르겠네요. 천호동 다리 건너 있지요. 네, 새로 생긴 천호대교 건너면 바로 천호동이에요. 유명한 토성이 있어요. 그 사잇길로 죽— 한 5백미터 정도 들어가면 빨간 3층 벽돌집, 거기서 일하던 여자예요. 뭐 이 근처에 와서 물어 보면 다 알아요. 부인 죽고 새색시 얻어 살다가 정신병자가 된 사람 집이 어디냐고 물으면요."

주민들의 전화를 들으며 김민성은 고개를 갸우뚱하고 있었다. 그리고 무엇이 생각났는지 여관에 투숙한 여인으로부터 얻은 죽은 여인이 살아있을 때 사진을 들고 다시 마이아미 살롱을 찾아 나서기 시작했다.

만일 김민성이 생각하고 있는 것이 사실이라면 이것은 엄청난 사건이었다.

'이 사진은 살롱 여사장이 알아봐야 한다. 만일 그것이 사실이라면……'

차를 몰고 서초동으로 가면서도 김민성은 온몸을 엄습해 오는 짜릿한 전율을 느끼고 있었다.

사흘이 지났다.

속초 별장에 있던 이성구가 마침내 앰뷸런스에 실려 서울 병원으로 후송되어 왔다. 그동안 그는 다시 회복할 수 있을까 할 정도로 쇠약해졌고, 밤마다 시달리는 악몽과 환청의 고통을 호소하고 있었다.

병원을 찾아온 사람은 강 회장과 최찬일 형사, 그리고 김민성 기자였다.

채은경은 병실 의자에 앉아 걱정스러운 듯 이성구의 얼굴을 들여다보고 있었다. 담당 의사의 안내를 받으며 이들 일행이 들어서자 채은경이 일어나며 의자를 권했다.

"됐습니다. 그래 좀 어떻습니까?"

"자꾸만 헛소리를 해요, 강 회장님, 이 상태로는 미국 가는 것 조차 불가능합니다. 빨리 병이 나아야 할 텐데……"

강 회장에 대해 채은경은 엄청난 변화를 보여 주고 있었다. 싸워서 될 일이 아니란 것을 알았는지도 모른다.

눈을 감고 있던 이성구가 겨우 눈을 떴다. 병원 침대의 시트 밖으로 내뻗은 그의 팔뚝은 차마 눈 뜨고 볼 수 없을 정도로 여위어 있었다.

의사가 채은경을 불렀다.

"사모님, 죄송합니다만, 잠깐 자리를 피해 주시겠습니까?"

"네? 저요, 왜요, 하실 말씀이 있으면 저 있는 데서 하세요. 환자는 제 남편이에요."

"아, 그런 게 아니구요, 이분들과 상의할 이야기가 있어 그럽니다."

아무리 부인이지만 의사의 지시를 따르지 않을 수 없었다. 채은경은 불쾌한 표정으로 병실을 나갔다. 의사를 중심으로 모두들 둥그렇게 앉았고 이성구가 간신히 허리를 일으켰다.

"중요한 얘깁니다. 잘 들어 보십시오."

의사는 이들 일행에게서 시선을 옮겨 이성구에게로 향했다.

"밤마다 아내의 환청이 들린다고 합니다. 죽은 부인의 목소리라고 하는데 지금까지만 해도 자신의 정신 쇠약에서 오는 환청으로만 알았다고 했거든요."

"그럼?"

"잘 들어 보십시오, 그 환청은 일정한 시간이 아니지만 거의 매일이다 싶게 새벽 3~4시경에 들렸다고 합니다. 그런데 부인이 서울에 가 있는 동안에는 전혀 들리지 않았다고 하거든요. 그리고 언제부터인가 정확히 기억할 수는 없지만 최근 한 일주일 전부터 전혀 전화가 안 오고 있다는 거예요. 김혜정 씨의 목소리는 환청뿐이 아니고 전화로도 계속 들려왔다고 합니다. 물론 환청은 신경성이라지만, 전화는 김혜정 씨를 살해한 범인들의 장난이 틀림없을 겁니다. 이성구 사장님이 마르고 병들지 않을 수가 없죠. 여기에 대해서 그동안 이 사장님을 지켜보신 여러분들의 의견을 듣고자 오시라고 했습니다."

"그 환청이 부인 채은경 씨에게도 들린다고 합디까?"

"아닙니다. 부인은 전혀 듣지 못했다고 했습니다. 아무래도 이 사장님의 신경성인 건 분명한데 그 전화의 목소리가…… 그럼 이 사장님, 기억 나는 대로 말씀하시죠. 링거를 맞으셨습니다. 어느 정도는 기운을 차리실 겁니다."

침대에 의지한 채 몸을 세우던 이 사장이 다시 누웠다. 그리고 며칠 사이에 있었던 일을 들려 주기 시작했다.

환청은 최근 들어 이성구를 무섭게 괴롭히기 시작했다. 아내의 목소리만이 아니라 바람 부는 소리, 비 쏟아지는 소리, 그리고 사람의 비명까지 들려왔다.

잠을 자다가 무서운 소리에 눈을 뜨면 소리의 여운은 방안을 감돌고 있었고, 힘들여 일어나 불을 켤 때쯤 되면 비로소 잠잠해졌다는 것이다. 이제는 무서워서 밤이 되면 양주를 들이켰고, 술 기운에 잠을 자지만 도무지 음식은 먹을 수 없어 몸은 여위어만 갔다.

이제는 가만히 있으면 낮에도 그 소리가 들리는 것 같았다. 며칠씩 밤샘을 하거나 술에 절어 있다 보니 위장이 망가지기 시작했고, 술에 취한 날 눈을 떠 보면 방안이 아니라 정원 구석에 처박혀 있기도 했다. 밤이 무서워졌다. 먹는 음식이 없었지만 배고픈 줄도 모르고 지나왔다.

서울로 돌아갈까도 했지만, 그것도 용기가 나지 않았다.

"아내가 없는 날은 이상하리만큼 조용했죠. 환청도 들리지 않았구요. 밤새도록 별장이 정적에 묻혀 있다 보니 오히려 그것도 무섭고 두려웠습니다. 며칠 동안 이성도 잃을 정도였습니다. 아무것도 생각할 수 없고 그저 솜구름을 밟고 사는 것처럼 멍해졌습니다. 사고도 분별력도 모두 잃어버릴 것 같습니다. 혜정이가 죽은 후 도대체…… 이런 일이…… 악령일까요……."

그의 눈동자는 풀려 있었다. 힘없는 목소리로 그는 지금까지의 이야기를 들려 주었다.

"제가 병원으로 가자고 아내를 졸랐습니다. 이상하게도 병원에만 오면 마음이 편해집니다."

"됐습니다. 이제 곧 병이 완쾌될 겁니다. 제가 책임지겠습니다."

의사는 이성구의 머리를 한 번 짚어 본 후 채은경을 불러들였다.

"사모님, 나가 계시라고 해서 대단히 죄송하게 되었습니다. 몇 가지 정신 상태를 감정하느라고요. 그래 최근까지도 환청 상태가 심각했습니까?"

"네, 저는 무서워 견딜 수가 없습니다."

"사모님도 그 이상한 소리를 듣습니까?"

"아뇨, 저는 전혀 듣지 못해요. 멀쩡한 날 비가 온다고 뛰쳐나가기도 하구요, 잠도 안 오고 밤이 무섭다고 잔뜩 술을 마시고는 정원으로 내려가 나무 밑에 가서 자기도 해요. 어떨 때는 전부 팽개치고 도망이라도 하고 싶지만 저까지 떠나 버리면 이이는 죽어버릴 거예요. 또 지난번 사건의 충격 때문에 이렇게 되었는데, 저만 훌쩍 떠날 수도 없구요. 처음 계획대로 어디로 멀리 떠났으면 어땠을지……."

채은경은 눈물을 흘리기 시작했다.

아직 세상 때가 다 묻지도 않은 26세의 어린 여자였다. 이만큼이라도 참고 견디는 것이 훌륭해 보였다.

최찬일과 강 회장이 그녀를 위로하고 있었다.

"제가 이민 가는 것을 무조건 반대해서 재산을 돌려주지 않은 것은 아닙니다. 경험 없이 나갔다가 잘못될까 걱정되어서 그랬죠. 미국에 있는 제 거래선에도 부탁해 놓을 작정입니다. 준비하세요, 해외 투자가 자유로워진 만큼 잘만 하면 외국에 나가서도 사업체를 키워 나갈 수 있을 겁니다. 그러나 그것이 하루 이틀에 되는 건 아닙니다. 먼저 이 사장 건강이 회복되면 건너가십시오. 모든 것은 저와 저희 회사 고문 변호사가 알아서 처리할 겁니다."

그녀는 울면서 고개를 끄덕였다.

"제가 너무 성급하게 생각했나봐요. 출국 준비하겠어요."

"분위기가 바뀌면 증세도 좋아질지 모릅니다. 제 생각 같으면 서울로 돌아오는 게 나을 것 같은데 어떻게 생각합니까?"

김민성은 여러 사람에게 이 사장이 서울로 돌아오는 것이 좋겠다는 의견을 피력했다. 모두들 생활에 변화를 주는 것이 좋겠다고 해서 서울로 되돌아오는 데 합의했다.

병원측에서는 뚜렷이 치료할 병이 있는 것이 아니므로 보름 정도 휴양하고 건강을 회복한 뒤 증세가 호전되는 대로 퇴원시키겠다고 했다.

병원을 나선 일행은 가까운 커피숍으로 자리를 옮겨 세 시간이 넘도록 무엇인가를 상의한 다음 헤어졌다.

김민성은 집에 돌아와 최 형사에게 부탁했던 자료를 꺼내 밤 새도록 무엇인가를 적어가기 시작했다.

죽은 새는 노래하지 않는다
이성구—김혜정—채은경

세 사람에 얽힌 미스터리는 대충 풀려가기 시작했다. 김민성이 노트에 무엇인가를 끄적이며 써 내려가고 있을 때 채은경은 언 제 또 올지 모르는, 아니 이제는 다시 올 필요조차 없는 천호동 저택에서 앞으로의 일을 구상하고 있었다.

애당초 미국으로 이민 간다는 것은 제스처에 지나지 않았다. 아무리 생각해 봐도 강 회장이 재산을 쉽사리 돌려줄 것 같지는 않았다.

그 이유는 알 수 없었다. 그리고 왜 이성구는 강 회장의 말이 라면 무조건 순종하는지도 처음엔 몰랐다.

강 회장에게 그렇게 거세게 나오던 은경의 태도가 돌변한 것 은 그의 심중에 웅크리고 있는 진심을 알아보기 위한 방법에 지 나지 않았던 것이다. 결국 주위 시선을 의식해서인지, 아니면 스 스로 포기했는지는 몰라도 완강히 미뤄 오던 재산 반환을 선뜻 실행하겠다고 선포한 것이다.

처음부터 이성구에게 공장을 차릴 만한 재력이 있던 것은 아 니었다. 학교를 졸업하고 몇몇 직장을 떠돌아다니는 이성구를 강 회장이 경영 수업을 시켰고, 회사가 점점 커지자 이곳에 납품할 수 있는 제조공장 설립을 도와준 것이다.

20억 규모의 공장이라면 소기업 정도에 지나지 않았지만, 일년에 3, 4억의 흑자를 내 주었고, 또 내년이면 융자를 받아 확장할 단계에까지 이르는 알찬 공장이었다. 때문에 성구로서는 강 회장이 공장을 회수해 간다 해도 법적으로는 문제가 야기될지 몰라도 전혀 불만이 없을 정도로 존경하고 따르는 사이였다.

은경이가 걱정한 것은 바로 이 부분이었다. 그녀의 생각으로는 남편에게 뒷돈 대주고 공장을 키운 다음 먹을 것 정도 남겨주고 회수해 가려는 것으로 알았던 것이다.

그러나 많은 사람들이 지켜보는 가운데서 곧 반환 준비를 하겠다는 것은 이미 결심을 굳혔다는 증거였다.

은경은 그것이 기뻤다. 가장 걱정되고 우려하던 문제가 단숨에 해결된 것이다.

가정부는 이미 잠이 들었는지 숨소리도 들리지 않았다. 강 회장이 추천해서 들어온 사람이라 여간 조심스럽지가 않았다. 게다가 집안에 거주하고 있는 것도 아니어서 정이 들 리도 없었다.

그녀는 슈미즈 차림으로 냉장고에서 얼음을 꺼내 양주를 따르고 마시기 시작했다.

"잘 됐어. 정말 잘 됐어. 일이 이렇게 일사천리로 풀려 갈 줄은 정말 몰랐어!"

펄펄 뛰고 싶도록 기뻤다.

등나무로 만든 비치형 의자에 누워 눈을 감았다. 지금까지 살아온 반생의 악몽에 종지부를 찍는 날이었다.

은경이가 태어난 곳은 동두천이었다. 지지리도 가난한 어머니가 키워 왔지만, 한 번도 아버지를 본 적이 없었다. 그리고 자다 보면 어머니는 어디론가 홀연히 사라졌다가 새벽 여명이나 되어야 돌아왔다. 그러나 그때만 해도 은경은 무서움을 모르고 자랐다.

어느 날부터인가 어머니는 잠자는 은경을 깨워 밖으로 내몰았고 두 시간이고 세 시간이고 방에 불이 켜지지 않으면 들어갈 수 없었다.

어머니는 미국 백인 남자와 흑인 남자를 번갈아 데려왔고, 그때마다 밤과 낮의 구별 없이 쫓겨나 좁은 골목에 앉아 무료하게 시간을 보내야만 했다.

그때마다 그녀는 나뭇가지를 꺾어 흙마당에 그림을 그렸다. 공주 옷을 입은 자신의 모습을 상상해 그리기도 했고, 맛있는 과자와 음식을 그리기도 했다. 어떤 때는 수많은 아이들이 둘러싸며 자신의 예쁜 원피스 옷을 구경하는 그림을 그리기도 했다. 흙마당에 그림을 그릴 때만은 배고픔도 외로움도 모두 잊을 수가 있었다. 상상 그 자체만으로도 어린 그녀는 행복했고 즐거웠다.

그러나 그런 행복마저도 어느 날 문득 찾아온 불행의 그림자는 그냥 두지 않았다. 밖에 나가 놀다가 들어왔을 때 방에는 먹을 것이 잔뜩 쌓여 있었고, 예쁜 신발과 옷이 나란히 놓여 있었다.

마침내 꿈꾸고 상상하던 세계가 현실로 돌아왔지만, 그 후 어머니의 모습은 영원히 볼 수가 없었다.

잠을 자다가도 소스라쳐 놀라 깨어나면 옆자리는 허전하게 비어 있었고, 그녀는 입술을 깨물며 눈물을 참아냈다.

마을 부인들이 밥도 갖다 주고 신발도 사 주었으나 그것으로 세상을 이겨 나갈 수는 없었다.

하루 하루 야위어가는 어린 은경을 보며 사람들은 혀를 찼지만, 선뜻 데려다 키워 주는 사람은 없었다.

엄마가 사라진 지 한 달이 지난 후에야 미국 남자 따라서 미국으로 건너갔다는 것을 어렴풋이 알게 되었다.

그렇게 몇 달을 사는 동안 참고 견디는 힘을 길렀고, 배고파서는 안 된다는 현실을 깨닫게 되었다. 다행히 어린 것을 위해 집주인은 내쫓지 않았다.

그러나 불행에도 끝은 있었다.

언제 나타났는지 이 마을에 중년 부인이 나타났다. 양공주들 옷도 빨아 주고 밥도 해주고 잔심부름도 하며 살아가는 그런 여자였다. 그 사람도 외톨이였는지 방을 하나 얻어 혼자 살았는데 어느 날 이 아이의 소문을 듣고 데려다 키우기 시작한 것이다.

사람들은 둘이 살면서부터 둘 다 모두에게 생기가 도는 것 같다고 했다. 그리고 아이는 그 여인의 손으로 건너가면서부터 똑똑하고 영악한 아이라는 것을 알게 되었다. 마을에서는 그를 똑순이라고 불렀다.

똑순이를 키우는 아주머니는 마치 자기의 생명이나 되듯 알뜰히 보살피며 키웠고, 또 그 아이가 그림을 좋아한다는 것을 알고 나서부터는 도화지며 크레파스가 집에 산더미처럼 쌓이도록 사 주었다.

굶주림은 면했지만 가난은 도무지 벗어 날 수가 없었다. 그 가운데서도 이 여인은 아이를 중학교, 고등학교까지 졸업시키고 마침내 미술 대학까지 입학시켰다.

운이 좋게도 가정부로 들어간 곳이 바로 이성구 사장의 집이었다. 단촐한 부부인데다 월급 또한 후하게 지급해 주었다. 그뿐 아니라 남편이 미국 출장이라도 가는 날이면 부인은 아예 친구들 집에 가서 며칠씩 놀다 오곤 했다.

그때마다 최돌숙 여인은 작은 전세방에서 혼자 살며 학교 다니는 은경이를 불러다 음식도 해 먹이고 침대방에 잠도 재우곤 했다. 은경이도 아주 친어머니로 생각하며 자라왔고, 어머니를 위해 꼭 보답을 하겠다고 맹세했다.

은경이가 어머니의 주인집을 드나들다가 마침내 부인 김혜정을 알게 되었다.

병약하고 신경질 많은 이 여인은 뜻밖에도 은경이만큼은 끔찍이도 생각했다.

그러나 이 집 주인인 이성구 사장과는 한 번도 부딪히지 않았다. 어머니의 각별한 배려에서였다. 만약 주인이 알다 기분 나쁘게 생각하면 다시는 이런 자리를 얻지 못한다는 불안이 작용한 때문이었다.

이 부유한 가정집을 드나들며 은경은 두 가지 사실을 깨달았다. 하나는 두 부부 사이가 원만치 못하다는 것이었그, 또 하나는 자신이 너무나 초라하고 보잘 것 없다는 것이었다.

김혜정에 비해 젊고 아름답지만 자신의 운명은 너무나 천박해서 마치 쓰레기더미 속에 살고 있다는 것을 인식하기 시작한 것이다.

저 침대, 저 욕조, 저 화장대, 이곳이 내 집이라면…… 어려서부터 유난히 공상이 많았던 은경은 언제나 그런 꿈을 꾸곤 했다.

이제는 정말 주인이 되었다. 어머니에게는 2천만 원 전세 아파트를 구해 드렸고, 필요한 살림을 장만하시라고 5백만 원 통장을 해드렸다. 또 매월 1백만 원씩 송금하기도 했다. 자주 만날 수 있도록 가까운 아파트를 얻어 주었다.

그러나 모든 사람들에게는 철저히 비밀에 붙였다.

물론 그 중에는 살롱에 나가 번 돈도 있었지만, 그 돈은 화구

구입과 학자금으로 충당되었고, 대부분은 이 집으로 들어와 뜯어낸 돈이었다.

이제 모든 것은 해결되었다. 어차피 남편은 폐인이 될 것이고 부인은 없어진 지 오래되었다. 모든 재산을 한손으로 움켜 쥔 셈이 되었다. 하루 빨리 정리해서 외국으로 가는 방법밖에 없다. 어머니에게는 충분한 돈을 더 주고 떠날 생각이었다.

적어도 5천만 원만 송금시키면 남은 여생은 편안히 보낼 것이다. 물론 반대하는 어머니의 마음도 이해할 수는 있으나 이제는 주어진 자신의 운명을 따라 걸어가는 수밖에 없다고 판단했다.

'네가 정 외국으로 떠나겠다면 난 죽어버릴 테다.'

하지만 그것은 협박에 지나지 않을 것이다. 그렇게 악착스러운 어머니가 쉽게 인생을 포기할 리는 없다.

눈을 떴다.

얼마 전까지만 해도 몰래몰래 들어왔다가 몰래몰래 도망치듯 나가던 붉은 벽돌 3층집이었다. 그러나 지금은 자신이 주인이 되었다.

다시 눈을 감았다.

작업은 다섯 시간에 걸쳐 일단 중단했다. 이 정도면 충분하다고 판단했다. 담배를 피우며 잠시 생각에 잠겼다. 그리고 얽혀서 도무지 실마리를 찾지 못하던 김혜정 살인 사건이 확연히 풀려가기 시작한 기쁨을 참을 수가 없었다.

그는 새벽 시간임에도 불구하고 최찬일 형사에게 전화를 걸었다.

"김 기자님, 밤중에 무슨 일입니까?"

심야에도 전화받는 일에 익숙한 최 형사였지만, 갑작스러운 김 기자의 전화에 놀라지 않을 수 없었다.

"낮에 말씀 드렸던 대로 어느 정도 윤곽이 잡히긴 했었지만 이제 완전히 끝났습니다. 모든 것이 밝혀지게 되었습니다."

"그럼…… 그게 사실이었습니까?"

"네, 준비까지 끝냈습니다."

"범인을 형사가 못 잡고 기자님이 잡으셔서 부끄럽군요. 강 회장님께도 알려 드리시죠."

"강 회장님은 어느 정도 알고 계셨습니다. 저도 나중에 의심은 했지만, 강 회장님은 채은경에 대해 상당히 큰 의혹을 가지고 계셨기 때문에 서둘러 공장 위탁 경영 계약을 하셨고, 또 채은경이 재산을 미국으로 빼돌리려고 할 때 이를 지연시켰죠. 그리고 제게 계속 독촉을 했습니다. 김혜정 씨의 살인범을 잡으라고요."

"그런데 저는 아직도 이해하기 힘든 부분이 한두 군데가 아닙니다."

"그건 저도 마찬가지입니다. 다만 그동안 미스터리로 남아 있는 부분들이 확연히 드러난 것뿐이지요."

"자, 만나서 얘기합시다. 채은경이 집에 있을 때 체포해야 하구요."

"김 기자님, 가능하면 채은경 체포 현장에 강 회장님도 계시는 것이……."

"물론입니다. 지금 바로 전화 걸 생각입니다."

김민성은 수화기를 내려놓고 잠시 생각에 잠겨 있었다. 마이아미 살롱 주인이 최돌숙 여인을 알아 본 것이 결정적인 계기가 되었다.

눈을 감고 있는 은경에게 기쁨도 저 밑에 깔려 있는 불안만큼은 떨쳐낼 수가 없었다. 아무래도 최 형사와 김민성 기자가 불안했다.

그 중에서도 끈질기게 따라 붙는 김 기자가 더욱 두려웠다. 이 마지막 울타리만 벗어나면, 가난 때문에 헤어져야 했던 옛애인도 찾아야 하고, 결혼 후 미국으로 불러들여 공부도 시킬 생각이었다.

마지막 관문은 이 두 사람, 아니 강 회장까지 세 사람으로부터 각별한 석별의 정을 나누며 공항에서 헤어지는 일이었다. 문득 그녀의 망막에 죽은 김혜정이 보였다.

벌써 5년째 병마에 시달리기는 했지만 최근 5개월 동안은 증세가 더욱 악화되어 창백하게 여위어 있는 모습으로 은경을 찾아왔던 것이다.

평소 보던 그녀의 얼굴이 아니었다. 창백한 얼굴과 두 눈에서는 푸른 광채가 빛나고 있었다.

"이봐, 은경. 할 얘기가 있어. 조용한 데로 갈까?"

"이렇게 추운 날 갑자기 무슨 일이세요? 자 안으로 드세요."

은경은 가슴이 덜컹했다.

'어머니가 쫓겨날 형편이 된 것은 아닌가?'

"어머니한테 무슨 일이라도……"

"아냐, 부탁이 있어서 그래."

조용하고 따뜻한 곳으로 안내하자 불쑥 5백만 원짜리 자기앞 수표를 내놓았다.

"아니! 이 큰 돈을……"

"이봐, 은경이 다르게 생각할 거 없어. 부탁이 있어서 그래."

"부탁이라뇨, 저 같은 것한테…… 그래 어머니는 요즈음 어떠세요?"

"걱정 말라니까, 이 달에 월급 올려 드렸어. 그건 그렇고, 나 아무래도 무슨 일 당할 것 같아. 남편이 날 죽여 없애려는게 분명해."

"어머, 그게 무슨……."

혜정은 먼저 남편에 대한 불만부터 털어놓았다. 남편은 40대에 갓들어선 중후한 나이에 돈도 제법 있고 탄탄한 기업체의 사장이고 자신은 상당 기간 병마에 시달리고 있고 또 최근 5, 6년간은 성관계 한 번 갖지 않았다고 한다.

"물론, 내가 이 지경이 되었으니 그렇겠지만 그렇게 몇 개월씩 굶고도 가만히 있을 사내가 어디 있겠어? 그런데 이번에는 말야, 글쎄 참 어이가 없어서. 겨울 휴가차 온천엘 갔으면 했는데, 기어이 스키장으로 가겠다는 거야."

혜정은 그것이 두렵다고 했다.

"두려워하실 것 없어요, 기분 전환시켜 드릴려는 것 아녜요?"

"아냐, 딴 여자가 스키장에 있거나 아니면 거기서 날 없애려는게 분명해."

"다른 사람한테도 상의해 보셨어요?"

"전부 콧방귀만 뀌더라."

은경은 어처구니가 없었다. 5백만 원을 줄 테니 무슨 방법이든 연구 좀 하라는 것이었다.

"좋아요, 제가 나서 볼게요. 방법은요."

그녀는 머리에 떠오르는 대로 방법을 알려주었다.

"하여튼 진부령으로 떠나시기 세 시간 전에 제게 전화 주세요. 제가 먼저 떠날 테니까요. 중간에 수단껏 사모님 차에 합승하면서 사장님을 유혹해 볼게요. 만일 사장님이 조금이라도 움직이는 기세가 보이면 적극 유혹할 거예요. 그때 제게 덮어씌우라고요. 그리고 이번 기회에 사장님을 꼼짝 못하게 휘어잡으세요."

"좋아! 아, 이러면 어떻겠어? 네겐 좀 무리겠지만……."

김혜정은 남편이 은경과 외출해 데이트하는 도중 자살한 것처럼 위장, 길목을 지키겠다고 했다. 그리고 당황해 할 때 눈 구덩이에 파묻고 도망치라고 했다.

계획은 일사천리로 진행되어 갔다.

예측대로 이성구는 채은경의 유혹에 넘어가기 시작했다. 서울을 출발하기 전에 은경은 김혜정의 목소리를 수없이 녹음기에 담아두었다. 차후 남편의 버릇을 고치는 무기로 사용할 것이라고 했다.

김혜정은 아무 의심 없이 몇 가지 내용을 녹음해 주었다.

마이아미의 정 씨를 구슬러 진부령 앞 고개에서 이성구 사장이 운전하는 그랜저 승용차에 합승할 수 있었고, 그날 밤 이 사장을 불러내 함께 술을 마셨다.

술을 마시면서 은경은 엉뚱한 계획을 구상하기 시작했다.

'김혜정. 이 여자가 자살로 위장해 우리의 길목을 지키고 있다가 놀라게 할 것이다. 그녀를 눈 구덩이에 파묻고 돌아오면 이 여자는 내 방으로 돌아가 숨게 된다. 나는 시체 때문에 놀라 서울로 갈 것이다. 그러면 나는 며칠 동안 녹음기를 이용, 이성구 사장을 공포 속으로 몰아 넣게 된다. 그러나 다른 방법은 없을까? 아냐, 김혜정과 먼저 눈밭사이에서 만나는 거야. 데이트 코스는 내가 정하면 되는 거니까. 자살이나 타살로 위장시킬 것이 아니라, 아예 내 손으로 죽여 없애는 거지. 김혜정 자리에 내가 차

고 들어갈 수가 있어.'

나이트 클럽에서 일단 이 사장과 헤어졌다. 채은경은 숙소로 돌아가 옷을 갈아입고 재빨리 밖으로 나와 이성구 사장의 움직임을 주시하기 시작했다.

숙소로 돌아온 이성구는 방 안에서 몇 번 멈칫하더니 조용히 빠져나와 카페로 들어갔다.

채은경은 재빨리 그의 숙소로 뛰어 들어갔다. 조용히 김혜정을 불렀다.

"다른 여자는 없는 것 같아요. 그런데 제게 너무 친절하게 해 주었어요. 어차피 사모님은 오래 못 살 것 같으니 다음에 꼭 자기와 결혼해 달라는 거예요. 치가 떨려서 말도 안 나올 정도였어요."

"달리 눈치 채는 것 같지는 않았고?"

"아녜요, 전혀 눈치 채지 못하고 있었어요. 그저 저한테만 신경을 쓰시고……."

"음, 정말 그냥 안 두겠어. 뭐? 내가 오래 살지 못할 거라고? 빨리 안 죽어 줘서 병 나겠구만."

"이러고 있을 때가 아니에요. 빨리 갑시다. 제가 이 사장님을 유도 할테니. 저쪽 구석에 얕은 벼랑이 있어요."

두 사람은 허둥대며 벼랑으로 내려갔다. 충분한 내복을 입고 그 위에 잠옷을 입고, 그리고 남편이 사다준 검은 모피 코트를 입었다. 눈이 제법 쌓였다. 김혜정은 남편이 자주 사용하는 넥타이를 목에 잔뜩 감고 누웠다.

"네. 지금은 추우니까 조금 있다가 제 모습이 나타나거든 누워만 계세요. 연극은 제가 할 테니까요. 가만! 그대로 잠깐 누워 계셔보세요."

엉뚱하게도 남편에 대한 적개심은 대단했다. 더구나 채은경은 그녀에게 증오의 불꽃이 타오르도록 부채질까지 하고 있었다. 김혜정은 채은경이 시키는 대로 눈밭에 넥타이를 매고 누웠다.

은경은 갑자기 추위와 긴장으로 떨고 있는 혜정을 덮쳤다. 그리고 있는 힘을 다해 넥타이로 목을 조르기 시작했다.

"으, 으윽……."

김혜정은 몇 번인가 버둥대다가는 눈을 허옇게 뜨고 숨을 거두었다.

숨이 넘어가는 그녀의 귀에 마지막 충고를 잊지 않았다.

"사모님, 미안해요. 이런 연극을 생각하지 않았더라면 나도 이런 행동은 하지 않았을 거예요. 나도 살아야겠어요."

그녀는 길게 누워 버린 김혜정을 남겨 두고 이성구에게로 달려갔다. 약간 시간이 지체되기는 했지만 이성구는 전혀 눈치 채지 못하고 있었다.

세수하고 어쩌고 하느라 늦었다며 20여 분간의 공백을 변명했다. 그리고 어머니를 시켜 공포로 휘몰아가기 시작했다.

속초 별장의 손질도 인부를 시켜 자신이 직접 지휘했고, 벽 틈틈이 스피커 장치를 해서 밤마다 아내의 목소리를 들려 주면서 괴롭혔다.

이성구는 아내의 환청으로 생각했고 급기야 정신에 이상이 올 정도까지 악화되어 갔다. 그렇게 건강이 악화되어 가는 것을 보면서도 그녀는 이번에는 섹스 공세로 남편을 말려갔다.

이성구를 살인범으로 몰아 단두대 앞까지 보낸 것도 또 수안보에서 자살 소동을 벌여 극적으로 그를 구출한 것도 모두 채은경의 치밀한 계산 아래 진행된 연극에 불과했다. 이 연극이 적중하여 자연스럽게 결혼할 수 있었다.

여기에 엑스트라로 등장시킨 것이 김민성 기자였다. 우연히 신문을 보고 알아두었던 인물이다. 한 번도 본 일이 없고 그의 기사를 찾아 읽는 팬도 아니었다. 그녀는 기자의 심리를 잘 이용했다.

사진과 사건 내용을 보냈다. 김혜정에게 지시했던 유서 비슷한 낙서까지 함께 동봉했다. 그가 뛰어들어 일이 오히려 부드럽게 진행되고 있었다.

그러나 지금 생각하면 개입시킨 것이 오히려 역효과를 초래할지도 모른다는 우려를 낳게 했다. 글자 그대로 찰거머리처럼 붙어 도무지 떨어질 생각을 하지 않고 있었다. 그는 자신이 마이아미 살롱에서 추영미로 일하던 것과 정 씨를 시켜 이성구 승용차에 합류한 내용까지 알고 있었다.

'하지만 모두 다 따돌렸어. 증거가 없는 이상 날 어쩌겠어.'

그때 '따르릉' 하며 전화벨이 울려왔다. 은경은 깜짝 놀라 수화기를 집어들었다.

"애, 애 나 죽을 것 같다. 아가야……."

말 한마디로 전화는 끝이 났다.

은경은 깜짝 놀라 벌떡 일어났다. 확실히 구분할 수는 없었지만 어머니가 틀림없었다. 어머니의 죽음도 문제지만 이제 모든 것이 끝나는 마당에 어머니의 죽음이 방해가 되어서는 안 된다.

시계를 보았다. 아침 5시 20분이다. 그녀는 가정부 모르게 집에서 나와 택시에 몸을 실었다. 그리고 운전 기사를 재촉하여 어머니에게 얻어준 아파트로 달려가기 시작했다.

'제발 무슨 일이에요, 갑자기…… 참아 주세요.'

아파트엔 한 번도 가 보지 않았다. 어머니가 복덕방을 통해 얻었고, 계약 증서도 어머니가 보관하고 있었다. 다만 마음만이라도 의지하려고 가까운 곳에 얻어 주었던 것이다.

자동차는 순식간에 아파트에 닿았다. 이른 시간이어서 그런지 경비원은 아예 의자에 누워 코를 골고 있었다.

경비원의 눈치를 살펴 가며 조심스럽게 계단으로 올라가 3층에서 엘리베이터 단추를 눌러 올라갔다.

"……?"

아파트 문이 활짝 열려 있고 불빛도 복도까지 새어나오고 있었다.

잠시 멈칫했지만 이내 아파트로 뛰어들어갔다. 그러나 집안은 쥐죽은 듯 조용했다. 불만 환하게 켜진 채 마치 썰물이 밀려간 자리처럼 텅 비어 있었다. 장롱도 살림 가구도 신발조차도 보이는 것이 없었다. 도무지 사람이 살고 있는 흔적이 없었다.

'이상하다. 이곳으로 와 계신 것은 분명했는데…… 살림살이가 하나도 없으니, 어머니는 도대체 어디서 전화를 걸었지?'

그러나 위험 부담을 안고 빈 집에 서 있을 수만은 없었다. 어쩔 수 없다.

경비원에게라도 물어 보자.

은경은 다시 엘리베이터를 타고 아래층으로 내려갔다.

경비원은 아직도 잠에서 깨어나지 않고 있었다.

"저…… 아저씨, 경비 아저씨."

"네? 누구십니까? 어디서……."

누운 채 눈을 부비며 은경을 바라보았다.

"말씀 좀 묻겠는데요, 여기 708호 할머니 한 분 계셨죠?"

"네에?"

그의 눈이 휘둥그래지며 일어났다. 그리고 창문을 활짝 열고 고개를 밖으로 내밀었다.

"저, 최돌숙 여사 찾아오셨나요?"

"네, 주무시길래 깨울 수도 없고 해서 올라갔더니 빈 집인데요."

"아가씨는 어떻게 되는 분이세요?"

"네, 저 한고향 사람이에요. 서울 오면 들리라고 해서……."

"아, 신문도 못 봤어요? 며칠 전에 약을 먹고 자살했어요. 연고자가 없어서 경찰에서 처리했죠. 화장을 했다던가……."

은경은 소스라쳐 아파트를 뛰쳐나왔다. 미친 듯이 뛰면서 택시를 찾았다.

'그렇다면 전화를 걸어온 건 누구야? 누군가가 분명히 나를 목표로 한 전화였는데…….'

마침내 그녀는 우뚝 걸음을 멈추었다. 그리고 사방을 둘러보았다.

미행자는 쉽사리 눈에 띄지 않았다. 다행히 저쪽에서 영업용 택시 하나가 다가왔다.

"자, 빨리 천호동으로 가 주세요. 네, 그 토성이 있는 골목으로요."

그녀는 두려움을 느끼고 있었다. 이번에는 공포가 자신을 압박하며 덤벼들기 시작했다.

이미 자신의 모든 것이 노출되었다는 증거였다. 빨리 집에 가서 가지고 있는 모든 것을 들고 그 악령 같은 집을 탈출하지 않으면 안 된다.

마음이 조급한 것만큼 자동차는 달려 주지 않았다. 발을 동동거리며 시계를 보았다. 벌써 동녘이 붉게 밝아오기 시작하고 있었다.

1만 원짜리 지폐 한 장을 던져 주고 집 안으로 뛰어 들어갔다. 현관으로 들어서던 채은경은 그만 자리에 털썩 주저앉고 말았다.

최찬일 형사와 김민성 기자, 그리고 강 회장이 소파에 앉아 담배를 피우고 있었던 것이다.

"엄…… 아침 일찍 웬일이세요?"

"어디 급하게 다녀오시는 길인가보죠? 좀 올라오십시오."

은경은 후들후들 떨리는 다리를 진정해 가며 올라갔다. 그리고 의자에 앉으며 될수록 마음을 진정해 갔다.

이럴 때 일수록 침착해야 돼. 이들이 나를 찾아온 목적은 다른 데 있을지도 몰라!

은경이가 의자에 앉자 김민성이 담배를 권했다. 그러나 그녀는 받지 않았다. 이들이 신경전을 시작한 것이라고 생각했다.

"왜 그런 짓을 했습니까?"

김 기자가 불쑥 내뱉었다.

"네? 그런 짓이라뇨?"

"해바라기 아파트에 다녀오는 길이죠? 이만한 재산을 가지고 있으면서도 그 노인의 돈을 탈취하려고 한 이유가 뭡니까?"

"돈이라뇨? 해바라기 아파트…… 도대체 무슨 말씀을 하시는 거예요?"

김 기자는 최돌숙 여인이 가지고 있던 통장과 도장, 그리고 현금 뭉치를 꺼내 채은경의 코앞에 내밀었다.

"이게 당신의 핸드백 속에서 나왔어요. 안 계신 데서 뒤져 미안하긴 하지만……"

"몰라요, 그게 왜 내 핸드백에서 나와요?"

"증인이 있습니다. 여기 두 사람, 그리고 당신 가정부 아줌마."

"그, 그럴 리가……."

"추영미 씨, 채은경 씨…… 아니 똑순이. 뭐가 어떻게 돼 돌아가는 지 하나도 모르겠죠? 이제 실토하세요. 김혜정 씨를 왜 살해했습니까?"

"몰라요, 난 김혜정 씨를 진부령 스키장에 가는 도중에 차가 고장나서 알게 되었어요."

"정말 이러시깁니까? 그럼 최돌숙 여인은 왜 죽었죠?"

"뭐라구요? 내가 왜 그 사람을 죽여요?"

"그럼 이 통장과 돈이 왜 당신 핸드백에서 나옵니까?"

"허…… 참, 그걸, 내가 어떻게 알아요. 당신들이 거짓말하는 거예요!"

그녀는 마침내 소파에 얼굴을 파묻고 흐느껴 울기 시작했다.

"몰라요, 난 모르는 일이에요. 으흐흐……."

"자, 진정하십시오. 당신이 사실대로 말하지 않으면 최돌숙, 김혜정 두 사람에 대한 살인죄로 몰려 법정 최고형을 받을 수 있습니다."

"최돌숙…… 그인 내 어머니에요. 돈도 내가 보내 준 거구요. 그런데 왜 내가 죽여요?"

"당신이 직접 살해하진 않았죠. 어머니는 평생을 당신한테 정 붙여 그 힘으로 살아온 어머니를 떨쳐내고 외국으로 가겠다니까 자살한 거죠."

"네? 그럼!"

"다 알고 있었습니다. 혼자 떠돌이가 된 당신 그리고 외로운 최돌숙, 자연스럽게 만나 지금까지 힘들여 살아왔으면 끝까지 깨끗하게 살아야지, 왜 남의 재산을 가로채려 했습니까? 따지고 보면 그 분들 다 당신들의 은인이 아닙니까? 당신네들을 가족으로 생각한 거예요. 그런데 그 틈을 비집고 들어갑니까?"

"몰라요, 최돌숙, 나를 키워 준 어머니라는 건 인정해요. 하지만 김혜정 씨가 죽은 건 전 모른 일이에요."

"정말 이러실 겁니까? 이건 뭡니까?"

"당신 어머니가 감추어 두던 겁니다. 통장과 돈과 함께 있었어요."

"……?"

그녀는 노트를 펴 보았다. 낯익은 글씨였다. 그렇다. 죽은 김혜정이 꼬박꼬박 써넣은 일기장이었다.

"마지막 일기 읽어 보세요."

88년 접어들어 새로 시작한 일기였다. 일기는 87년 12월 20일부터 적혀 있었고 한 장이 백지로 되어 있는 뒤부터 1월 1일 마지막 일기가 기록되어 있었다.

김혜정이 일기를 적었다는 것을 그녀는 오늘 처음 알았다.

나는 남편으로부터 철저히 배신당했다. 나를 두고 남편은 틀림없이 다른 젊고 예쁜 여자들과 놀아나고 있다. 그런데도 그이는 언제나 나만 사랑하고 아끼는 것처럼 위장하며 지내왔다. 나로서는 참을 수 없는 모욕이다. 그이의 정체를 밝혀내기 위해 나는 추영미와 단단히 약속을 해놓았다. 우리집 가정부의 양녀이긴 하지만 그 후 내가 녹음해 준 목소리로 위협, 한 열흘 정도 공포에 떨다 보면 버릇이 고쳐지겠지. 추영미에게는 수고비를 충분히 주었다. 그러나 남편의 버릇만 고친다면 돈을 얼마라도 더 줄 용의가 있다. 똑똑한 아이라 잘해낼 것이다. 최 여인에게도 월급을 충분히 올려 주었다. 우리는 모두 한가족 같다. 힘들고 어려운 내 병약한 몸을 잘 보호해주고 있다.

언젠가는 아니, 이번 일이 끝나면 추영미, 그 아이에게도 공부를 계속할 수 있도록 도와 줄 것이다.

마지막 일기의 구절이었다.

"채은경 씨, 당신은 김혜정 씨와의 약속을 깨고 정말로 그녀를 죽여 없앴죠. 그리고 이 사장에게 접근, 결혼하는 데 성공했지. 그 다음 목표는 이성구. 녹음기를 이용해 공포에 떨게 하고 끝내는 정신 이상자로 몰아가려 했어. 그렇지만 쉽게는 안 됐지. 이 일기장 때문에 모든 게 들통난 거야. 이젠 본인이 직접 말해!"

왜 그 일기를 썼을까? 하필이면 그 일기가 어머니한테서 발견되었을까? 어머니는 왜 그것을 태워 없애지 않고 남겨두었을까? 채은경은 통분을 감출 수가 없었다. 마침내 소파에 얼굴을 파묻으며 오열을 터뜨리기 시작했다.

"당신 애인도 무척 실망하더군. 아무리 집에서 반대를 해도 결혼할 자신이 있었다며 가슴 아파하더군."

"그, 그이가……"

"끝장났군요. 이 일기장이 모든 것을 털어놓았군요. 맞아요. 김혜정 씨를 살해한 건 저예요. 제 과거를 아세요?"

그녀는 눈물도 닦지 않은 채 창밖을 한참이나 내다보고 있었다.

그 비참했던 어린 시절 배고픔을 참기 위해 흙바닥에 그림 그리고 가게 앞에 우두커니 서서 진열장 안의 빵과 과자를 바라보며, 그것을 먹는 상상을 하던 시절, 그리고 키 크고 허연 미국 군인과 한 방에 뒹굴며 자신을 내쫓던 어머니, 한 번도 불러 본 일도 없고 가져 보지도 못했던 아버지. 어머니가 미국으로 도망쳤다며 손가락질 하며 때리던 동네 아이들, 오갈 데 없는 것을 데려다 친딸처럼 키워준 최돌숙 어머니……

모든 것이 꿈처럼 그녀의 눈앞을 스쳐 갔다.

"아가씨, 알아요. 얼굴 예쁘고 그림 잘 그리고 우리 애 사랑하는 거 다 알아요. 하지만 생각해 봐요. 어머니도 친어머니가 아니죠. 혼수감도 하나 해 올 수 없다죠? 그까짓 돈이 문제가 아니라 집안이 창피해서 내가 어떻게 며느리입네 하고 인사를 시키겠어요? 세상이 그렇지 않아요? 아가씨도 이 다음에 시집가서 아들 낳고 며느리 골라 봐야 내 마음 이해할 거예요. 그러니 우리 애하고는 없던 것으로 해요. 자, 이거 달리 생각 말고 받아둬요."

그녀는 봉투를 카페 테이블 위에 올려놓았고 은경은 울면서 뛰쳐나갔다.

'돈! 돈이다. 내겐 돈뿐이다. 뿌리가 없으면 돈을 가져야 한다. 돈이 내 뿌리가 되어줄 것이다.'

마이아미에 나가게 된 것도 학교를 중퇴한 것도 김혜정으로부터 이상한 주문을 받고 그녀를 없애고 대신 그 자리를 들어가겠다는 결심을 굳힌 것도 모두가 돈에 대한 복수심 때문이었다.

은경은 눈물을 닦았다.

"제 잘못입니다. 없을 때는 그런대로 행복하게 살았는데 돈에 대한 복수를 결심하고부터는 한 번도 마음이 기쁜 적이 없었습니다. 불안하고 두렵고…… 결국 복수라는 것이 내 자신에게 되돌아왔죠. 내가 나를 허물어 버린 거예요. 가난하고 배고프고 오갈 데 없는 언제나 저는 버려진 사람이라는 강박관념에서 벗어나 본 적이 없었어요. 아무리 사랑해 주어도 지금 어디서 어떻게 살고 있는지 모르는 어머니에 대한 제 애끓는 마음을 아세요? 제가 왜 미국으로 가려 했는지 아시겠죠? 평생 저한테서만 사랑을 의지하고 나만이 삶의 모든 힘이 되어 주었던 죽은 내 양어머니를 버리고 미국에 가려던 것도 다 어머니를 찾아 보려는 생각이었죠. 이제 모든 것이 꿈이 되었어요. 저를 용서해 주세요. 이해해 달라는 거죠. 그리고 이 사장님께는 자세한 내용을 말씀하지 마세요. 그저 돈 때문에 엄청난 일을 저지른 살인마라고만 해 두세요."

채은경은 천천히 자리에서 일어났다. 최찬일이 그녀의 손목에 수갑을 채우고 밖으로 나갔다.

최 형사는 그녀가 넘겨준 녹음 테이프와 통장 등 기타 증거품을 봉투에 담고 김민성에게로 다가갔다.

"이번에는 여러 가지로 덕을 많이 보았습니다. 감사합니다."

손을 내밀었다. 김민성도 그의 손을 잡았다.

"또 한 번 후회하는 일을 한 것 같습니다. 내 소관이 아닌데…… 아무튼 사건이 해결된 것은 반가운 일이고 이런 인간의 이야기를 듣게 되는 건 불행이죠. 채은경 좀 잘 다뤄 주세요. 어차피 인간이니까요. 당신이나 나나 모두 결함은 있지 않습니까? 또 아픔도 있구요. 채은경의 죄는 사실 모든 사회가 책임져야 할 것 같습니다."

"알겠습니다."

최 형사와 인사를 끝낸 후 채은경에게로 다가갔다. 그녀는 얼굴을 푹 숙이고 있었다.

"꼭 한 번 면회하러 가겠습니다. 어머니의 죽음이 헛되지 않도록 성실하게 생활하십시오. 나를 원망하지는 말아 주세요."

"원망하지 않겠습니다. 오히려 마음이 편합니다. 죄를 짓지 말았어야 하는 건데……."

일주일 후 이성구는 병원에서 퇴원하게 되었다. 환청으로의 공포도 사라지게 되었고 무엇보다도 마음이 밝아지기 시작했다.

그는 범인이 체포되었다는 말만 들었지 아직 범인이 채은경인 줄을 모르고 있었다.

강 회장이 이성구의 퇴원을 축하하는 조촐한 파티를 열었다.

"자, 이젠 건강을 회복하고 빨리 사업에 몰두하는 거야. 직원들이 자넬 기다리고 있어."

"감사합니다. 그런데 도대체 혜정일 살해하고 나를 괴롭혔던 범인은 누구였습니까?"

최 형사가 어렵게 지금까지의 과정을 설명해 주었다. 결국 등잔밑이 어두웠다는 결론밖에 내릴 수가 없었다.

이성구는 망연자실한 표정으로 창밖만 응시했다.

"그런데 어떻게 그 사실을 다 알아냈죠?"

최 형사는 물잔을 손에 들고 김 기자에게 물었다.

"몇 가지 추리를 했습니다. 가장 확실한 단서, 즉 의문 제기가 되었던 것은 돌아가신 김혜정 씨의 목소리로 걸려 온 전화였습니다. 그래서 이것은 주위에 있는 사람이라는 것으로 결론 내렸죠. 그 다음 끈질기게 버틴겁니다. 두 번째 용기를 준 것은 채은경이 결혼에 쉽사리 응한 점, 그리고 쉴 틈 없이 혼인 신고까지 마친 데 있었습니다. 범인이란 항상 어떤 이익을 추구하거든요. 우발적이거나 단순 사고가 아닌 바에야 당연한 추구 아니겠습니까? 그 다음, 죽은 최돌숙 할머니가 채은경의 양어머니였다는 데서 결정적인 확신을 얻어 내게 되었죠. 대학생도 아니고 중퇴한 입장에서 유학을 운운한 것 그리고 호스티스를 밝히지 않은 점들이 점점 더 의혹을 불러 일으켰습니다."

한참이 지난 후에 이성구가 말문을 열었다.

"저는 지금까지 한 번도 아내가 일기 쓰는 것을 보지 못했습니다. 도대체 그 일기장은 어디서 발견했을까요?"

"네, 김혜정 씨가 이 사장님을 궁지에 몰아넣기 위해 유서 같은 글을 쓴 거 생각납니까? 거기서 힌트를 얻었죠. 그 편지를 법원에서 복사하여 충분히 글씨 연습을 한 다음 제가 추리한 그대로 일기 형태로 적어 나갔습니다. 김혜정 씨가 말을 못하니 위조 일기라는 것이 들통날 염려도 없구요. 아무튼 그 일기장 위조 때문에 하룻밤 새웠습니다."

이야기는 계속해서 꽃을 피워나가고 있었다.

성구는 잠시 자리를 떠나 밖으로 나왔다. 가을이 오려는지 밤바람이 제법 시원하게 불어왔다.

작가의 말

　한국 추리소설의 위축을 안타까운 마음으로 지켜보고 있다. 추
리소설이 이러한 위기에 빠진 데에는 여러가지 이유가 있다. 그
중 가장 먼저 손꼽히는 것은 추리소설을 지나친 오락 위주의 소
모성 문학으로 변질시킨 다수의 추리 작가들의 책임을 말하지
않을 수 없다.

　독자들에게 매력을 줄만한 작품을 발표하지 못한 사이, 미국·
영국·일본의 주옥 같은 작품들이 쏟아져 들어와 국내 추리소설
의 영역은 더욱 좁아질 수 밖에 없었다.

　그동안 나는 내가 자랑스럽게 생각하는 몇몇 작품을 재출간
하였다. 『덫』, 『5시간 30분』, 『테러』, 『천사여 침을 뱉어라』, 『유토
피아를 위하여』 등이 그 작품들이다.

　그리고 이번에 『스키장 살인사건』을 한번 더 세상에 내놓는다.

　이 작품을 끝으로 나는 추리소설과 결별한다.

　지금 나는 '신(神)과 인간' 의 문제에 몰두하고 있다. 신과 인간

의 본질을 찾아가는 지적추리(知的推理)가 깊고 심각하게 펼쳐질 것이다.

『스키장 살인사건』을 마지막 작품으로 선택한 이유는 그래도 독자 여러분들, 특히 추리소설을 좋아하는 여러분들에게 결코 실망을 주지 않으리라는 자신감에서 였다.

'정건섭이 안 쓰면 이제 국내에서 누가 추리소설을 쓰겠느냐'라는 주위의 우려의 목소리도 있었다.

하지만 좋은 작가는 많다. 그들이 분발하고 반성한다면 국내 추리소설은 다시 힘차게 부활하리라 믿는다.

기독교, 불교의 교리와 그 근본을 찾는 작업을 위해 책에 파묻혀 있는 내게 장락출판사에서 『스키장 살인사건』의 재출간 기획을 통보해 왔고 나는 기꺼이 이를 승낙했다.

출판계의 불황 속에서 선뜻 기회를 준 장락출판사에 감사의 말씀을 드리며, 그동안 저를 사랑해 주신 독자 여러분께는 전혀 다른 모습으로 다시 만날 것을 약속드린다.

독자 여러분의 건강을 기원하며……

1999. 7

충주 서재에서 정 건 섭